RIGHT HERE WAITING

流光咖啡館

琉影——著

CLEA——繪

楔子　相遇的起點

那是高中開學的前一天，住宿生依照規定必須提前入住。

帶著簡單的行囊和一袋薄被枕頭，尹瑄雨孤零零地坐在火車站南下的第二月臺上。

午後一點，天空蔚藍得像座海洋，烈陽照射在架著鐵軌的枕木碎石上，陣陣夏風拂來，空氣裡飄著鐵道獨有的淡淡黑油味。

搭車的旅客自地下道陸續走上月臺，兩張陌生臉孔一左一右在她的身邊坐下，候車椅跟著一沉，她有些不安地用手絞著膝上的裙襬。

這是她出生十六年來，第一次離家遠行，沒有父母的陪伴。

單程車票，目的地是搭乘公車五十分鐘，轉乘火車三十分鐘，再步行三十分鐘，離家將近兩個小時的路程，遠在山頂的一所高中。

等待在前方的，不知是什麼樣的人生風景？

尹瑄雨有些興奮，有些期待，有些害怕，想到要在陌生的山城學校住宿三年，更多的是惆悵和寂寞。

火車隆隆進站，尹瑄雨慌張起身，提起行李跟著其他乘客一起上車，然後抱著背包在靠窗的長椅上坐下，將棉被擺在腳邊時，見到左側坐著一位頭髮花白的老伯。

高樓、路樹、街景、田野……混成各色速度線在窗外流瀉，火車行駛在鐵軌上的規律聲響，聲聲催眠，她的眼簾漸漸垂下，意識逐漸模糊，車廂裡的人聲緩緩拉遠……

尹瑄雨垂著臉打盹，即使身邊的老伯起身下車，她也渾然未覺。此時一名穿著天藍色制服的少年上車，在她的身旁坐下，修長漂亮的手自背包裡取出一本書，翻到其中一頁靜靜閱讀。

火車再次啟動，熟睡的她輕點著頭，身子被逐漸加快的車速牽引，緩緩靠在左邊那人的肩頭上。窗外明亮的陽光斜灑進來，襯得她半邊的臉頰白淨透亮，連唇色都綻著淡粉色的微光。

少年正要翻頁的手停住了，擱下書想處理現下的尷尬，指尖在即將碰觸到她的額頭時突然定格，彷彿不忍打擾她的美夢。他重新捧起書本繼續閱讀，任她靠在自己的肩頭，直到車速減慢，目的地即將到達，他才闔起書本塞進背包內，然後右肩微微一聳，將她擾醒。

尹瑄雨迷迷糊糊地揉著眼。

他線條優美的唇靠向她的耳畔，淺淺一笑。

「學妹，到站嘍。」

溫醇悅耳的嗓音就此進駐她的心底，初醒的矇矓視界中，只見一道天藍色身影自身畔站起，甩起背包，悠然地踱出車門……

第一章　流光咖啡館

九年後，她已經不再是當年那個愛作夢的十六歲女孩。

繁華商圈裡，一間店齡四十多年的老字號美術社兀自屹立不搖，日曬雨淋過的紅瓦磚牆，寸寸刻鏤著歲月流轉的痕跡。

店面不大，無論是貨架還是地板，都被塞滿了各式各樣的美術用品和手工藝材料，琳瑯滿目。

尹瑄雨站在窄小的走道上，面對一整面的紙牆，指尖輕輕撫過其中一層的紙面，那冷涼細緻的質感，深深觸動著她的心。

她喜歡紙，各式各樣的紙，也喜歡觸摸紙，感受不同紙面在指腹下的觸感。不管是雲彩紙的壓紋、手揉紙的皺褶、友禪紙的日式華貴、星辰紙如下雪般的夢幻縹緲……只要靜靜看著，輕輕摸著，總會挑動她腦海裡的某個想像。

「尹小姐，喜歡的話，那些紙我可以算妳便宜點。」店內難得沒客人，美術社四十多歲的老闆娘坐在櫃檯後方，向她搭話。

「老闆娘，妳怎麼知道我姓尹？」尹瑄雨一臉詫異。

「我記得妳讀高中的時候，曾經來這裡買過東西，制服上有繡名字。」

「那麼多年了，老闆娘還記得我？」尹瑄雨有些不敢相信。這兩年，她來這裡買過不少美工用具，卻從未和老闆娘攀談過，沒想到老闆娘對自己的印象可以回溯到高中時期。

「因爲妳每次來，都很喜歡摸那些紙，還有妳的姓很特別，就記住了。」老闆娘微笑解釋。

「對不起。」尹瑄雨聽了臉上一熱，因爲店家通常都不希望客人觸碰商品，尤其是容易弄髒的紙類，但她又壓不住心中的渴望，來了總是會偷摸個幾下，邊摸邊注意櫃檯的動靜，深怕老闆娘會出聲制止。

「呵呵……沒關係。」老闆娘不在意地笑道，「我看得出妳很喜歡那些紙，就像鋼琴家喜歡鋼琴。」

「以前覺得這些紙好美，很想全部打包回家，可惜窮學生只能買個幾張；現在有錢買了，卻也用不上它們了。」她凝視紙牆的眼神漸漸黯下。

「後來好幾年沒看到妳，考到哪裡的大學？」老闆娘好奇地問。

「高中畢業後，剛好也考上附近的大學，只是沒有繼續攻讀美術了。」她等著老闆娘追問沒有繼續學習美術的原因。

然而老闆娘只是淡然笑道：「學美術的孩子和學音樂的孩子一樣，總會在理想與現實之間，面臨許多抉擇。」

那笑，帶著寬容和安慰。

尹瑄雨自貨架上抽出一支十八號水彩筆，指尖輕輕拂過筆刷，微微感傷。

水彩在紙面做初次渲染時，那種大筆刷過的瀟灑快感，以及指尖抹過碳筆筆觸的沙沙觸感，這麼多年來還是銘記在她的靈魂深處。

她不止一次夢到高中時期的事，靜謐的美術教室裡，中央的展示臺上，擺著她最喜愛的石膏像「阿里阿斯」。阿里阿斯的四周是高高低低的畫架，同學們面對畫架或坐或站，瞇著一眼，伸直握著量棒的左手，測量石膏像的比例位置。

但是現在的她，早已經沒有筆，沒有紙，沒有畫架，畢業後日夜忙碌工作，回家倒床就睡，現實生活不需要那些東西。

老闆娘見她眼神透著傷感，連忙微笑鼓勵：「尹小姐，繪畫沒有年齡限制，只要妳想畫，就算七八十歲也能提筆延續心裡的熱情。一直沒跟妳說，很高興見到妳回來。」

「嗯，我回來了。」尹瑄雨感激地回以一笑，被老闆娘的笑容暖了心。

雖然重拾畫筆是受到「某人」的威迫，但是跌跌撞撞繞了一圈後，還能再重新抓住夢想的尾巴，心裡的遺憾也不再那麼深了。

結完帳，尹瑄雨抱著一袋美工用品走出美術社。

傍晚的夕陽在靛藍天幕上渲染出一片金澄，鑲著金邊的浮雲飄遊其中。她走在華燈初亮、熙來攘往的街頭，高跟鞋叩著地面，發出清脆聲響。她不經意地轉頭看向路旁的服飾店，瞥見玻璃櫥窗上倒映著一個長髮飄逸，身穿套裝的姣好身影。

她的工作是祕書。

十六歲的她，曾以爲自己未來會從事藝術相關的工作；可二十四歲的她，做的工作卻和當時的想像完全沾不上邊。

明明還是同一個人，思惟卻已全然改變，對藝術的信念也被時光風蝕了。

她辜負了過去的自己。

行經火車站前，尹瑄雨不禁停下腳步，望著車流不斷的站前圓環。火車載著旅客一站過一站，日日夜夜上演人生離別秀。這裡是某些人的人生起點，是某些人的歸家終點，更多的是人們的匆匆一瞥。

十六歲的夏天，她在火車上睡著，差點錯過這一站，現在卻因變數難料，被命運丟在這一站，徘徊不去。

✦

在火車上被那人輕柔喚醒後，她狼狽地提著大包小包，趕在車門關閉前衝下車。她站在月臺上左右張望，可惜已找不到那藍衫人的身影。

學妹，到站嘍……

那人應該是學長吧，他溫柔乾淨的嗓音還繚繞在耳畔，如果沒有他的好心提醒，她一定會坐過站。

想起國中班上正值青春期的男同學，幾乎個個嗓音低啞，而學長天籟般的嗓音就像沒有雜質的清泉，靜謐地流進心間，透明澄澈閃著微光。除了廣播裡的ＤＪ，她不曾在現實生活中，聽過哪個親友擁有這麼美的聲線。

可惜，她連他長什麼模樣都不知道，無法親自向他道謝，心裡難免有些遺憾。

不過，他是怎麼認出她是學妹的？

尹瑄雨看著自己一身簡素的小洋裝，身上沒有任何可以識別學校的飾物，直到走出火車站，攔了一輛計程車，將行李擺進後車廂時，這個疑問才解開。

「啊！原來是看到裙子！」她恍然大悟。

爲了方便客人選購花色，被套大多設計成透明款式，她將兩件校裙帶回家修改長度後，平鋪在被套裡，學長一定是看見被套裡的裙子顏色。

爲什麼能以裙子顏色判別她是學妹？

因爲自她這屆新生開始，學校正式更改校服顏色，由天藍色改爲咖啡色，所以當她看到那人身上的天藍色制服時，也能斷定他是學長，只是不清楚是哪個年級。

記得註冊當天領取制服時，新生們一看到制服被改色，個個彷彿被雷擊到，怨氣沖天，甚至有人臨時聯合起來向教官要求換回原色，可惜死刑定讞，不得上訴。

和學長姐明亮的天藍色一比，咖啡色的制服顯得黯沉，再搭配同色系的冬季西裝外套和長褲，整個人活像從咖啡杯裡撈起來似的。

「根本是屎色！」沒良心的學長姐一臉幸災樂禍，「幸好入學得早，打死我都不穿這種顏色的制服。」

不久，那套校服更是得到一個響噹噹的封號——蟑螂裝。而新生也就順勢被學長姐叫成「蟑螂學弟」、「蟑螂學妹」。

尹瑄雨的這股怨氣直到次年新生入學，蟑螂裝的總人數比藍衫多，藍衫學長姐成了瀕臨絕種的保育類動物時，她打前鋒的哀怨心情才終於平復了些。

後來第三批新生進校，所有藍衫學長姐全部退場，大家終於有了「蟑」在一起的融合感。

當年斤斤計較的制服顏色，多年後全部變成一幕幕獨特的回憶，而且這制服醜歸醜，至少幫她掙到一個在火車上的美麗邂逅……

望著對街火車站，尹瑄雨懷念地笑了笑，收回思緒後，才驚覺自己浪費太多時間回憶，忘了晚上還有咖啡館的兼職工作。

「糟糕！要遲到了。」

遲到除了得看咖啡館店長的臉色，還要受他一頓冷嘲熱諷，光是想著，她的眼睛和耳朵馬上就痛了起來。

尹瑄雨快步跑到公車站，原先預定搭乘的那班公車早已走遠，隔了十五分鐘後，下一班車才來。她跳上車，祈禱不要塞車，無奈這時間是下班尖峰時段，公車緩慢地在車潮裡停停走走。

過了不知道多久，公車終於停靠在一排白色木籬圍起的花牆前，爬滿九重葛的拱形大門旁，豎立著一塊鍛鐵招牌，上頭的紫色藝術字彎彎捲捲寫著店名——流光咖啡館。

這間南法鄉村風庭園咖啡館，有著雙斜式屋頂搭配復古的石砌外牆，正面是一大片採光極佳的玻璃牆，屋簷下垂掛著藤蔓植物，隨風輕輕搖曳。

庭園裡有綠樹和花草交織出古樸的田園景致，一些造景小物點綴其中，處處散發夢幻的氣息。

流光咖啡館才開業兩年，就被喻爲是隱藏在城市角落裡的祕境，成爲網紅打卡的熱門地點，晚餐時段經常一位難求。

尹瑄雨繞到咖啡館後方，快步衝進廚房，抽出牆上的出勤卡朝打卡鐘插下。

廚房裡穿著白色廚師服，戴著口罩忙著烹煮的員工，聽到動靜後同時轉頭望著她，眼底透出一絲隱忍的笑意。

「七點……十六分！」她抽起出勤卡一看，馬上抱頭哀號，「不！我的全勤獎金沒了。」

「瑄雨，妳怎麼那麼晚來？」主廚邱建平關心問道，他正拿著刀鏟俐落地翻動鐵板上的牛排。

「建平叔，我下班後去美術社買東西。」她沮喪地望著這名四十多歲的憨厚大叔。

「妳再不來，廚房要颳暴雪了。」副主廚林詠馨笑道，她和主廚是夫妻檔。

「店長人呢？」尹瑄雨沒好氣地問，「他就只會對我嚴苛。」

「予澈在外面服務客人，剛才進來好幾次，也沒吩咐什麼，應該是在找妳。」

尹瑄雨來到廚房的小窗邊，撩開布簾的一角，映入眼裡的是咖啡館大廳，裝潢以溫暖的木作為主，搭配造型典雅的實木桌椅，牆面綴著充滿藝術氣息的繪畫和擺飾，即使店內坐滿了客人，依然呈現恬靜悠然的氛圍。

店長，非常好認。即使背對著她，她也能一眼認出。就算他死了化成灰，只要拿著鈔票朝那堆骨灰搧一下，像靜電一樣被鈔票吸附起來的，絕對是他。

此時，一道英挺身影，手捧餐盤，踏著滿地朦朧光影而來。

他年約二十七歲，一頭層次分明的微捲褐髮，幾撮挑染成淡金色的髮束，在崁燈投射下閃動光澤，斜撥的瀏海下，臉龐線條柔和，眉眼輪廓深邃，鼻梁高挺。白色窄版襯衫勾勒出瘦削的腰身，領口結著深紫色的領巾，兩袖翻折到手肘處，露出一雙精實的手臂，腰間繫著和領巾同色的過膝長圍裙，將他的身形修飾得更加頎長。

一桌客人喚住他，他立刻展露微笑，微微彎身詢問需求，那認真凝視客人的側顏，深深攫住尹瑄雨的目光，使她一時移不開眼。

就讀大學三年級的工讀生小湘，見她一動不動呆在小窗前，好奇地擠過頭來問道：「瑄雨姐在看什麼？啊……是店長，店長笑起來眞好看。」

那人其實只是微微彎起唇角而已，幾位女性客人便明顯眼睛發亮，神情有些痴迷。

尹瑄雨在心裡打了個冷顫，輕聲讀出藏在那抹笑容下的眞心話：「念在你們消費這麼多，大爺我就再免費賞妳們一記微笑。」

她不懂，明明他不笑的時候帶點殺氣，但是啊，就是有人欣賞這種酷酷壞壞的調調。

見他拿起桌上的帳單，定定看了一眼，臉上的笑意更深了。尹瑄雨敢打包票，那張帳單的數字絕對破千，這就叫一笑……傾囊嗎？

「又不是男公關，何必笑成這樣。」她喃喃念了幾句，豈知那禍水頭上竟像長了天線，瞬間接收到她的咒罵，緩緩站直身子和她隔空來個四目深情相對。

「啊！被店長抓到在偷懶。」小湘嚇得快步逃回料理臺。

尹瑄雨迅速拉上布簾，轉身走進員工更衣室，換上制服和方便行走的運動鞋。整理好儀容後，她打開更衣室的門，見向予澈站在門邊，伸手挑出她的出勤卡，看了一眼。

尹瑄雨衝上前想搶下自己的卡，無奈他長得高，手臂一舉馬上避開她的撲抓。

「瑄雨。」刻意溫柔的嗓音讓她心中陡然升起一股惡寒，他手持出勤卡朝她頭頂輕輕拍落，笑容越來越燦爛，「恭喜我呀，妳的全勤飛了，表示店長我多賺到一千元，感謝妳對我的體貼。」

「向予澈！人家去美術社幫你買……」她生氣地跺腳，他那是什麼嘴臉？有種就拿這模樣去面對客人呀！

「員工在店內喧嘩，扣一百。」他冷然打斷她的解釋，從圍裙口袋裡掏出一本便條紙，提筆記下。

「你這個錢鬼！」她指著他的臉大叫。

「謝謝，罵老闆，扣五百。」他無所謂地笑，大方收下她的「讚美」，再記下一筆。

「你不准再寫！」她伸手抓向便條紙，兩人拉扯間，那張便條紙被她撕下半截。

「撕毀公物，扣一百。」

「一張便條紙值一百，你坑錢呀！」她抬腳朝他腳背狠狠一踩。

「攻擊店長，扣一千。」他眉頭皺了一下，逕自翻頁繼續寫。

尹瑄雨拿他沒轍，只好繼續瞪著他，一臉哀怨。

「上班不帶笑容，扣一百。」向予澈拿筆戳了戳她的嘴角。

「這樣也能扣？」她氣急敗壞地撫額，心裡想著回家絕對要釘他小木人！

「還有，遲到沒有先打電話跟我報備，扣五千。」他嗓音一沉，神色也變得正經，這才是他真正介意的重點。

「手機壞了怎麼打？」她下意識脫口而出。

「壞了？」他挑眉。

「壞……兩天了。」

「沒送修？」

「今晚客人那麼多，正事比手機要緊吧。」她迴避問題，沒好氣地抽走他手裡的出勤卡，插回門邊的卡匝裡。

向予澈一臉若有所思，看著她走向料理臺。他沒再多說什麼，只是端起餐盤走出廚房。

店長離開後，邱建平瞧尹瑄雨心情有點低落，於是出聲調侃：「瑄雨，沒聽到妳和店長吵嘴，工作都不來勁。」

「建平叔……」她抬頭瞪他。沒良心！哪有人把快樂建築在別人的痛苦上。

「予澈只是關心妳。」林詠馨微笑接口。

「我也這麼覺得。」小湘忍不住插話，「瑄雨姐和店長的感情眞好，我剛進來工作時，還以爲你們是情侶。」

「才不是情侶。」尹瑄雨低頭看著餐盤，心情十分複雜，「他是大我一屆的高中學長，我們從高中一路吵到現在。」

「原來你們是學長和學妹的關係！」小湘聽了神情一亮，學長和學妹的浪漫遐想開始在腦中氾濫，「店長高中是怎樣的一個人？他功課好嗎？運動好嗎？他長得那麼帥氣，是不是學校裡的風雲人物？」

「妳別把他想像得太美好。」尹瑄雨搖頭不願多談，一提到高中時期的向予澈，腦中的某根神經就會啪地斷掉，「我不想殘害自己的腦細胞，今晚客人很多，別再聊天了，快工作。」

「瑄雨姐，妳這樣講讓我好好奇喔。」這回答反倒勾起小湘對向予澈的興趣。

「瑄雨，水果沙拉份數不夠。」

「是，馬上做！」

「主廚，十二號桌的客人要求主餐不要加洋蔥。」

「外場別再來搗亂！」

忙了一段時間後，帶點混亂的夜晚終於即將告一段落，客人一一離席。晚上九點咖啡館打烊，員工開始清掃內外環境，一切漸歸平靜。

大廳一隅，尹瑄雨挑了個位子坐下，在桌面鋪上一張淡紫色的紙，用麥克筆在紙面寫下「流光咖啡館」五字，彎彎捲捲的藝術字型，跟門外鍛鐵招牌上的字一模一樣。寫完後，她又拿起其他顏色的筆在四周點綴幾朵小花。

向予澈環抱雙臂靠坐在隔壁餐桌桌緣，微微側頭望著她握筆揮灑時的滿足神情，她疲累的臉蛋明亮了起來，長長眼睫也遮掩不住她眼底的自信神采。

「這次要寫什麼？」繪好店名，她仰頭望著他。

「我要招聘一位琴師，工作時間是晚上六點到八點，吸引不同的客源。」

「琴師？」她怔忡著，腦海突然閃過一抹藍色身影，在她耳畔輕聲說——學妹，到站嘍……

見她聽見「琴師」兩字突然失魂走神，向予澈臉色微黯，不悅地伸指敲了敲桌面，「發什麼呆？還不快寫！」

「啊，對不起。」尹瑄雨連忙打開筆蓋。

不遠處一邊掃地一邊觀察兩人的小湘，以爲尹瑄雨寫得不情不願，才惹得店長生氣。她忍不住靠了過來，好心幫腔：「瑄雨姐好厲害！竟然光靠手繪就能把招牌的字型模仿到這麼像。」

尹瑄雨垂下眼簾望著紙面，小湘不知道，當初咖啡館的LOGO字型就是她手繪設計的。

「瑄雨姐要不要試試電繪？現在的軟體很強，可以做出非常多效果，網路上也能下載到很多字體和圖庫，去超商彩色列印也很省事，我在學校裡都……」小湘滔滔不絕給出建議。

尹瑄雨蓋上麥克筆的筆蓋，她心裡也明白，在這個科技日新月異的時代，手繪或許眞的有點過時了。

「對呀，電腦軟體萬能，不過我這個店長是老古板，就是喜歡手繪的質感和獨創性。」向予澈斜睨著小湘，口氣聽起來溫和，但笑意未達眼底，「小湘啊，妳電腦強、掃地快、手腳俐落，最重要的大門口清潔工作，就交給妳吧。」

「喔，好！」彷彿接到聖旨，小湘臉上一喜，拿著掃把跑出去。

向予澈眼神閃過一絲促狹，彎身靠向尹瑄雨耳邊，神祕地笑道：「剛瞄到鄰居的狗在門口打轉。」

他話剛說完，大門突然被打開，小湘探頭進來一臉作嘔地大叫：「店長！鄰居的狗又跑過來大便，噁心死了！」

「你眞過分！」尹瑄雨噗哧一笑，又帶點譴責地瞪著他，只見他翻了個白眼，一臉痞樣。

尹瑄雨重新拔開筆蓋，在紙面寫下「徵琴師一位，意者內洽」，寫完再奉送一臺手繪的小鋼琴。

向予澈見她簡單幾筆就勾勒出一臺小鋼琴，神情浮現淡淡溫柔。

第二章 同居不談愛

晚上九點五十分，內外場的環境皆清理完畢，向予澈拿出薪資單和薪資袋發給所有員工。

「聽好了！現金請點清楚再走，否則一踏出咖啡館大門，說少了一張，我絕對不會認帳。」他靠坐桌緣，見所有員工聽到領薪水了，疲累的神情頓時消散，全都興奮起來，唯獨一張臉默默垂下，拿著筆在紙上亂畫。

「謝謝店長。」眾人一一向他道謝。每到發薪日，便會讓人覺得工作再辛苦都值得。

尹瑄雨沒有加入排隊領薪的隊伍，手中的筆在紙上塗鴉著小貓小狗，耳裡聽著向予澈和員工互道「辛苦」和「感謝」，胸口微微難受。

每個員工都期待發薪日，唯獨她不愛，巴不得這天趕快結束，因爲只有這天……她是卑微的，抬不起頭面對他。

「瑄雨。」

聽到向予澈的輕喚，尹瑄雨才起身走向他，接過他遞來的薪資袋時，自尊再次被那薄薄的幾張紙鈔狠狠踐踏。

「辛苦了。」望著不敢和他對視的她，一抹憐惜閃過向予澈的眼底。

「謝謝。」她不甘地咬牙，轉身走開時，薪資袋也在手裡捏皺了。

小湘見她神情落寞，黏著她好奇問道：「瑄雨姐，妳是不是被店長扣了很多錢？」

「不是，扣款大多是開玩笑，店長只是愛捉弄我。」她連忙跟小湘澄清。

「可是妳的表情……」

「小湘。」向予澈突然出聲打斷小湘的探問，伸手按下牆上的電燈開關，熄去大廳的第一排電燈，「大家都走了，妳再不回家，我就把妳鎖在店裡跟鬼作伴。」

「哎唷，人家好怕黑，店長幹麼嚇人？等一下害我不敢騎夜車回家，店長要送我嗎？」小湘還當他在開玩笑，用撒嬌的口氣說道。

「可以呀，妳明天就不用來了。」

小湘聽了一愣。

「沒機車嘛。」他笑笑補上一句。

「就是呀，我跟店長開玩笑的。」小湘嘻嘻哈哈道了聲再見，提起背包踩著輕快腳步晃出大門。

再關掉第二排燈，向予澈回頭見尹瑄雨還站著發呆，語氣柔和：「瑄雨，回家嘍。」

尹瑄雨回神，將薪資袋收進皮包裡，拿起徵人啟事走出大門，貼在門邊的布告欄上，再拿起粉筆在紙面兩側畫了雙小翅膀，上端添了兩根卷卷的小觸角，下方加上一大朵花。

塗鴉完，心情也好上許多，她望著那張徵人啟事微微一笑，不知道會應徵到什麼樣的琴師？

向予澈鎖好大門，見她終於展露笑容，安心下來，伸手朝她後腦輕拍一下，嘖了聲，「貼就貼，幹麼把它畫成蟑螂？」

「上面畫的是蝴蝶，蝴蝶！」

「明明是蟑螂。」

「向予澈！」她雙手扠腰沒好氣地瞪他，「你是近視千度還是眼睛抽筋，爲什麼我畫的圖到你眼裡全走了樣？」

「我視力好得很。」他微微彎身直視她的臉，略帶挑釁地笑了笑，「以前住在妳宿舍的對窗，看了三年的蟑螂學妹，現在看什麼都是蟑螂樣。」

「你！藍衣有什麼了不起？」尹瑄雨火大了，一把揪住他的領巾，「不就史萊姆一隻！QQ史萊姆學長！」

「QQ？哪裡Q？」他雙手環抱著自己，別開臉露出一副嬌羞樣，「噢……好討厭，什麼時候被妳摸過試過了？」

「變態！你有種就在小湘面前露出這模樣。」她抓著皮包甩向他的臉，心想小湘若是看到他的眞面目，對他的幻想絕對會全部破滅。

「我眞實的模樣，只配給妳欣賞。」他朗聲大笑，側身閃過她的攻擊後，再拉住她的手，朝員工停車棚走去，「走了啦，時間不早，別玩了。」

來到最內側的店長專用停車格，向予澈打開牆邊的專屬置物櫃，拋了一頂安全帽給她，再套上防風外套和手套，跨坐在重型機車上。尹瑄雨接住安全帽戴上，兩手攀著他的肩坐到後座。

「抱緊點，不要睡著掉下去。」他嗓音轉爲溫柔，拉過她的手環上自己的腰，「回家我要先洗澡。」

「我哪次不是讓你先洗？」她沒好氣地嘟噥。

「眞聽話，那我命令妳幫我搓背。」

「好啊，我拿馬桶刷伺候你。」

「心腸眞狠。」他低聲笑了笑，相當享受這樣的吵嘴。

晚上十點多，向予澈迎著九月初微涼的夜風，載著尹瑄雨奔馳在回家路上。

尹瑄雨一路都低著頭，刻意避開家家戶戶溫暖窗燈組成的炫爛夜景，僅讓路上的白色分隔線一道道劃過眼前。即使在這座城市居住了九年，她依然有種飄泊不定的感覺，像是一隻迷途的候鳥，深怕被黑暗和孤獨吞噬。

向予澈騎車載著她進到社區裡，停在一棟舊公寓的騎樓下。熄火後，他取下安全帽甩了甩頭，五指梳過被壓塌的頭髮，再看向身後緊抱著他不放的尹瑄雨，像隻膽小的無尾熊。

他知道她害怕黑夜，更怕黑夜降臨還找不著家，他眞想帶她到一個只有永晝的地方。

「瞧妳這麼愛我，待會要不要……」他一臉促狹地脫下手套，「我洗完澡到妳床上等妳？」

「誰愛你了？」她迅速鬆開手，踩著踏杆跳下車，指著他的臉警告，「你不准進我房間！」

「不公平！」他哀怨地攢緊眉頭，「妳把我房間當客廳，愛來就來，愛走就走耶。」

「我說不可以，就是不可以。」她不理會他的抗議，脫下安全帽放置在一旁的鞋櫃上。

「妳的好朋友是不是來了？」他看著她氣色黯淡的側臉，迅速算了一下日期。

「你不說話會死呀？」她狠瞪他一眼，掏出鑰匙打開大門。

大門一開，屋裡是兩房一廳加開放式廚房的格局，中間隔著一個中島吧台，雖然空間不大，卻布置得簡約而溫馨。

向予澈一邊解開領巾一邊抱怨：「工作熱得要死，還要打領巾，圍裙那麼長，走路很礙事，妳設計的制服一點都不舒適，還全身紫色系，搞得我看起來像支薰衣草，噁心！」

「那就統統脫掉，不要穿！」尹瑄雨話一說完馬上後悔，因為這傢伙最厲害的就是曲解她的話。

向予澈聞言一愣，狹長的眼眸微微瞇起，嘴角勾起一抹壞笑，「既然學妹有令，學長我就恭敬不如從命，脫掉……」

尹瑄雨感到一陣頭疼，實在沒精力跟他鬥了，只能任他一步步逼向自己，直到她的後背靠在牆面上，他一手抵在她頭頂上方，低下臉深情凝視她，另一手緩緩解開襯衫上的鈕扣，一顆接一顆……

受不了，真的很愛演！

她抬頭望進他那雙漂亮的淺棕色眼眸，他的瞳色比一般人淺淡，剛睡醒時會透著澄澈的無辜，專注工作時會散發出堅定的光采，難過時又黯淡得像烏雲密布的天空，彷彿一眨眼就會落下雨來，但是他從不讓她分擔他的眼淚。

心跳微微加速，她置於身側的手下意識動了一下，差點要撫上他的眉宇。

但她不能，她必須克制自己。

她的視線挪向他彎成美麗弧形的唇，他的吻總是溫柔，帶著摧毀她心防的魔力，讓她必須時時提高防備，提醒自己必須拒絕他的情意。

尹瑄雨見他解完鈕扣敞開衣襟後，還打算繼續尺度大開下去，只好有氣無力地說：「你的身體，我看到都不想看了，又沒有讓人眼睛發亮的六塊肌。」

「妳也沒有讓人垂涎三尺的F罩杯啊，幸好好朋友要來時，還會稍稍灌水一點。」他的眼神朝她胸前移去，「依我目測，應該比平時升了半個罩杯……」

「向予澈！你大色狼！」她放聲尖叫，雙臂護胸，側身以肩頭將他撞開，「求你快去洗澡，讓我耳根清淨！」

「好啦，幫我收衣服。」他又朗聲笑開，神色也變得正經一些。

見他進到浴室裡，尹瑄雨才鬆了口氣，走到陽臺為他收衣。白天要應付老闆，晚上還要去咖啡館打工，回家還要被他當成傭人使喚，順便消遣一番，她的生活還眞是充實！

不過她也知道，他會搶先洗澡，是因爲他還有事情要做，要看咖啡館的帳、計算成本、研究菜單，不像她洗完澡就能上床睡覺。

向予澈洗完澡直接回房，尹瑄雨接著走進浴室裡，鏡臺上一左一右擺著兩組牙刷，層架上也擺滿瓶瓶罐罐，上層是他的黑色系，下層是她的粉色系。

她褪下衣衫，身體被飄著淡淡沐浴乳香氣的水氣包圍，那氣息跟他身上的一模一樣，讓她不禁臉紅心跳。向予澈並不知道，她常常會因排在他後面洗澡，而覺得困擾。

洗完澡吹乾長髮，尹瑄雨回到自己的房間，打開皮包拿出薪資袋，神色漸漸黯下。她打開抽屜取出一本筆記本，翻到其中一頁，提筆抄下薪資袋上的數字，接著走到隔壁房間的門前，輕輕敲了敲門。

「進來。」

尹瑄雨推開房門，見向予澈正坐在書桌前看記在電腦裡的帳，她緩步來到他身側，遞上薪資袋和筆記本。

「我們改成一年結算一次吧。」他盯著螢幕敲打計算機，對於她遞來的東西一眼都不看。

「不行，一個月結算一次，這樣比較清楚。」她把筆記本和薪資袋直接擺在桌面上，因爲不這麼做，她的錢有可能會留不住，「麻煩學長簽收。」

向予澈突然旋轉椅子，面向尹瑄雨。尹瑄雨見狀，馬上垂下眼簾，不想與他對視。

這個景象每個月總要上演一次。

「我沒有催妳還錢，更沒有因此看不起妳。」他輕聲強調。

「我知道，你先簽啦。」她心急地催促。

「如果哪天還清這些債款，妳第一件想做的事是什麼？」

「我想要離開這裡。」

聽她毫不留情地這麼說，向予澈一股怒氣湧上心頭，提筆在筆記本上潦草簽名，簽完將筆拍在桌面上，隨後起身一把攫住她的手臂，將她推出門外。

「那就快點把錢還來！別死賴在這裡，每天看到妳就心煩，滾！」他狠狠甩上房門。

尹瑄雨腳步一陣踉蹌，此時房門又再度打開，筆記本被丟了出來，緊接著又傳出房門被用力甩上的聲響。

她忍住眼眶裡的酸意，撿起筆記本回到房間裡，坐在床邊發呆。

呆坐了片刻，她才緩緩翻開筆記本的第一頁，上面是一張借據，白紙黑字，立約人是十八歲的尹瑄雨，契約內容是借款七百萬，債權人是向予澈。

領他的錢，再拿來還欠他的債，這又算什麼？

當年簽下這張借據後，她一夜長大，拋棄了從小相伴的畫筆和繪畫夢想。欠他的債，依她現在的工作收入，她必須還上三四十年才能清償，還不說父母親那邊也欠著一筆債務，這是多麼糟糕又麻煩的家庭！

她眞的很羨慕小湘，可以對向予澈懷抱一份單純的愛慕，即使不被對方接受也無所謂。不像她即使愛上了，也要時時克制自己，假裝沒有動心。

正是因爲有愛，她才不願拖累他，讓他一同背負這沉重的責任，更不願利用他的愛，將他束縛在自己身邊。

她希望他能自由地追尋夢想！

尹瑄雨再次堅定自己的信念，拭去眼角的溼意，收起筆記本熄燈上床。

「抓住她！」

夜很深，她從山上逃往山下，身後一群黑影張牙舞爪地在追捕她。

她大聲地呼救，眼看黑影越追越近，急忙鑽進路邊的芒草叢裡。當她好不容易成功拉開和黑影的距離時，腳底踩到碎石一滑，整個人滾落到草坡下，腳踝傳來一陣劇疼。

「在那裡！別讓她逃了！」

人聲逐漸逼近，她腳卻痛得完全站不起來，只能像狗一樣在草叢中爬行。

「快！抓住她，逼她父母出面。」

突然，黑暗中探出兩隻手抓住她的手腳，她張口便咬，用力往後踢。她的制服鈕扣在拉扯中被扯開，接著又有五隻手、十隻手、三十隻……無數隻手自四面八方的黑暗中探出，扼住她的喉嚨，按住她半裸的身子、她的腿、她的手……

「不要！放開我！不要碰我！」她拚命掙扎，淚水奪眶而出，恐懼攀升到最高點。

就在絕望即將吞噬她時，突然一道黑影高舉著球棒，自草坡上騰空躍下，一頭金髮在月光下閃動。

「放開她！不准碰她！」球棒狠狠敲下，伴著一聲憤怒的低吼……

尹瑄雨驚恐地睜開眼睛，一個翻身從床上重重跌至地面，撫著喉嚨不停乾嘔。房門被猛然推開，急促的腳步聲衝了進來，一雙精實的手臂將她從地上抱起，輕柔地放回床上。

「別怕！我在這裡。」跟六年前那夜一樣的聲音。

尹瑄雨一臉恍惚地抬起頭，映入眼裡的，是向予澈充滿擔憂的臉。她的情緒尚未從夢中抽離，情不自禁往他懷裡鑽，一隻手緩緩攀上他的肩頭。

向予澈立刻在床邊坐下，將她緊緊擁在懷裡，伸手輕拍她的背，當她永不離棄的依靠。

兩人靜靜相偎，她將頭輕靠在他厚實的肩頭上。被他沉穩的氣息包圍著，心中的不安逐漸消散後，她才開口打破沉默：「我眞是沒用，明明都長大了，也不怕回想那些事，可是作夢時，還是會變回十八歲那個膽小的自己。」

「別這麼說，任何人遇到那種事都會害怕！」向予澈的口氣帶點懊惱。

「學長，謝謝你救了我。」她輕聲嘆息。

「那種程度有什麼好謝的？」他聽了口氣更差，「我應該再跑快一點。」

他在自責沒有早點救下她嗎？

尹瑄雨聽了一愣，馬上離開他的懷抱，坐直身體打量他的神情，見向予澈別開視線，眉宇間透著一絲不甘，她想，答案很明顯。

「不，你來得剛好。」她伸手貼上他的左頰，將他的臉轉回來，不願他為此感到自責，「就連在噩夢裡，你最後也都會趕來救我。」

聽到她的噩夢裡有他，他不是束手無策任她被噩夢所苦時，向予澈心裡一陣激動，忍不住伸手環住她的腰，沉聲命令：「那妳以後睡前都要想著我，說不定我這個讓師長頭痛，只會打架的問題學生，還能幫妳阻擋噩夢。」

「學長才不壞。」她搖頭反駁。

話剛說完，向予澈已情不自禁吻上她的唇，他吻得很小心，緩緩揉壓她的唇，傾訴多年來的情意。

尹瑄雨的思緒瞬間被抽空，漸漸迷失在他熾熱的氣息裡，一時忘了要拒絕。直到他的吻開始加深轉為熾烈，她混沌的意識一下子清醒過來，馬上伸手推開他，拉過被單掩住身子，躺回床上面向牆壁。

向予澈也轉身背對著她，臉色難掩失落。多年來總是這樣，每當他覺得自己走入她的心裡時，又會被她推開。

兩人各自陷進自己的思緒裡，氣氛變得有些尷尬。

「頭還暈嗎？」隔了片刻，向予澈才輕咳一聲。

「好多了。」如他所料，她的月事昨夜來了，經前症候群讓她暈眩、胸部漲痛……剛想到這裡，她的頭皮立刻發麻，她習慣這幾天不穿內衣睡覺，剛才被他緊抱時，似乎是直接貼著他的胸膛，希望他沒注意到。

「這兩天休假，妳在家好好休息，不用來打工，我晚上泡蜂蜜水給妳喝。」

「不用麻煩……」她伸指輕點雙唇，他的吻在她唇上還留著淡淡餘韻。

「不麻煩。」他打斷她的話，恢復成平時說笑的口氣，「這是保障我這個債主的權益，我要把妳養壯養健康，才有體力工作賺錢還我。」

「對不起，昨晚惹你生氣了。」提到還錢，她又想起昨晚的爭執，他每次都被她氣個半死，隔天又輕易地原諒她。

「學妹。」他轉過身，右手撐在她身旁的床墊上，緩緩俯下臉靠向她的耳畔，呵氣般說道，「妳沒穿內衣，抱起來感覺真舒服，大清早這麼誠心誠意地向我道歉，不知不覺氣就消了。我不介意被妳多氣幾次，這種早安抱抱最好每天都來個一次。」

尹瑄雨突然翻身坐起，低著頭，長髮垂於臉頰兩側，瀏海遮住上半張臉。

坐在床緣的向予澈見她肩頭顫抖，知道她的怒氣瀕臨爆發，便要笑又不敢笑地抿緊唇，默默轉身想開溜。

「別跑！向予澈，你死定了！」

她倏地轉身，滿面殺氣地撲向他的背，伸手自後面勾住他的肩頸。

「喂喂！妳是猴子呀？」向予澈被她從後面勒著脖頸，整個人又跌坐回床邊，下意識想拉開貼在背後的她，沒想到反手卻拍住她的臀。

「向予澈！你的手在摸哪裡？」她失聲尖叫，勒著他的頸項把他扳倒在床上，巴不得將他挫骨揚灰。

向予澈仰躺在床上，覺得既震驚又好笑，不敢相信她有這等蠻力。他伸手勾住她的後腦，拉近兩張臉的距離，輕輕笑道：「想要就說一聲，我會乖乖就範，何必粗魯硬上？」

「什麼就範？什麼硬上？你腦子裡都裝些什麼？」她氣得揮開他的手，隨手抄起床上的抱枕，朝他的臉重重拍落。

「裝著妳呀，全身上下，從內到外，從十六歲到現在。」他一臉無辜地大笑，雙臂交叉，阻擋她的攻擊，「妳把我的臉打歪了，害我討不到老婆，就要以身相許，對我負責喔。」

「誰要以身相許？誰要對你負責？」她滿臉羞紅，又氣得打他一下。

「當然是我以身相許，妳要對我負責。」他憋著笑補充說明。

「我才不要！你眞是無藥可救的壞！」

「妳剛剛說學長才不壞唷。」

「我收回那句話！予澈學長是全世界──」她雙手高舉著抱枕，用盡全身力氣，狠狠打在向予澈身上，「最、差、勁、的、人！」

「哈哈哈……頭好暈，妳的手勁眞強，果眞不能小看妳。」他已經笑岔了氣，心裡有種變態的快感，巴不得她再凶悍一點，甚至咬他一口，在他身上印下屬於她的記號。

尹瑄雨已經沒力氣了，背靠著牆休息，幾束長髮垂落在臉上，模樣相當狼狽。

「瑄雨，商量一下。」他翻身側躺在床上，一手撐著那張好看的臉望向她，「專家說理財非常重要，必須及早規畫退休後的收入。那些錢……能不能等我頭髮白了再還？這樣等我老了，翹著腳還是有錢賺。」語畢，他朝她挑眉，暗示這是不錯的建議。

「別說了，我不想再惹你生氣。」談到借款，她別開眼不願和他對視。

「好吧，算了。」向予澈翻身下床，伸出十指梳攏頭髮，再整理身上凌亂的制服，「我要去店裡，桌上的早餐記得吃。」

尹瑄雨咬著下唇點點頭，被他這麼一攪，噩夢殘留的驚懼全被淨空，絲毫不留。

向予澈出門後，尹瑄雨起身先去梳洗，接著才走到廚房。吧台上擺著一個餐盤和一杯柳橙汁，她掀開餐盤蓋，裡頭是一個藍色花邊的古典瓷盤，盤上是切成四等分的培根三明治，每一等分都插著小熊造型的叉子，方便她取用。

她當然也會下廚，只是做菜有些隨性，每次用完廚房都被向予澈念叨，說調味料罐擺放的位置不對，或刀叉湯杓擺放的順序不對。有時想幫他洗菜切肉，又被他一掌攆出去，說她會擾亂他烹飪的步驟。

他就像個王者，廚房就是他的天下。

尹瑄雨吃了一口三明治，培根煎過的香氣在口中漫開，搭配清爽的生菜，口感不膩，再喝一口添加葡萄柚果凍的柳橙汁，微酸微甜的滋味，讓她不禁紅了眼眶。

九年的情意，六年的無悔付出和犧牲，她將他的深情一點一滴記在心裡，卻無以爲報。

多希望時光可以倒流，讓她重回人生還沒變調的高中時期，讓她和他，以及記憶裡那些美麗的人事，再相遇一次……

第三章　回憶的溯流

計程車停在宿舍大門前，尹瑄雨提著行李下車後，轉身望向這棟未來三年的住所。

那是一棟座落在學校後門圍牆前方，獨棟的舊式五層樓雙併公寓，公寓一樓的中間是一扇紅色大門，進去是一道公共樓梯。在這棟公寓的右側，隔著一條馬路的距離，並列著另一棟外觀相同的公寓，那棟則是男生宿舍。

宿舍一樓的大門敞開著，許多家長提著行李進進出出，氣氛相當熱鬧。新生幾乎都是由父母開車送來的，有的還全家大小出動，陣仗足足有十來人。

尹瑄雨除了不曾單獨在外面留宿之外，還相當依賴家人，她也希望父母可以載她來宿舍，可惜他們經營的電器專賣店今天剛好有事，無法前來，所以她才會獨自搭乘火車。

儘管週末就能返家，可是住宿的第一天，難免會不安和不捨。

舍監是個四十多歲、身材瘦小的婦人，尹瑄雨註冊當天寄放教科書時曾經見過，她正恭敬地和一位身穿西裝的男人談話。

「宿舍裡面看起來破破爛爛，桌椅床鋪那麼舊，也沒有很好的保全系統，萬一遇到色狼入侵，女生要怎麼保護自己？」那位男人是新生的父親，他當眾質問舍監，他的女兒一臉尷尬地站在旁邊。

舍監好聲好氣地解釋：「學校宿舍的收費比外面便宜很多，設備雖然陽春，但該有的設備都有，至於保全的部分，我和教官就住在宿舍一樓，學生如果需要幫助，只要打電話過來就行。」

「可是……」那位父親還想抱怨什麼。

「如果還是不滿意，後面的國宅有套房出租，不只裝潢新穎，還有冷氣和獨立的衛浴，您可以過去看看。」

「後面有國宅？」

「宿舍後面還有好幾棟公寓，都屬於國宅，您只要從男女宿舍中間的馬路走進去，就會看到很多租屋廣告。那裡也住了不少學生，畢竟宿舍有門禁限制，早晚都要點名，有些學生不喜歡被約束。」舍監特別強調門禁和點名等字眼。

那位父親聽了，馬上意識到在外租屋等於是放任孩子自理生活，遲疑幾秒才說：「那……床位先保留，我過去看看再決定。」

語畢，那位父親便帶著女兒離開，舍監見了也微微鬆了口氣。

一樓的花圃前有幾位身穿便服的女孩正圍著聊天，其中一位相貌帶點英氣的短髮女孩來到舍監身邊，不滿地說：「那位爸爸當這裡是五星級飯店嗎？要不要再帶個傭人來？」

「女兒嘛，家長自然比較捨不得，怕她在外面吃苦。」舍監轉身說道，這才發現尹瑄雨默默站在旁邊，「妳是新生吧？」

尹瑄雨點點頭。

「爸媽沒有一起來？」

她黯然搖頭。

舍監見她神色落寞，連忙朝她微笑招手，「妳很獨立呢！來，先報到。」

尹瑄雨走到舍監的面前，在住宿名單上指出自己的名字，看著她拿筆打勾。

「妳是美術班的？」看到班別，舍監抬頭打量她一眼。

「嗯。」她應了聲。

「每年收到長相漂亮或氣質不錯的女學生就有壓力，蜜蜂蒼蠅趕不完。」舍監嘆了口氣。

尹瑄雨聽了只覺得尷尬，不知如何反應。

此時，那名相貌英氣的女孩拿了個紙盒走向她，微笑說道：「學妹，我是女舍的舍長，就讀普通科二年三班，住一寢。」

「舍長好，我叫尹瑄雨，一年五班。」她也微笑回道。

「為了讓三年級生好好準備升學考試，宿舍的舍長和寢室長由二年級生擔當。別看舍長身材瘦瘦的，她可是跆拳道黑帶，踢起男生毫不留情。」舍監意有所指地朝舍長拋了記神祕眼神。

「是那男生太欠扁了，活該被記大過。」舍長冷哼了聲，隨後捧起紙盒，「瑄雨學妹，抽寢室吧。」

尹瑄雨不懂舍長和舍監在討論什麼，反正跟自己無關。她伸手從盒子裡抽了張紙條出來，打開念道：「八。」

「喔耶！」聽到數字，花圃前那群女孩全部拍手歡聲叫好，「學妹抽中籤王中的籤王耶！妳手氣眞好，可以簽樂透了！」

「太好了！籤王的名額少一個。」另一位學姐笑道。

「籤王？」尹瑄雨不解地望著那群學姐，難道寢室也有分好壞？

舍長回頭瞪了那幾個女孩一眼，苦笑著解釋：「宿舍一樓的左側，有加蓋院子這戶，住的是舍監一家人，負責宿舍的安全管理和維修，以及住宿生的三餐伙食；右側那戶是女教官留守用的，因此二樓的左側才是一寢，右側是二寢，以此向上類推。」

尹瑄雨抬起頭一間一間地數，視線最後定在最高的五樓右寢，頓時明白爲何學姐們的表情都帶了點幸災樂禍。

「學妹，以後每天倒垃圾、早晚點名、夜讀時，上下樓梯記得要跑快點，包妳住上兩個月，就練出一雙無敵健壯的飛毛腿。」舍長拍拍她的肩頭掛保證。

尹瑄雨噗哧一笑，原來抽宿舍也像男生當兵抽金馬獎一樣，一有人抽到最高樓層的七寢和八寢，就像金門和馬祖被抽走似的，舉國歡騰。

辦好寢室登記後，尹瑄雨把行李和寄放在舍監住處的教科書搬上五樓，一路和許多家長擦身而過。有些家長會幫忙孩子搬東西，有些家長站在門口和女兒擁抱話別，看得她的心情又難受起來。

尹瑄雨拖著行李氣喘吁吁地爬到五樓，走進八寢大門，入目的是一個方方正正的小客廳，沒有任何裝潢，只有兩排長長的書架和書桌椅靠在兩側牆上。客廳正面有一扇落地門，外面是個陽臺。

聽見門口有動靜，四個女孩一同走出房間，她們臉上只有好奇，沒有新生的靦腆，大概全都是學姐。

其中一位身穿運動服、膚色曬得健康的女孩走向她，自我介紹道：「我叫陳可芳，二年級體育班，是八寢的寢室長。」

陳可芳帶著尹瑄雨參觀整間寢室，介紹宿舍的格局：「學校買下兩棟國宅公寓當男女生宿舍。每一棟有十戶，每一戶就是一間寢室，格局都是三個房間加一個客廳和一間浴室，前頭是主臥室，空間最大，可以住四個人，後邊是兩間較小的房間，每一間各住兩個人。

「女生宿舍只有八個寢室，每一寢最多住八個人，但男生宿舍是十間全住滿，每一寢至少十個學生，人數比我們多。」另一位學姐解釋。

「為什麼有差？」尹瑄雨好奇問道。

「因為男生在外住宿，家人比較不會擔心，女生就不一樣了，歷年的人數都比男生少。」那位學姐頓了一下，又噗哧笑道，「所以男教官留守時，只能跟學生擠在同一寢，不像女教官擁有獨立的一戶。」

「原來如此。」尹瑄雨跟著一笑。

「不過……學妹，床位的分配本該抽籤決定，可是我有個小怪癖，不習慣和後面的公寓對窗，有種被監視的不自在感，晚上會失眠，所以先挑了前面的大房間，妳會介意嗎？」參觀完整間寢室後，陳可芳略帶試探地問她，眼神有一點點奇怪。

「不會呀。」尹瑄雨不假思索地搖頭，每個人都有自己的生活習慣，她不介意和後棟的公寓對窗。

另一名學姐指著房門緊閉的左邊小房間，說道：「那間目前住著兩位三年級學姐，都在準備考試閉關中，以後儘量不要打擾她們讀書，不過我們這群超愛聊天，乾脆就和可芳擠到大房間去。」

「那我就住這間。」她指著右邊的小房間，她們言下之意只剩這間房間可以選，儘管覺得哪裡不對勁，但她也不是很在意。

「學妹真好溝通。」學姐們聞言全都吁了口氣，「剛才有個學妹抽到這裡，她爸爸嫌東嫌西，下去找舍監理論了。」

原來剛才在一樓看到的那個女生，原本是她的室友，不知她父親最後決定怎麼做？

尹瑄雨走進右側的小房間，見牆上有扇大窗戶，採光還不錯，室內左右各擺著一張雙層木床，床邊配有課桌椅，牆角還有兩座小衣櫥，雖然漆色斑駁，但整體相當乾淨。

房內的空氣有點窒悶，她打開窗戶通風時，看見後面的公寓窗戶正半敞著，隔著窄小的防火巷，與她的窗戶相對。

午後的陽光斜灑在牆面上，窗臺上栽著一小盆薄荷草，白色的窗紗隨風飄動，隱約看見屋內擺著衣櫃和書架，整幅畫面透著一股靜謐的氛圍。

她不禁有點好奇，對面住著什麼樣的人？

傍晚，尹瑄雨整理好行李，來到客廳認領了一組書桌，貼上名條之後，將所有的課本擺上書架，擺好後，她突然不知道自己該做什麼了。

夕陽已經落下，望著漸暗的天色，她開始想家了，鼻尖一陣泛酸。

「瑄雨學妹。」

她回頭一看，四張臉正對著她笑。

陳可芳滿臉關心地問：「舍監說，那位學妹的爸爸決定在後面租屋，剛才打電話退宿了，妳一個人敢睡嗎？要不要我們其中一個搬過去陪妳？」

尹瑄雨見她們四人感情很好，不想分開的模樣，搖頭笑道：「沒關係，我在家也是一個人睡，明天等畫架寄來了，還怕多占了空間，礙到室友走路。」

陳可芳和三位學姐聽了臉上一喜，連忙順水推舟地說：「這樣正好，整間房間隨妳運用，以後在學校裡有什麼需要幫忙的地方，學姐們都會罩妳！」

「謝謝學姐。」

「今晚宿舍沒供飯，妳跟我們一起出去吃飯吧。」

其實尹瑄雨沒什麼心情吃飯，但她不想辜負學姐們的好意，於是跟著她們來到後面的國宅，那裡有一間名叫「春雨餐館」的自助餐店，店內環境乾淨明亮，老闆和老闆娘大約三十多歲，他們有個五歲的孩子，正乖巧地坐在角落的小桌前堆積木。

五人拿著裝好菜的餐盤到櫃檯結帳，陳可芳對著正在盛飯的老闆娘叫道：「詠馨阿姨，飯給我多一點。」

「可芳的食量眞好。」老闆娘微微一笑，幫她盛了尖尖的一碗飯。

「練習多，吃得也多。」陳可芳哈哈笑道。

「下次比賽再拿金牌，建平叔送妳五張免費飯票。」長相憨厚的老闆捧著一盤高麗菜，自廚房裡走出來。

「好，爲了免費飯票，我絕對拿金牌回來！」陳可芳自信地緊握拳頭。

一位學姐轉頭對尹瑄雨說：「可芳是我們全縣高中組一百公尺短跑最快的女生，每次比賽都拿金牌，連縣長都認識她。」

「可芳學姐這麼厲害！」尹瑄雨一臉欽佩。

「不過她吃不慣宿舍的伙食，特意請教練開了外食單。」

「宿舍的伙食那麼難吃，菜太油，營養也沒調配好。」陳可芳俏皮地吐吐舌。

五個人找了張長桌坐下，尹瑄雨邊吃邊聽學姐們閒聊田徑隊練習的趣事。不知怎麼的，這家店的飯菜吃起來竟有家的味道，她本來沒什麼食欲，卻越吃越覺得美味，思家的情緒似乎也被撫慰了。

晚上八點整，男女住宿生在一樓集合，兩位男女教官點完名後，便開始說明住宿規則。

早上六點吹哨起床，六點半早點名，全體住宿生每日必須晨跑操場一圈；晚點名時間是晚上九點，九點半鎖門，十點寢室必須熄燈。

當天晚上十點整，舍長在二樓陽臺上吹哨大喊「宿舍熄燈」後，尹瑄雨關了寢室燈，一室黑暗隨之襲來。她平時習慣點小夜燈睡覺，但宿舍裡不允許，這讓她相當不適應，躺在床上翻騰了半小時還是睡不著。

山上的夜萬籟俱寂，人的聽覺變得異常靈敏，遠處的狗吠聲、夜風拂動窗戶的輕碰聲、山下火車行駛在鐵軌上的聲音，以及啟程時的喇叭聲，聽起來都格外清晰。

房間、床鋪，連空氣都那麼陌生，她好想念家人，想念自己的房間，眼淚不停從眼角滾落下來，她縮在被窩裡哭到發抖，被單也被她哭溼一角。

突然，一道燈光從窗外照了進來，映在寢室地板上，這是住在對面的人回來了，順手打開的房間燈。

那盞燈驅散了滿室黑暗，莫名安撫了她思鄉的心，彷彿夜再深還是有人不眠相陪。她祈禱這盞燈別那麼快熄滅，讓她能多點時間保有這份安全感，終於，她拭去眼淚，靜下紛亂的心，迷迷糊糊地進入夢鄉……

✦

翌日早上，開學第一天，尹瑄雨被一陣急促的敲門聲喚醒。

「瑄雨學妹！六點半要早點名，今天是教官點名，只要遲到一秒，全寢室就要被罰勞動服務。」陳可芳的聲音自房門外傳來。

尹瑄雨推開被單彈坐起來，看了一下時間，竟然才早上五點四十多分，但想想也是，這麼多人要擠在一起盥洗，不早點起床，怎麼趕得及點名。

她迅速下床換上制服，拿著牙刷毛巾來到浴室前，和學姐們一起排隊盥洗。

盥洗完，她打開寢室大門，整個樓梯間全是下樓的匆亂腳步聲，她跟著學姐們從五樓跑到一樓，就定位時雙腿已經虛軟。她想，比起飛毛腿，蘿蔔腿絕對更快練出，難怪後面國宅的套房出租生意那麼好。

一名身穿軍綠色制服、頭戴船形帽的女教官站在前方，另一邊的男生宿舍也是相同陣仗，由男教官點名。

「全體立正，敬禮！」舍長聲音宏亮地發令。

「教官早。」全體住宿生敬禮道早。

「沒精神，太小聲。」女教官不滿意地板著臉。

「教官早！」眾人立刻提高聲量。

「再大聲點。」

「教官早！」

直到學生道早的聲音響徹整個社區，女教官才滿意點頭，接著開始一寢一寢地點名。

「一年級的新生舉手。」點完名，教官突然說道。

尹瑄雨馬上舉起手。

「昨天晚上沒哭的，把手放下。」

尹瑄雨聽了心裡一震，高舉的拳頭跟著顫抖一下，轉頭瞧瞧四周，有幾個人手要縮不縮地猶豫著。

「掉半滴的也算。」女教官見狀馬上補充。

縮回一半的手又馬上舉高，原來大家昨夜都哭了。

學姐們見狀，全都哈哈大笑起來。

「笑什麼？妳們剛進來的時候難道就沒哭？」女教官嘴角微抖，忍不住莞爾。

學姐們聽了又馬上憋笑，同一刻，男生宿舍那邊傳來更毒更響亮的笑聲，尹瑄雨偷瞄了一眼，雖然人數沒有女舍多，但同樣有幾隻手高舉著。

「山上的夜和都市的夜不同，妳們沒有哭吵著要回家，就代表妳們很勇敢，正式脫離父母的保護，這是妳們人生前進的一大步，是獨立的開始。從今天起，歡迎妳們加入『松岡高中』女生宿舍這個大家庭。」

教官的一席話激勵了許多新生，度過初次離家最難熬的第一夜後，尹瑄雨的心境似乎變得有些不同了。

她挺腰望向前方，看見學校圍牆內種著一排印度橡膠樹，橢圓形的厚葉，枝幹垂著氣根，整排樹延伸到男生宿舍前，換成高聳的相思樹。微風拂動樹梢，伴著葉片摩娑的沙沙聲響，晨光在葉隙間不停閃耀，光點明明滅滅、聚聚分分，彷彿在對她低語，傾訴著什麼……

當天放學後，尹瑄雨先到福利社拿餐盒，隨後到舍監住處領取父親寄來的畫架、小電風扇、檯燈和吹風機等物品。

她背著畫架氣喘吁吁地回到寢室，頂樓加西曬的房間熱得像個蒸籠，她急忙拉開窗戶通風，同一刻，對窗也被打開了。

她呆立窗前，瞠大眼睛望著前方的景象。

對面站著一個上身赤裸的男生，四角褲的褲頭微露出窗緣，他染了一頭金色的短髮，眉眼深邃，神色犀利，緊抿的薄唇叼著一條暗紅色領帶，剛套到手肘處的制服……是天藍色。

是學長……

兩人默默對視，定格了好幾秒。

見她傻愣在窗前，那學長也不害羞，吐出嘴裡的領帶披在頸間，暗紅色的領帶服貼在他白皙的胸膛上，形成色彩上的強烈對比，乍看還頗養眼。

他大剌剌地抬起左臂撐在窗框上，右手以撩人的姿勢撫上肩頸，口氣嗆辣地問：「蟑螂學妹，看夠了嗎？這身材打幾分？」

尹瑄雨順著他的話，目光緩緩下移，認真評估那單薄的胸膛和腰身後，誠實回答：「姿勢擺得不錯，但沒有希臘雕像的六塊肌，零分！」

然後，在他錯愕的瞪視下，她迅速關上窗戶，雙手捧著酡紅的臉蛋衝出房間，來到陽臺上透氣。

不妙！開學第一天竟撞見陌生學長半裸的身體。

雖然看到裸體也沒什麼大不了，況且他好像也不介意被看。

第四章 我的小主人

尹瑄雨趴在五樓陽臺的欄杆上，回想早上的開學典禮，卻不記得有見到哪個學長染著這麼明亮的髮色。當她正感到納悶時，便見樓下一道身影從女舍的轉角拐過來，金色的髮絲在夕照下閃動著光澤。

「啊，是他。」她滿臉驚訝。

那學長甩著扁扁的書包走向學校後門，渾身散發生人勿近的煞氣，一位推著嬰兒車在路上散步的媽媽，見到他還急忙閃避。

「難不成……他是夜間進修部的學長？」她想起剛才見他匆忙換衣的模樣，應該是趕著上六點二十分的課。

尹瑄雨目不轉睛看著他走到學校後門前，而他似乎感應到什麼，突然定住腳步，轉身仰頭看向宿舍五樓，與她的目光再次交會。

那一瞬間，傍晚的涼風揚起尹瑄雨柔亮的髮絲，她一時不知道該怎麼反應，只是趴在欄杆上發愣。

學長單手插在褲袋裡，清俊臉龐透著一絲冷厲，鬆垮的領帶隨風飛揚，背後是一整排的橡膠樹，油亮的葉片像波浪般起落，發出窸窣的聲響。

尹瑄雨被他瞪得心跳加快，想起剛才嗆他身材零分，心裡有點過意不去，竟呆呆伸手輕揮兩下表示「再見」，提醒他快到上課時間了。

學長高深莫測地扯了下唇角，甩著書包冷然轉身跨進後門，說時遲那時快，他左腳不知踩到什麼拐了一下，踉蹌向前跑了幾步才穩住，差點跌個狗吃屎。

尹瑄雨冷不防看到那一幕，噗哧一聲笑出來。

「瑄雨學妹、瑄雨學妹、瑄雨學妹……」緊張的呼喚聲從樓下傳來。

尹瑄雨探頭往下望，四樓、三樓、二樓的陽臺上各有兩三張臉仰頭看著她。跑到三樓串門子的陳可芳，焦急地伸指點唇警告她不要笑。

尹瑄雨見狀，意識到自己失禮了，連忙伸手捂住唇，再抬眼看向學校後門，此時學長已經不在她的視線內了。

不到十秒，陳可芳以全縣短跑第一名的速度，自三樓殺上五樓，將她從陽臺拎進客廳裡，一臉緊張地叫道：「學妹！妳知道妳剛才笑的人是誰嗎？」

「不知道。」她茫然搖頭。

「他是夜間進修部出名的問題學生！」

「我剛才見過他了，就住在我對面。」

「他有鬧妳嗎？」

「嗯……沒有。」她怎麼好意思講，學長非常慷慨地獻上裸身當見面禮。

陳可芳突然握住她的手，滿臉愧疚地說：「學妹，對不起！其實我一年級就住在妳那間房間裡，經常和他隔空吵架，鬧到很不愉快。這次手氣差又抽到八寢，才會主動挑走大房間。」

尹瑄雨明瞭地點頭，難怪選房間時，學姐們的反應都有些奇怪，不過若是立場交換，換成她是學姐，肯定也會做出相同的事。

「上學期大家在準備期末考，他音樂開得震天價響，不僅影響到大家看書，還把舍長氣得抓狂衝去找他理論，兩人打了起來。」

「舍長眞勇猛！然後呢？」她恍然明白，原來昨天舍監和舍長談論的是這件事。

「他是引發事件的人，還打了舍長，就被學校記了一支大過，加上他一入學就和人打群架，現在已經累積兩支大過了，其他作弊、毀壞公物、恐嚇老師和同學……小過和警告也不少。」陳可芳一一細數那位學長的豐功偉業。

「這也太頑劣了。」她嚥了一口口水。

「不行！」陳可芳拉著尹瑄雨起身，「我怕他找妳碴，我們還是交換寢室吧，妳這麼乖巧，絕對會罵輸他。」

「學姐，別換了。」她連忙拒絕，昨天才安頓好，不想再找麻煩，「學長都兩支大過了，再一支就會被退學，他應該不敢對我怎樣。」

「可是……」

「搬來搬去太麻煩了。」

「好吧，學妹妳眞好，學姐愛妳！」陳可芳一臉感動地抱緊她。

尹瑄雨並未生學姐的氣，畢竟每個人都會想要避開自己討厭的人，如今她願意坦白和道歉，也算是有誠意了，再者日間部和夜間進修部本來就不會有太多交集，未來她在宿舍裡能閃則閃，不要和那位學長再起衝突就好。

「那個學長叫什麼名字？」聊了這麼久，她還不知道學長大名。

「向予澈。」陳可芳打了個冷顫。

就在此時，尖銳的吹哨聲打斷兩人的談話，隨之而來的，是舍長宏亮的聲音：「全體住宿生注意！晚上六點五十分，到學校K書中心夜讀。」

松岡高中規定住宿生每日必須夜讀兩小時，無故缺席視同曠課。

學校操場的右側有兩棟大樓，一棟是工科大樓，一棟是二樓設有住宿生專用K書中心的綜合活動大樓。

尹瑄雨隨著陳可芳來到K書中心，偌大的教室裡，男舍和女舍左右分開，桌椅是依照各寢室的人數，合拼成一張大長桌，由室友們相互督促讀書。

新的住宿生進來，教官依照慣例說明K書規定：「夜讀時不准聊天和睡覺，中場的十分鐘休息時間不准下樓，只能在二樓走廊活動，如需下樓必須先向舍長報備。」

「教官，爲什麼休息時間不能下樓？」一位新生舉手發問。

教官解釋道：「隔壁工科大樓一樓的教室，晚上會給夜間進修部使用，那些學生比較複雜，三教九流都有，很多都是社會人士，爲了幫助家計才半工半讀，除了講話處事比較世故，還有一些難改的習慣，例如抽菸、嚼檳榔。」

「下課時，就可以看到他們聚在走廊上抽菸，老師根本不敢管。」陳可芳轉頭對尹瑄雨小聲說道。

「當然也有少部分學生只是進來混學歷，除了無心學習之外，還容易惹事。」教官的語氣變得凝重，「之前有住宿生下樓瞄了他們一眼，馬上被拖到垃圾場狠打，上學期還有帶刀械鬥的事件發生，總之，學校是考量大家的安全。」

「帶刀械鬥？」尹瑄雨瞠大眼睛。

「暑假前的事了。」陳可芳壓低聲音，「幸好有同學通風報信，教官帶著警察衝上工科大樓頂樓時，一群人西瓜刀都亮出來了，情勢聽說還蠻危急的，後來還請兩邊的大哥出來調解。」

尹瑄雨聽得瞠目結舌，沒想到白天平和的校園，夜裡竟然如此刺激。

教官見大家神色逐漸凝重，語氣轉爲輕鬆：「其實有些夜校生還蠻可愛的，打架時還會警告老師趕快躲起來，小心不要被打到。也有學生自以爲很大尾，跟教官嗆聲後打電話叫老大過來，沒想到老大看到我還要立正站好，恭恭敬敬喊一聲『教官好』。」

原來老大也是本校學長！眾人聽了無不哈哈大笑。

休息時間，尹瑄雨來到走廊上透氣，望著籠罩在黑夜裡的寬廣校園，一簇簇的校樹像幽靈般晃動著，好像隨時會有什麼東西冒出來，讓人不敢久視，右側亮著燈的夜間進修部教室，倒像個孤立在黑暗中的神祕所在。

夜讀結束回到宿舍，熄燈後尹瑄雨躺在床上，沒多久，對面房間的燈再次亮起，她看著寢室地面的光影，心裡的不安再次得到撫慰……

✦

連續兩夜依賴向予澈的窗燈入睡，再加上陳可芳的一番話，尹瑄雨對這位學長開始感到好奇。

隔天早上她專程走到行政大樓，站在中廊的公布欄前，果眞看到一張由學生事務處發出的獎懲公告。

查，夜間進修部，餐管一年甲班，學生向予澈，因違反學生獎懲辦法第五條第二項，予以記大過一次，以示懲誡，特此公告。

犯過事實陳述跟陳可芳形容得一樣，擾鄰又屢勸不改，還毆打住宿生。

「原來他讀餐飲管理科。」她喃喃說道，發現隔壁還有一張獎懲公告。

查，普通科一年七班，學生何辰晞，因指揮及訓練合唱團參加縣音樂比賽，榮獲男聲合唱B組優勝，為獎勵學生為校爭光，予以公開表揚並記大功一次，特此公告。

「何辰晞。」她輕聲念出那個名字，穿堂而過的風揚起了她的髮和衣裙。

離開中廊，尹瑄雨走向教學大樓一樓最右側的教室。

這間教室，前面是體育器材室，右邊連著樓梯，還緊鄰廁所。拜地理環境所賜，班級的清掃區域就是廁所。

每節下課，除了上下樓梯、進出體育器材室的學生外，去廁所解決生理需求的學生更是無數，整個走廊特別吵鬧。

尹瑄雨坐在最右側靠窗的第一排座位，昨天開學典禮後，就不時有剛從廁所出來的陌生學長，趴在窗邊問她問題。

「學妹，妳是哪個國中畢業？」

「學妹，高中生活適不適應？有沒有需要學長幫忙的事？」

「學妹，廁所怎麼走？」這是最扯的一個。

起先她有問必答，後來得知那些學長是存心搭訕，她就直接關上窗戶避開麻煩。

「早安。」尹瑄雨走進教室，本以為住宿生會最早到，沒想到已有人坐在教室裡。

那人是班長杜易杰，他坐在最左側靠窗的最後一個座位，一頭削得清爽的短髮，眉目清秀的面容，配上嶄新整齊的制服，氣質顯得格外優雅出眾。

「早。」他拿著美工刀在桌上切割紙張，聽到聲音時，抬頭淡淡瞥了她一眼。

尹瑄雨在座位上坐下，將書包掛在課桌邊，抽了一本課本出來。

「同學，可以過來幫忙嗎？」

尹瑄雨聽了一愣，下意識轉頭看了看四周。

「懷疑什麼？」杜易杰斜瞥著她，臉上似笑非笑，「教室裡只有我和妳，當然就是叫妳。」

差遣人不喊名字，只喊「同學」兩個字，誰曉得在叫誰？

尹瑄雨心裡有些不悅，但礙於不想跟同學交惡，便起身走到他身側。她看見他桌上擺著幾張紙，上面印著全班同學的名字，其中一半已經被割開了。

杜易杰停下手上的動作，抬頭看向她制服上的名字，想起什麼似地說：「原來妳就是尹瑄雨。」

「我的名字有問題嗎？」她不解地問，發現他右手拇指纏著一圈紗布。

「沒有，只是……」他又低頭繼續切割名條，語氣平淡，沒什麼情緒起伏，「今早在公車上，被一位學長纏上想打探妳的事，我對妳的名字沒有印象，就回答他不知道。」

尹瑄雨臉色有些發窘，感覺他好像在暗示自己給他帶來困擾。

「這是抽籤用的，妳把名條折起來，大小要折得一樣。」他伸手一撥，將割好的名條推到她前面。

「只要你尺寸割得精準，我折起來自然大小一樣。」她不太喜歡他帶點強勢的口氣和態度。

聽她回話的口氣有異，杜易杰抬起頭注視著她的眼睛，微微扯唇，「對妳，我心裡沒有任何批評和意見。」

這也笑得太假了，怎麼看都像是嘲笑。尹瑄雨不想回話，開始折著名條丟進籤筒中。

見她不理人，杜易杰眼底閃過一絲無奈，低下頭繼續割名條，喃喃自嘲：「惹人討厭是我的強項。」

尹瑄雨看向一臉無所謂的他，覺得這句話有些微妙。

記得昨天開學，老師請同學們依序上臺自我介紹，當他報出「杜易杰」三個字時，臺下馬上響起一陣討論聲。

「原來他就是杜易杰！」

「是杜易杰耶！他怎麼會讀這裡？」

「眞不想和他同班……」

尹瑄雨當時不知他是何方神聖，只覺得這個男生長相俊秀，說話口氣卻有別於斯文的外表，帶著果斷的魄力和淡淡傲氣。

自我介紹完畢，遴選班長時，一位女同學迅速舉手，「我提名杜易杰！」

班導在黑板上寫下杜易杰的名字後，問道：「還有人要提名嗎？」

全班同學沉默了一分鐘，沒有人再舉手提名。

「既然沒人提名，那……杜易杰，這學期的班長麻煩你先當，沒問題吧？」班導說。

杜易杰掃視了全班同學一眼，一臉無所謂地起身回答：「沒問題，我當過很多次班長。」

雖然是眾望所歸，但杜易杰的語氣，就像是在炫耀自己是「班長專用戶」一樣，給人一種高高在上的孤傲感，幾個同學聽了都頗不是滋味。

割完最後一張名條，杜易杰收起美工刀，解釋道：「老師昨天說，班上同學有三十個人，男生十一，女生十九，大家都是學美術的，個性過於文靜，要我帶個遊戲改變班上的氣氛。」

「什麼遊戲？」尹瑄雨好奇了。

「小天使和小主人，妳玩過嗎？」

「沒有。」

「我也沒玩過。」他先是微微一笑，又抿唇壓下笑意，「這是畫室的學姐給的建議，她說活躍班級氣氛的效果不錯。」

尹瑄雨見他明明笑了，又迅速換上冷靜沉著的模樣，覺得這班長好像表裡不一。

此時，走廊上傳來一陣笑語聲，學生們陸續走進教室。

其中一位女孩快步走到杜易杰的身邊，俏皮地輕拍他的肩，用撒嬌的口氣說：「易杰，校車上沒看到你，我還以爲你睡過頭。」

那個女孩留著及肩的短髮，還燙了一點微鬈，加上精緻的五官，整個人看起來宛如娃娃般漂亮，讓人一眼驚豔。

昨天一早，她一進教室就像個政客一樣，先熱絡地把班上在座同學的手全部握遍，不嫌煩地一個個介紹自己名叫「范詩綺」，之後班導讓大家自我介紹時，她上臺直接一句：「大家知道我是誰吧？」

「范詩綺！」同學們異口同聲回答。

原本沉悶的自我介紹時間，被她一攪氣氛變得活潑起來，連帶著後面上臺的人，說話也不那麼緊張了，接著在選幹部時間，她還提名杜易杰當班長。

後來下課時，同學們紛紛圍著她，問她和杜易杰的關係，她形容是哥兒們，簡單講就是青梅竹馬。她是個社交能力很強的人，跟杜易杰完全相反。

「以後妳不必等我，教室的鑰匙由我保管，我不能太晚開門，會提早出門。」杜易杰拿著籤筒起身。

「太早我爬不起來，這樣就不能和你坐同一班車了。」范詩綺有些失望，隨後想起什麼，「汎美畫室是這個星期六開課嗎？」

「我爸媽今天下午要出國，所以下星期才會開課。如果妳要來練習，我可以開畫室的門讓妳進來。」

「好哇！我要去練習。老師不在，你要幫我評畫喔。」范詩綺挽住他的手臂。

杜易杰點了一下頭，范詩綺也仰頭對著他笑。

尹瑄雨覺得杵在旁邊很尷尬，便默默轉身走向座位。

「尹瑄雨！」

尹瑄雨停下腳步，回頭看著杜易杰，不知道他還有什麼事要差遣她做？

「謝謝幫忙。」他輕拍籤筒，「妳在哪個畫室學畫？」

「我沒進畫室，一直跟著安親班的美術老師學畫。」因爲爸媽工作忙，她自小被丟在安親班裡，跟著那位老師學畫到現在。

「不是畫室派的……」杜易杰聽了眼神微微放光，對她產生了興致，馬上從書包裡抽出一張名片遞給她，「這是我爸媽的畫室，教學資源很豐富，如果有需要，歡迎一起來練習。」

范詩綺瞧他主動遞名片，這才正眼看向尹瑄雨，上下打量著她。

「謝謝。」尹瑄雨遲疑了一下才接過名片，對他的反感又提升一階。

遞名片幫自家畫室拉學生，這做法有些商業化，像在炫耀什麼，也暗示著畫室裡的老師比安親班美術老師更專業。她的老師一直很認真指導她，她不允許別人看輕老師。

回到座位後，尹瑄雨細看名片，正面寫著「汎美畫室」，背面布滿一堆小字，洋洋灑灑列出畫室主人的戰績。讀完背面的資訊後，她不禁屏息，心裡有一股異樣感受，說不出是羨慕還是忌妒。

原來杜易杰的父母皆是成名畫家，他父親甚至是北區美術協會的常務理事。

有這麼優秀的父母，自小又在資源豐富的環境下長大，他是不是畫得很好，所以才有那麼多同學聽過他的名字？

未久，早自習鐘聲響起，班導走進教室後，杜易杰帶著籤筒上臺解釋「小天使與小主人」的遊戲玩法。

「每個人都會擔任班上某位同學的小天使，小主人由抽籤決定，大家必須在不被小主人和其他同學發現的情況下，默默關心和協助小主人的校園生活。遊戲時間是兩個星期，小天使要好好守護小主人。在下星期五的班會上，會舉辦一場認親大會，如果小主人覺得小天使表現得不錯，可以帶糖果或禮物來答謝。」

杜易杰解說完遊戲規則，全班同學排隊上臺抽籤，由導師記下每個人的小主人名字，只有老師知道同學們各自的小主人是誰。

抽完籤回到座位後，有人一臉茫然盯著紙上的名字，有人環顧四周想找出自己的小主人，有人不小心和小主人視線相交，又佯裝沒事地別開眼。

「班長，可以重抽嗎？」

「班長，可以交換小主人嗎？」

「班長，我不知道紙條上的名字是誰。」

問題一個接著一個自臺下拋出，杜易杰伸手敲敲講桌，拿起一張紙，「抽到誰就是誰，不准交換！這邊有座位表，不知道小主人是誰的，下課時間來講臺對照。」

「這樣好不自在，每天都會被小天使監視。」

「會不會玩出班對？」

「有可能喔……」

同學們的討論聲此起彼落，氣氛越來越熱絡。尹瑄雨臉色有些複雜，緩緩打開置於桌面的右手，掌心裡的小紙條上，寫著她最不想看到的三個字——杜易杰。

好想撞牆！好想拿刀剁了自己的手！怎麼運氣這麼差，一抽就抽到他！

全班明明有三十個人，她怎麼這麼倒楣，竟然會抽到班長？

她心裡有一百個不情願，直直瞪著臺上的杜易杰，握緊右手那張已被捏皺的小紙條，可惜沒能同時捏扁他。想起剛才登記小主人名字時，班導還以口形無聲地說了句「恭喜」，讓她哭笑不得。她就是看不慣杜易杰的說話方式和行事風格，那是一種八字合不來的感覺。

「最後，祝大家玩得愉快，還有……警告我的小天使！我是活動主辦人，我的小天使務必以身作則好好表現，不准讓我丟臉！」杜易杰非常正經地做了個總結，才鞠躬下臺。

吵嘈的教室突然肅靜，同學們面面相覷，心想班長的小天使倒楣了。

尹瑄雨傻眼地瞪著他，這班長也太蠻橫了，有必要當眾警告嗎？要怎麼做才叫不丟臉？是要她這個小天使，把他當成王子殿下服侍嗎？

或許他是求好心切，怕遊戲效果不如預期，希望自己的小天使能起到帶頭作用，但是要人配合前，口氣和態度不能委婉一點嗎？

用這種命令的口氣，反倒讓她更不想配合他。

第一堂課的下課時間，小天使效應開始在班上發酵，同學們開始召喚小天使，許下各種願望。

「親愛的小天使，中午來個雞腿便當吧。」

「小天使，幫我倒垃圾！」

「呼叫小天使，快幫我掃廁所！小主人會感謝你，送你一份大禮！」最吵的就是嗓門大、專門叫人閉嘴的風紀股長。

看著同學們胡亂開著小天使的玩笑，笑鬧成一片，沒有人生氣或不開心，尹瑄雨突然覺得自己好像過度在意杜易杰的話，這不過是個遊戲，何必弄到自己心情不好？

四堂課過去，午休的鐘聲響起，同學們討論歸討論，班上還是沒有任何一位小天使具體展現行動。

尹瑄雨正帶著餐卡前往福利社領取住宿生餐盒時，學校的廣播突然響起輕快的音樂，一道音質乾淨的溫醇男聲自廣播裡傳來：「各位師長、同學，大家午安！歡迎收聽松岡之音《音樂，愛經典》，我是何辰晞。」

同一時刻，二樓和三樓響起學姐們的尖叫——

「何辰晞！」

第五章　所謂伊人

何辰晞……

是早上在公布欄記功單上看到的名字，他帶領學校合唱團參加比賽獲獎。他的記功單和向予澈的懲誡單並列，一個像明亮的白天，一個像深沉的黑夜。

「新學期開始，歡迎新學弟、新學妹加入松岡高中這個大家庭。暑假結束嘍，大家也要收收心。」

含著笑意的澄淨嗓音，隨著輕風拂過正午豔陽下的中庭，尹瑄雨聽他念出「學妹」兩個字時，腦海裡的某段回憶突然跳動一下。

「首先，爲大家介紹一首美國新世紀鋼琴音樂家Brian Crain的〈Moonrise〉，這首曲子常讓我聯想到詩人周夢蝶的一首詩：〈所謂伊人——上弦月補賦〉。」

鋼琴清亮的前奏自廣播裡傳來，低音的伴奏一個音一個音逐降，像日落；明亮的高音一階又一階向上跳，像月昇；在日與夜的更迭中，何辰晞的聲音一個字一個字亮起，像星星。

清清淺淺的一彎
向上看的蛾眉

一步一徘徊
一粒埃塵也不曾驚起
如此輕盈，清清淺淺的一分光
雖然只有——
一流盼
便三千復三千了

周夢蝶，〈所謂伊人——上弦月補賦〉

當大提琴溫婉的樂音加進合奏時，弦樂和琴音在空中呢喃對話，漸漸共鳴激盪。尹瑄雨感覺自己彷彿飄浮在散著璀璨星光的宇宙裡。

那道嗓音太獨特，當他念完那首詩時，也勾起另一道有著相同音質的聲音——

「學妹，到站嘍。」

「原來是你，何辰晞學長。」對於自己可以認出他的聲音，她覺得不可思議。午餐時間，尹瑄雨配著何辰晞的廣播下飯，第一次覺得學校半冷不熱的便當滋味還不錯，第一次覺得考上這麼遠的高中並不糟，還是會有好事發生，第一次對未來三年有了目標，她期許自己能用畫筆繪出一雙翅膀，像學長一樣高高翱翔在松岡高中的天空上。

當廣播結尾的音樂響起，何辰晞語帶感性地說著結束詞：「感謝大家收聽今天的《音樂，愛經典》，辰晞祝大家有個美好午後，下星期二再會。」

「再會！」校園裡又傳來學姐粉絲團的應和。

尹瑄雨正陶醉在何辰晞的聲音裡，聽到「下星期二再會」時，像被澆了一桶冷水，整個人從微醺的夢幻氛圍中清醒。

想想也是，廣播社不可能只有一名社員，一定還有其他的學生ＤＪ。

鐘聲再度響起，尹瑄雨閉著眼睛趴在課桌上休息，覺得有些失落。

不知道何辰晞長什麼模樣？

下午是連續三小時的素描課，第一次踏進術科教室，同學們的心情無不懷著期待。

「初次見面，老師還不了解每位同學的程度，今天大家就先隨心所欲地畫。」四十多歲的素描老師身材不高，說起話來好聲好氣，像個沒脾氣的好爸爸。

素描老師在白色木箱上鋪了層咖啡色軟布，抓出數道皺褶，接著擺上水果、盤子、玻璃瓶和積木，調整好每個靜物的角度後，他打開投照燈。

靜物臺四周擺滿畫架，老師喊著同學的座號，隨便指派位子。

尹瑄雨被分配到最左側的位子，她調整好畫架和椅子的距離，轉頭望向靜物臺，沒想到和杜易杰的視線撞個正著。

她的心裡藏著小天使的祕密，突然和他四目相視，覺得有點心虛。

杜易杰坐在她的正對面，朝她微微頷首，眼神帶著「請多指教」的較量意味。

這是在跟她宣戰？爲什麼會挑上她？

尹瑄雨驚了一下，緊張感忽地湧上。同學們都是來自各個國中的美術菁英，所有人都在等著揭開彼此的底細，而她同樣對杜易杰的繪畫程度感到好奇。

那就競畫吧！

她朝他禮貌地點點頭，眼神無畏且堅定，這將是一場無聲的較量。

尹瑄雨用夾子將素描紙固定在畫板上，再拿出幾支炭筆在右下角試畫，找出質地鬆軟的筆，用來打稿和大面積填色。

杜易杰拿出紙膠帶貼住素描紙的四邊，將畫紙固定在畫板上，再鋪了條白色抹布在右膝上，隨後他從筆盒內抓出幾支炭筆，在離地約莫五公分高的位置，將炭筆輕輕丟在地面，從炭筆落地發出的音頻判斷軟硬度，再挑出適合的筆放在畫架托盤上。

挑好筆後，尹瑄雨在紙面勾勒出各個靜物的輪廓，暗自驚訝他竟然是用聽音來挑筆，儘管知道軟硬不同的炭筆發出的聲音不同，但她還是習慣先試畫。

杜易杰沒有動作，只是默默望著靜物，沉著的氣息像平靜的大海，給人一種不動則已，一動便掀起驚濤駭浪的氣勢。

待她打完草圖，他才有所動作，右手在膝頭的抹布上壓了一下，拭去手汗保持乾燥，兩指捻起一根炭筆在紙面輕輕刻畫，可惜因爲角度的關係，她看不到他的圖面。

素描老師拿著筆記本在各個同學背後巡視，一邊看著同學們作畫，一邊在筆記本上做紀錄。走到杜易杰身邊時，他望著他包著紗布的右手大拇指，關心問道：「杜易杰，大拇指怎麼了？割傷嗎？」

「昨晚推炭色時磨破一層皮，當場血染素描紙。」杜易杰淡淡解釋，手裡的炭筆不停。

素描老師聞言朗聲大笑，「老師也是過來人，以前日夜不停地畫素描，磨到拇指和小指關節的皮膚全都麻痺，破皮了也不知道痛，直到看到紙面一點一點全是血漬，才知道手指受傷了。」

同學們聽了笑聲四起，尹瑄雨完全笑不出來，她畫了那麼多年的圖，從來沒有像杜易杰一樣，練習到手指脫皮流血的地步。

忽然間，一股不服輸的鬥志湧上心頭，她想像現在是場比賽，將注意力全都凝聚在畫紙上。

第七節下課，尹瑄雨揉了揉酸澀的眼睛，起身後退兩步，檢查畫作上，靜物的立體感和光影的呈現。

檢查完畫作，尹瑄雨趁下課時間去了趟洗手間，回來時看到杜易杰趴在走廊欄杆上曬太陽，范詩綺站在他的身側，仰頭跟他說笑。

尹瑄雨回到教室裡，放眼望去，同學們的畫在程度上差距不大，繪畫的基本功都相當扎實，她的畫夾在裡頭一點都不出色。

「班長簡直是素描魔人！這層級超出我們太多了。」風紀股長說道。

幾個同學圍在杜易杰的畫板前，尹瑄雨好奇地湊過去一看，頓時感覺像被一千噸的鎚子擊中腦袋。

杜易杰的畫非常細緻，筆觸俐落乾淨，這份乾淨是源於他下筆的果斷，而這果斷則是來自他的深入思考，無論是構圖，靜物的主賓關係，還是光影呈現……如果抱著且畫且修的心態，反覆擦拭必定會損傷紙面，造成炭色壓不進去而黯淡模糊的下場。

如果說她能用一百種層次去詮釋素描，那麼杜易杰的層次絕對多她一倍以上。明明是單色的素描，他卻讓觀者彷彿看見一幅色彩瑰麗的畫。

「大學生也不一定畫得比他好，每次比賽的時候，一知道他也有參加，我就沒心情參賽了。」風紀股長乾笑兩聲，難掩被打擊到的失落。

「一直占著第一名有什麼意義，心裡不會很空虛嗎？」另一位同學酸溜溜地回道。

周圍的同學臉上也有相似的表情，有的佩服，有的忌妒，更多的是被刺激到的不甘。

尹瑄雨難過地回到自己的畫架前，見到杜易杰的畫後，她一眼就能看出自己的炭色和層次，明顯差了對方一大截，其他的畫技更不用講了，她輸得徹徹底底。

她不甘地抓起炭筆，還想再補強什麼，但絞盡了腦汁，最後只是拿著炭筆呆站。她看不出來哪裡需要加強，她的程度只有這樣。

「空間的深度可以再加強。」杜易杰清冷的聲音從身後傳來。

尹瑄雨倏地回頭，發現他不知道何時來到自己身後，正靜靜地審視她的畫，讓她不禁想把畫擋起來。

上課的鐘聲響起，杜易杰轉身走回自己的位子，她捕捉到他眼底閃過一絲落寞，摻雜著失望，以致她心裡湧起一股被看輕的羞怒感。

她心想，他對她的畫，應該感到非常失望。

第八堂課開始，素描老師針對每一幅畫開始講評。

「杜易杰，炭色很漂亮，層次處理得很好，基本上沒什麼大問題，只是有些細節不必刻畫太細，要幫畫面留點呼吸空間。」素描老師心知杜易杰實力過人，不想打擊其他學生的信心，對於他的作品沒有多做誇讚，只是伸指抹去部分刻畫過細的筆觸。

一幅畫換過一幅畫，最後輪到尹瑄雨的畫。

「尹瑄雨，靜物的立體感和炭色處理得很好，但是妳瞇眼看一下。」素描老師伸手遮住兩顆水果旁邊的背景，「除去背景，這兩顆水果看起來是不是在同一平面上？」

尹瑄雨看向靜物臺，兩顆水果的擺法是一顆靠前，一顆在後面，再回頭看自己的畫，兩顆水果明暗深淺一致，看起來就像位在同一平面上。

「空間的深度……」她念出杜易杰剛才說的話。

「對！」老師微笑點頭，「別忘了靜物除了左右之分，還有前後之分，這就是空間的深度。」

尹瑄雨下意識瞥了杜易杰一眼，他似笑非笑朝她微微頷首。

或許是不服輸，或許是自信心被嚴重打擊到，或許是因爲她還在意著他剛才的失望眼神，她反而覺得他的笑更加刺眼。

✦

這天晚上，夜讀完回到宿舍，各寢室熱鬧依舊，洗澡的、吃泡麵的、串門子聊天的，整棟宿舍歡笑聲不絕。

尹瑄雨獨自趴在陽臺上吹風，望著一輪明月高掛天頂，腦海裡響起何辰晞在廣播裡播放的曲子〈Moonrise〉。

陳可芳那寢全是二年級學姐，說不定有人認識何辰晞，甚至和他同班。

「可芳學姐。」她來到陳可芳的門前，輕輕敲了下門板。

「門沒鎖，進來。」

尹瑄雨推開大房間的門，房間裡同樣擺著兩張雙層床，書桌和衣櫥共有四組，四位學姐兩兩躺在上鋪，四雙修長漂亮的腿直直併攏，九十度抬高貼著牆面，其中兩人臉上還敷著面膜，手裡拿著課本邊聊邊背書。

「學妹，要不要上來？」陳可芳朝她招了招手，「抬腿二十分鐘可以促進血液循環，有瘦腿功效喔。」

「可芳練田徑的，雙腿還能保持這麼漂亮，就是靠抬腿這招。」學姐之一笑道。

「上來嘛！上來嘛！」四人同聲邀約。

尹瑄雨踩著木梯爬到雙層床的上鋪，躺在陳可芳身邊，學她將雙腿併攏貼在牆面上。她心想，宿舍眞是特別的地方，除了可以一起讀書聊天，還能一起護膚，一起抬腿瘦身，這經驗一輩子難忘。

「學姐，今天中午的廣播……」因爲時間不多，她趕緊切進正題。

「妳煞到何辰晞呀？」陳可芳轉頭大剌剌地問道。

「不是！我不認識他。」尹瑄雨被她直接的問話嚇到，連忙否認，「只是覺得他的聲音很好聽，有點好奇而已。」

學姐們聽了全笑成一團，另一張床上，有個名叫依婷的學姐說道：「『松岡之音』是學校的特殊社團，主要工作是擔任朝會司儀、學校活動主持人，還有負責來賓訪談、午間廣播主持，社員有名額限制，採甄選入社，必須經過老師面試，對儀態、聲音、形象、成績皆有一定要求。」

原來松岡之音不是普通學生想進就能進的。

「我對喜歡古典和輕音樂的男生無感。」陳可芳拿起一片面膜貼在臉上，輕輕壓按著，「妳要不要聽聽星期四的《音樂，愛流行》，主持人是松岡之音的社長，他還身兼吉他社顧問，會彈會唱也會跳。」

「我喜歡星期五的《音樂，愛點歌》，主持人比較會哈啦。」依婷學姐舉手表示。

「星期一和星期三是女生主持，講話嗲聲嗲氣，超做作。」躺在依婷身邊的學姐輕哼。

「妳們有人和何學長同班嗎？」尹瑄雨忍不住又問。

「我是體育班，不可能和普通科的校草同班。」陳可芳口氣有些酸溜溜。

「我和松岡之音的社長同班。」依婷學姐舉手炫耀，「何辰晞本來是校刊社編輯，高一下學期被社長拉進松岡之音，他放學後常常來我班上找社長討論事情。」

陳可芳咬牙切齒地補充：「今年五月的母親節合唱比賽，我們班就是敗給何辰晞那班，校長覺得他們唱得好，才會指派他們班參加縣合唱比賽。」

原來何辰晞還曾是校刊社編輯，他的形象在尹瑄雨心裡又躍升兩階。

「對了，何辰晞在後面的國宅租了間房子。」依婷學姐說。

「學長住在後面？」尹瑄雨一臉驚訝，難怪她會在火車上遇到他。

見尹瑄雨臉帶崇拜，陳可芳嘆了口氣警告道：「瑄雨學妹，勸妳不要打他的主意，很多女生喜歡他，可惜沒有一個是他看得上眼的，傷了很多人的心。」

「我、我連學長長什麼模樣都不知道，只是好奇罷了。」尹瑄雨笑得尷尬，學長那麼優秀，她想都不敢想。

五人又閒聊了幾分鐘，直到熄燈的口令響起，尹瑄雨才回到自己的房間。

在床上翻騰了十幾分鐘，她沒有絲毫睡意，索性爬起坐在床緣，回想下午和杜易杰鬥畫的經過。

從小到大，她的美術成績始終是全班之冠，也是校內比賽的常勝軍，她一直以爲自己畫得很好，心態上也不自覺帶點自滿和驕傲。

她今天才知道，在高中的美術班裡，所有人都是高手，她其實沒那麼優秀。更丟臉的是，她竟然還輕易接受杜易杰的單挑，最後被他從雲端狠狠踹下地面。

要狂傲，也得要像杜易杰一樣，先實實在在下過苦工才有資格。

尹瑄雨越想越難過，眼淚無聲地滑下來，她打開書桌上的檯燈，拿出素描本和炭筆，開始練習。

碰！

突然間，玻璃窗傳來輕微的撞擊聲，一開始，尹瑄雨以爲自己聽錯了，直到第二聲、第三聲接連響起，她才拭去淚水，放下素描本，起身輕輕拉開窗戶。

「蟑螂……」向予澈倚在窗邊，一見到她就開口叫喚。

「噓！」她比了一個噤聲的手勢，再指了指腳下整棟宿舍。

向予澈雙眼微微瞇起，嘴角斜勾起一抹笑，接著後退一步，右手按住左肩，左臂旋轉了兩圈，彷彿在做熱身運動。

尹瑄雨不知道他想要做什麼，只覺得他笑起來酷酷壞壞，透著讓人心驚膽顫的氣息，接著她瞧他握緊雙手高舉至眼前，像是在瞄準什麼……不妙！那是棒球投手的投球姿勢！

剛意識到不對，就見他左手用力向前拋，一顆圓球直直飛過來——

「啪」的一聲，正中她的眉心，幸好沒有很痛。

尹瑄雨低頭一看，那顆圓球似乎是個紙團，她抬起臉，瞠目結舌地瞪著他，還沒反應過來，就見向予澈又拋出一顆紙球。

紙球直直飛來，正中她的胸口。

向予澈見狀噗哧一笑，雙手在胸前張開五指，再縮成小拳頭，暗示她胸部小，接著又擺出投手的投球姿勢。

尹瑄雨急忙抱頭閃到旁邊，見四五顆紙團接連飛進來，她趕緊彎身上前拉上窗戶，最後一顆紙團打在玻璃上，終於平靜下來。

她渾身綿軟坐在地上，撿起一顆紙團打開，上頭畫著漫畫《海賊王》的女主角娜美，旁邊還寫了一行字——沒有娜美的身材，妳負一百分！

尹瑄雨撿起另一顆紙團，打開看了一眼，又立刻揉成一團丟開，再撿起另一顆，也是看了一眼又丟開，兩張紙上都畫著姿態撩人的漫畫女角，全部是巨乳。

眞是混蛋！嫌她胸小……

尹瑄雨簡直氣炸了，她撕下一張素描紙，拿出藍色麥克筆開始塗鴉，可惜她很少臨摹漫畫角色，只能勉強畫出一隻被打得軟趴趴、眼角掛著斗大淚滴的藍色史萊姆。

她在紙上寫下「欠扁的史萊姆學長！心腸跟爛泥一樣黑，快滾回沼澤去！」後，將紙揉成一團，起身拉開窗戶。

聽見開窗聲，向予澈好奇地走到窗前，尹瑄雨隨即用力將紙團丟向他，可惜她力道不足，球速不快，直接被他反手接殺。

她不甘心，又撿起地上的紙團，一個個丟回去。向予澈反應很快，左手一接，右手一擋，連續幾球都被他攔截接殺，讓她越丟越氣，丟完全部的紙團後，她只能氣喘吁吁地瞪著他。

向予澈好整以暇倚在窗邊，攤開她丟來的素描紙，看完後整個人笑趴在窗臺上。

礙於無法出聲抗議，尹瑄雨氣得胸口發疼，拿他沒有辦法。笑停後，他竟將她的畫貼在牆上，歪著頭認眞欣賞了一會，最後還撿了張白紙寫上大大的「可愛」兩字，展示給她看。

尹瑄雨終於體會到陳可芳的痛苦，向予澈的思考模式與常人不同，專把挖苦當稱讚，夜裡如果再被他多鬧個幾次，肯定會被他氣出不少白髮。

憤憤地關上窗戶，尹瑄雨突然覺得累了，很想睡覺，這才發現剛才鋪天蓋地的悲傷，被學長這麼胡搞亂攪後，竟然全部消散了。

第六章　惡魔的微笑

翌日一早，小天使紛紛展開行動，不少同學在抽屜裡發現小天使給的問候卡、飲料及糖果。每當有驚喜的叫聲響起，便馬上會引來同學們的圍觀和討論。美術班的天使信可說是張張精彩，有人以色鉛筆在信紙上描繪可愛塗鴉，有人將信折成玫瑰花，讓人捨不得拆開，還有人用電腦印字拼貼，小主人拆開的剎那像收到恐嚇信。

「這字超漂亮的，一定是女生！」風紀股長揮舞著他收到的卡片。

給親愛的小主人：

我是負責守護你的小天使。

新學期開始先祝你活力滿點，還有……廁所要自己掃才對喔！廁所的阿摩尼亞是專剋昏睡的聖物，建議小主人要多吸幾口，有助於思緒清晰，學習力加倍，成績衝第一。

By可愛的小天使

風紀股長念出卡片的內容後，全班同學都笑翻了。

尹瑄雨伸手摸索抽屜，可惜什麼都沒發現，心裡不免有些失落。將心比心，倘若小天使完全不理小主人，那麼小主人豈不是太可憐了？

這麼想時，她偷偷覷著杜易杰，他正低頭默默寫字，對四周一切無動於衷。

范詩綺看到同學們陸續收到天使信，轉身朝杜易杰問道：「易杰，你的小天使出現了嗎？」

尹瑄雨右手一抖，手上握著的筆滑了出去，筆尖拖出一條長長藍線。同學們聽到范詩綺的詢問，一致轉頭望向杜易杰。

杜易杰停筆，俊秀臉龐緩緩抬起，淺淺微笑，「我也在等我的小天使出現。」

等她出現……尹瑄雨別開臉望向窗外，心臟突然狂跳起來，雙頰莫名地漫上一抹紅。

范詩綺聽到杜易杰滿是期待的口氣，臉上的不安更深，隨即起身向全班同學宣布：「我出價一千元，收購班長的小天使代理權！」

此話一出，整間教室變得鴉雀無聲。

尹瑄雨心頭一驚，這表示范詩綺想當杜易杰的小天使，也間接向全班同學宣示——她喜歡杜易杰。

「詩綺，這是全班共同參與的活動，妳不要隨便開玩笑。」杜易杰微微蹙眉。

「這不是開玩笑，我真的想當你的小天使。」范詩綺倔強地噘唇，瞧他當著全班同學的面指責自己，眼底閃過一絲受傷情緒。

「這只是遊戲。」

「我就是想當你的小天使！」

「妳跟我來。」杜易杰起身走到她面前，握住她的手，將她帶離教室。

兩人離開後，安靜的教室瞬間爆出嘈雜的討論聲，同學們開始熱烈討論兩人的關係。

「有沒有八卦，這兩人是什麼情形？」風紀股長率先叫嚷。

「他們從小一起長大，一起讀書學畫，時間久了友情就變調啦。」坐在范詩綺旁邊的女同學出聲爆料，「不過據我的觀察，目前是單向輸出，班長好像只當她是朋友。」

尹瑄雨聽了心裡一苦，覺得自己實在倒楣透頂，她這個小天使什麼都沒做，就害人家打翻醋罈子。

「趁兩人不在，班長的小天使要不要舉一下手？」風紀股長忍不住慫恿，這也是全班同學最想知道的事，「放心，大家絕對不會傳出去。」

信他才是笨蛋！尹瑄雨才沒那麼傻，去公開自己的身分。

見班上沒人舉手承認，風紀股長自討沒趣地說：「我覺得范詩綺過度緊張了，班長的小天使搞不好是男生。」

「我們班女生比男生多，被女生抽到的機會比較高。」另一名女同學不認同他的說法，「換成是我，應該也會介意小天使天天對喜歡的人送信送禮，彷彿在告白一樣。」

「不知道班長的小天使會怎麼做？」

「我覺得范詩綺的提議不錯，現賺一千元。」

「會不會走到最後，來個三角關係大亂鬥？」

風頭上的班長、吃醋的青梅、暗處的小天使，同學們的腦洞越開越大，巴不得場面越亂越好似的。

直到上課鐘響，杜易杰才帶著范詩綺回來。尹瑄雨瞧她眼眶泛紅的模樣，腦神經都抽痛起來。

眾人這麼一攪，杜易杰的小天使成爲全班最受矚目的焦點，但尹瑄雨不希望一入學就被貼上情敵的標籤，所以她乾脆什麼都不做，反正有了這場開端，同學們應該可以理解她的苦衷。

傍晚放學，通勤的同學結伴一起去搭校車，留下孤零零的住宿生。

尹瑄雨還不想回宿舍，背著書包來到公布欄前，研究學校的平面圖，找到廣播室的位置後，她忍不住走過去看看。

來到廣播室前，她發現廣播室只有普通教室的一半大，門窗緊閉，窗簾全部拉上，看不到裡面長什麼樣。

不知道何辰晞還記不記得她？

忽然間，廣播室裡傳來低低的說話聲，她趕緊轉身沿著右側走廊往前走，假裝自己只是路過的學生。

開門聲響起，腳步聲傳了出來，一道男聲接著大喊：「辰晞！你走那麼快幹麼？我還有事要跟你討論！」

尹瑄雨倏地回頭，迎著初秋傍晚的涼風，長長的走廊筆直延伸，兩道天藍色背影並肩前行，一道背影背著吉他，步伐輕快，另一道背影單手插著褲袋，散發優雅沉靜的氣息，兩人悠然漫步在夕陽下。

她認得那個背影，跟火車上一樣！

尹瑄雨伸手摀著怦然悸動的心口，不敢追過去，只求何辰晞能主動回頭，可惜他們只是越走越遠，消失在走廊的轉角，學長終究沒有回頭。

呆愣了半晌，她才循著何辰晞走過的路走向福利社，心情酸酸甜甜，好像有什麼東西悄悄萌生。

這麼一耽擱，她成了最後一個到福利社領晚餐的住宿生，沒想到晚來有晚來的好處，舍監竟然將剩下的菜全部給她，裝了滿滿一大個便當。

拿著餐盒走向學校後門，她抬頭看了眼低低飛過操場上空的歸鳥時，意外撞上一位步伐匆忙的少年。

不是撞得特別大力，但餐盒裡的湯湯水水自邊緣溢出，黃色的咖哩醬和黑紅色的滷汁瞬間交融，將面前的天藍色制服渲染成一幅潑墨畫。

「對、對不起！」她緊張地抬起頭，入目的是一頭張狂的金髮，令她頭皮一陣發麻。

向予澈一副想殺人的表情，青筋在額角微微抽動，煩躁地低喝：「我趕時間上課！如果妳說一百次對不起，這汙漬就會消失，那限妳三十秒說完！」

「眞的很對不起！我可以付你洗衣費。」她著急地表示。

「好，一千元，拿來！」他朝她伸出一隻手。

「這……」這也太貴了，她縮了縮肩頭，「不然你把制服脫下來，我幫你洗乾淨。」

「我只有一件制服，脫下來給妳，要怎麼去上課？」

「可是……」

「不如妳把制服脫下來借我穿。」他伸手抓住她右肩的袖子。

「制服的顏色差那麼多，尺寸也跟你不合。」她後退一步掙開他的手。

「妳馬上脫，我馬上穿，要是穿不上去，我向予澈隨妳處置。」他的眼神帶著戲弄，隨後瞥向她制服上的名字。

尹瑄雨又慌又氣，不知道該怎麼處理。

向予澈冷冷睨著她的臉，忽而輕輕嗤笑一聲，隨即語帶警告地說：「今天晚上十點半，窗邊見。如果到時候妳不開窗，尹瑄雨、尹瑄雨……我就讓妳的名字在一分鐘內紅遍整個國宅。」

尹瑄雨咬住下唇，輕輕點頭。

「便當打開！」

她伸手掀開便當蓋。

「這是壓驚費。」向予澈抓起雞腿塞進嘴裡，隨後甩著書包，繞過她走向教室。

「混蛋史萊姆學長！」見他走遠了，她才敢壯著膽子罵他，順便詛咒一句，「祝你吃完那隻雞腿拉肚子到天亮。」

當夜十點半，尹瑄雨乖乖打開窗戶，向予澈見她準時開窗，滿意地笑了笑。

他站在窗邊扯下領帶，解開制服的鈕扣，展開衣襟褪下衣服。日光燈自身後灑在他半裸的身軀上，鍍上薄薄的一層光，勾勒出頸肩和臂膀的線條。

尹瑄雨不自覺屏息，原來男生脫衣服的模樣還挺好看……

不對不對！

奇怪耶！這人怎麼都不害臊？明明要胸肌沒胸肌，要腹肌沒腹肌，還那麼愛露，他的裸身比畫上三小時的素描還傷眼睛。

向予澈將制服揉成一團，直直拋進她的房間裡。尹瑄雨馬上撿起制服，悄悄推門而出，摸黑進到浴室。

因爲擔心影響住宿品質，宿舍規定晚上十點過後禁止洗澡和洗衣。

尹瑄雨輕手輕腳地將制服放在洗手臺裡，灑了一些洗衣粉在油漬上，偏偏乾掉的油漬不好清洗，她只好再拿起刷子，用很輕的力道刷洗。

浴室門突然被打開，陳可芳探頭進來問道：「瑄雨學妹，妳在做什麼？」

尹瑄雨被嚇得心臟差點麻痺，胡亂將向予澈的制服揉成一團，再轉身擋住洗手臺，結結巴巴說道：「我、我在洗衣服……」

「妳怎麼這個時候洗衣服？萬一舍監來查房，全寢的人會被罰勞動服務。」

「我知道，可是……這個很急……」

「怎麼了？」陳可芳走進浴室，想看清楚她在洗什麼。

「沒什麼！」她連連搖手阻止，一顆心差點嘔出來，「就是那個……沾到了……不趕快洗乾淨，會洗不掉。」

「喔……妳小紅來啦？」陳可芳恍然大悟地點點頭，「大家都是女生，沒什麼好害羞。」

「對，我小紅來了。」尹瑄雨只覺得欲哭無淚，糗到想一頭撞死。

「好吧，那妳儘量小聲點，趕快弄一弄早點休息。」

陳可芳離開浴室後，她氣得抓起向予澈的制服又扭又轉，發洩滿心的怒火。好不容易將汙漬刷洗乾淨，她回到房間鎖上門，拿出衣架將制服晾起，掛在另一張床的木梯上。

秋天天氣乾燥，溼衣服只須晾一夜就會乾了。

隔天一早，尹瑄雨拉開窗戶一看，對窗只開了道十幾公分的縫，她沒把握能把衣服丟進窗裡，只好將制服折好藏進衣櫃裡，等放學後再回來處理。

她走進鬧哄哄的教室，「小天使和小主人」的遊戲進行到第三天，每天的早晨或下課，都會出現小天使爲小主人製造的驚喜，這場遊戲彷彿變成一場競賽。

懷著期待的心情，她伸手往抽屜裡找了一下，可惜還是空空如也，接著她又想到杜易杰，他的心情是不是和她一樣失落？

下午是連續兩個小時的水彩課，西畫老師是個長髮飄逸的女老師，不說話時唇角總是帶著上揚弧度，看起來很有氣質。她一走進教室便引起男同學們的注意，連大嗓門的風紀股長說話都變得輕聲細語。

第一次上課，西畫老師同樣擺了水果靜物讓大家隨便畫，而杜易杰的水彩畫不出所料，再次讓大家驚豔，那活潑的用色加清爽的筆觸，讓人過目難忘。

「尹瑄雨，妳的畫法和同學們不同。」西畫老師仔細端詳她的畫許久，唇畔的笑意加深，「這樣畫不是不好，而是渲染過多，營造出來的氣氛雖美，但是彩度不夠搶眼。術科的閱卷老師評一張畫不到五秒，這樣的作品和上百幅作品擺在一起很吃虧，容易被刷下來，趁妳現在才高一，建議修改畫法，儘量以重疊法和原色上色。」

西畫老師的口氣充滿關懷，但講評的內容完全推翻她過去所學，她不明白自己愉悅地創作出來的畫作，爲什麼不能得到肯定和欣賞？

「疊色的運用，妳可以參考杜易杰的作品。」西畫老師又補充一句。

尹瑄雨轉頭看向坐在右後方的杜易杰，他正若有所思地望著她的畫，隨後唇角輕撇一下，那不以爲然的神情再次刺傷她的心。

放學時，同學們一窩蜂衝出水彩教室。

尹瑄雨低頭慢慢收拾畫具，突然一道身影悄悄走近，遮住了窗外照進的斜陽。

「妳的水彩畫……」杜易杰一臉認眞地看著她的畫，「和我畫室一個幼稚園小朋友的畫風很像，很天眞……」

「杜易杰！」她心煩地打斷他的話，起身冷冷瞪著他，「我沒有請你幫我講評。」

杜易杰一愣，把視線從畫紙移到她氣憤的臉上，「抱歉，我的意思是……」

「對！我就是畫得很幼稚，我的程度只有這樣而已！」她劈里啪啦收起畫具，將畫紙自畫板上用力扯下，轉身奔出水彩教室。

望著她的背影消失在門口，杜易杰落寞地佇立在夕陽裡，臉上盡是無奈。

回到宿舍的房間裡，尹瑄雨將餐盒、畫袋和書包堆在書桌上，頹喪地坐在床邊。

「對了！還要還學長制服，否則他怎麼去上課？」尹瑄雨將制服裝進小紙袋裡，下樓走到後面的國宅等他，約莫等了十幾分鐘，才終於看到向予澈騎著腳踏車自路口轉進來。

停好車，他轉身走向她。

尹瑄雨見他穿著紅色T恤搭刷白牛仔褲，衣服的左上角印著「春雨餐館」四個字，顯然是在那間自助餐館打工。

「制服洗好了。」她把紙袋用力塞進他的懷裡。

向予澈拿出制服檢查，嘴角滿意地上揚，「蟑螂學妹，洗得挺乾淨的嘛，不如以後妳就當我的專用女僕吧！」

尹瑄雨沒心情和他鬥嘴，默默轉身走向路口。

「尹瑄雨！妳給我站住！少爺我在和妳說話，妳這什麼態度？」他大步上前攫住她的手臂。

尹瑄雨被他粗魯地扯回來，向予澈這才注意到她泫然欲泣的模樣，頓時忘了原本要說的話，怔怔地問：「妳……半夜洗衣服被舍監抓到？」

尹瑄雨心裡一陣委屈，眼眶漸漸泛紅，原來他知道宿舍的規定。

「被抓到也沒什麼……」見她快哭了，向予澈莫名有點心慌。

「學長最最最討厭！」她甩開他的手，抬腳朝他小腿骨上狠狠一踢，聽到他慘叫一聲，再轉身跑回宿舍。

畫畫，對她的意義是什麼？

記得小時候第一次看見彩虹，瞬間的感動讓她提起畫筆，她想在紙面上留下那份感動，想畫下美好事物的模樣。

以前她一直是開心作畫，爲什麼升上高中美術班後，開心的感覺都不見了？

還有杜易杰……說她的畫和幼稚園小朋友畫的一樣，既然他覺得她天真，那麼她就乾脆幼稚個徹底！

✦

「班長的小天使出現了！」

星期五的第二節下課，風紀股長驚天動地的喊叫聲響徹整間教室，同學們團團圍住杜易杰的座位。

「易杰，你收到什麼？」范詩綺的語氣透著戒備，硬擠到杜易杰的身旁。

「是數學方程式。」杜易杰認眞地看著卡片。

親愛的小主人：

我藏了寶藏在學校裡，主人來尋寶吧！

提示一：民以食爲天。

提示二：3(2X+3)-5〔2(X+1)-3(X-2)〕=35，X是多少？

題目非常簡單，期限是今日放學前，如果找不到，寶藏將銷毀。

小天使留

「班長，快點解題呀！」同學們七嘴八舌催促道。

杜易杰提筆趴在桌上計算，這是國中的題目，解起來不難。

「答案是3。」

「不對！是7啦。」

圍觀的同學比他更急，一連喊出好幾個錯誤答案。

「是6。」杜易杰解出正確答案。

風紀股長一把搶過卡片，念道：「提示一：民以食爲天。跟吃的有關。」

「是福利社！」幾個同學同聲搶答。

「福利社和6……」

「我知道了！」杜易杰恍然笑了起來，起身擠出圍觀的人牆，大步走出教室。

范詩綺不曾見他這般心急過，連忙隨著風紀股長和幾個同學追出去。

尹瑄雨忍住想大笑的衝動，其實題目和答案都不是重點，重點是福利社位在操場旁邊，這間教室位在校園的另一側，開學至今，同學抱怨最多的就是福利社太遠，這一來一往七八百公尺跑不掉。

第三堂課上課鐘響時，杜易杰和同學們才氣喘吁吁趕回來。

「班長，找到了嗎？」趁著老師還沒來，一位同學發問。

「在福利社……餐廳的6號桌……卡片貼在桌下……」杜易杰一邊喘息一邊回答。

「卡片？」

「就是第二道題目啦。」風紀股長插嘴。

「那這次的提示是什麼？」同學又問。

「卡片上貼著三片細細長長的樹葉，不知道是哪種樹，旁邊還畫了一面圍牆，牆角堆著石頭。」杜易杰雙眼微微放光，閃爍著不願服輸的鬥志。

「校園那麼大怎麼找？難道要沿著圍牆比對每棵樹？」風紀股長覺得這真是傷腦筋。

「找就找，沒什麼。」杜易杰對著卡片抿笑。

第三堂課下課開始，只要老師一踏出教室前門，緊接著就會看到杜易杰領著一票同學衝出後門。

尹瑄雨看著他拖了一群同學下水，四處奔跑，憋笑憋得肚子發疼。卡片上的樹葉是相思樹的葉子，藏寶地點是住宿生每天晨跑的集合地點——男生宿舍前操場邊的圍牆下，那裡種了好幾棵相思樹，形成一個小小的林子。

杜易杰，好好比對每一棵樹吧！

運動有益身體健康，加油！努力跑、用力跑、賣力跑！

相思樹的樹葉猜謎果真考倒杜易杰，在七八個同學的幫忙下，當他終於找到藏在圍牆下的小天使寶藏時，已經是第七節下課的事了。

「班長，寶藏是什麼？」同學興奮地追問。

「棒棒糖，就藏在圍牆下的石堆後。」杜易杰拭去額角的汗，拿出一小包棒棒糖，透明的包裝袋上繫了個紅色蝴蝶結。

「班長的小天使到底是誰？」

「不知道不是更有趣嗎？」他微笑凝視著那包棒棒糖，眼裡透著期待。

眼看杜易杰明顯對他的小天使產生興趣，范詩綺的內心更加惴惴不安，那包棒棒糖的包裝明顯是出自女生的手筆，她覺得這個小天使的心機很重，費勁心思安排這場尋寶遊戲，根本就是在勾引杜易杰。

想到這裡，范詩綺發現有好幾個同學正在看她，儘管心裡有怨，卻也只能假裝不在乎，強迫自己露出微笑。

尹瑄雨滿心不解地瞥向杜易杰，他怎麼會把捉弄當有趣？

再看向笑得僵硬的范詩綺，她暗自祈禱她不要想太多，畢竟自己只是遵從杜易杰的命令，要「好好表現」，不能讓他丟臉。

這只是遊戲而已，她不可能對杜易杰產生別的心思。

第七章　琴與畫的對談

週五放學鐘響，尹瑄雨終於可以回家了，安然熬過在外地住宿的第一週，她興奮地背起書包跟著通勤的同學們衝出教室。

然而，有句俗話說——放假一尾龍，收假一條蟲。

她這尾龍在家騰了兩天的雲，等到星期日傍晚要回宿舍時，果眞馬上變成一條軟趴趴的蟲，心情鬱悶到快死掉。

新的一週來到星期二，尹瑄雨終於盼到何辰晞的廣播節目，這次他介紹的是日本音樂家久石讓的配樂〈Summer〉，明亮輕快的鋼琴樂音，在夏季欲走還留的九月，讓人格外留戀窗外陽光。

下午的素描課，尹瑄雨再次傾盡心力作畫，沒想到過度求好下，反而讓炭色重疊過度，造成畫面過暗，作品明顯比上星期退步，心情又再次被打落谷底。

放學收拾書包時，她伸手朝椅背一抓，卻撲了個空，這才發現她因爲體育課在禮堂打羽球的關係，不小心將外套遺留在那裡。

「糟糕，運動外套丟在禮堂，不知道還在不在？」她迅速背起書包，提著畫袋往禮堂衝。

來到禮堂前，尹瑄雨伸手推了一下大門，大門已經上鎖了，不過禮堂的側邊還有三扇小門，她懷抱著一絲希望繞過去，推到第二扇小門時，小門竟然開了！

她頓時鬆了一口氣，走進空蕩蕩的禮堂，放眼望去，上百張椅子整齊疊靠在左側牆邊，舞臺上的大紅布幕靜靜垂落，夕陽透過玻璃窗斜斜映在地面，形成一道道方形光影。

實在太安靜了，她不禁放輕腳步走到牆邊，拾起掉進椅縫中的外套。

突然間，一陣優美的鋼琴聲自舞臺上的布幕後方響起，沒有華麗的炫技，旋律憂傷而淒美，如歌如泣娓娓傾訴著什麼，每一聲都敲進她的心坎，撩動心裡最深處的脆弱。

她想起離家住宿的寂寞，想到被史萊姆學長找碴，想到和同學相處的問題，想到繪畫表現一直不好，晶瑩淚水不禁盈滿眼眶。

直到琴聲終止，布幕後傳來琴蓋闔上的輕響，尹瑄雨才意識到彈琴的人要出來了，她心裡一慌，左右張望想找個地方躲起來，但隨後又想自己不是賊，何必要躲呢？

在尹瑄雨猶豫之際，一道身影自舞臺右側的樓梯口走了出來，淚水模糊中，她隱約見到對方身上穿著天藍色的制服。

她輕輕眨了眨眼，讓眼淚滑落下來，那個人的面容也逐漸變得清晰。

學長的五官斯文俊逸，眼角帶著和煦的笑意，讓人感到親切且毫無距離感，渾身散發沉靜而優雅的氣質，一頭微翹的髮絲又透出幾分不拘小節的瀟灑。

「學長，我不是偷聽。」她抓緊手裡的外套，有些緊張地解釋，「我只是回來拿外套，剛好聽到你在彈琴。」

學長注視著她的臉，揚起一抹微笑，「小學妹，我們眞有緣。」

這嗓音中午才聽過……她心跳瞬間加速，呆呆看著他走到面前。

「看到我，不是睡，就是哭，是怎樣啊？」他面帶微笑，傾身向前，看著她泛紅的眼圈。

尹瑄雨倒抽了一口氣，僵著脖子把視線移到他的右胸口，制服上果真繡著「何辰晞」三個字。

「欸。」他臉上的笑意更深，露出兩個淺淺酒窩。

「嗄？」她抬起右手，抖啊抖指著他。

「嗄。」他再度憋笑。

「咦？」

「咦。」

「學長你……」

「嗯！」

「火車……」

「哈哈。」他很可愛地閉起眼，輕輕點著頭，模仿打瞌睡的姿態。

「啊——」尹瑄雨慘叫一聲，拋下畫袋和外套，雙手捧住酡紅的臉蛋，一邊往後退，閃得老遠。

「小學妹，我長得那麼可怕嗎？」見她反應那麼大，何辰晞不禁失笑。

「不，學長長得不可怕。」她感覺心臟不要命地狂跳起來，呼吸也有點困難。

「妳讀美術班？」他彎身撿起地上的畫袋和外套，拍去灰塵，再遞給她。

尹瑄雨恭敬地接過畫袋和外套，聽到「美術班」三個字，眼眶不禁又感到灼熱。

「怎麼了？」

「今天素描畫得不好。」

「妳剛入學，課業也好，校園生活也好，都還在適應，不是嗎？」

「我學了七年的繪畫，不應該不適應。」她情緒低落地說。

「學了七年就該一帆風順，不再遇到瓶頸嗎？」他微微一笑，溫柔地拿自身經驗開導她，「我從三歲開始學琴，彈了十四年的琴了，到現在還是覺得自己的琴藝像個小學生，要學的東西還非常多，時常也會遇到一些難以突破的瓶頸。」

「學長的琴藝不是小學生！」她大聲糾正。

「那是因爲妳不懂，才會覺得我彈得很好，如果妳看得懂樂譜，就會發現我都不照譜在亂彈。」他搖頭笑了笑。

「眞的嗎？」

「鋼琴老師對我很頭痛呢，都說我老是亂改莫札特、蕭邦和貝多芬的琴譜。」

「不管有沒有照譜彈，能讓我感動到流淚，學長就是彈得很好。」她就是覺得他的琴藝沒有缺點。

見她像個鐵粉般捍衛自己，何辰晞眼中閃過一絲興味，忍不住握住她的手，帶著她走向舞臺，「那再彈一次給妳聽。之後不管妳畫得好不好，都不要再去想，畫完就隨它去，大不了下次從頭來過。」

尹瑄雨一臉受寵若驚，感受著他掌心的溫度，對她而言，何辰晞像天上的星辰，她從未想過他會降臨到她的世界。

兩人走到布幕後方，舞臺左側擺著一臺黑色直立鋼琴，何辰晞拉開琴椅坐下，打開琴蓋，修長漂亮的手指自左而右迅速刷過琴鍵。

那琴，應和著他的呼喚，自沉睡中甦醒過來。

「這臺琴，每年只有合唱比賽會用到，我剛進高中時，第一眼見到它，就感覺它很寂寞，彷彿聽見它在對我說：請彈彈我、請彈彈我。」何辰晞雙手輕放在琴鍵上，由高音彈到低音，奏出流水般的琶音。

「所以學長放學後才會來禮堂彈琴？」尹瑄雨彷彿看見無數金色音符，自他的指尖迸散灑落。

「嗯。」他的眼神悠遠，停下左手，僅以右手彈出輕柔的主旋律，「其實練琴很累、很寂寞，偶爾會很想終止這樣的生活。」

「畫畫也一樣！」她心有同感地點頭，「只要放棄了，就可以多出很多時間和朋友出去玩。」

「但是如果不彈鋼琴，又會覺得心裡非常空虛，像我現在的租屋處沒有琴，我大概忍個三天，就會想念彈琴的感覺。」

「我也是，只要超過兩天沒畫畫，心裡就感到不踏實，只有拿起畫筆才能平息心裡的焦躁。」

何辰晞理解尹瑄雨的感受，他下了一個結論：「學妹，我認爲這是心和琴的觸動，那種觸動是縹緲的，卻又異常強韌。妳和畫筆之間，是不是也有同樣的觸動？」

「嗯！」尹瑄雨將畫袋緊緊抱在懷裡，關於作畫的一切她全都喜歡，繪畫這件事已經融進她的骨血裡，無法割捨。

何辰晞瞧她似乎想通了什麼，唇角神祕一笑，雙手重新撫上琴鍵，優美的琴音在禮堂裡再次迴盪，直到最後一個音落下，銀絲般的尾音在空氣中消散……琴聲止，餘音在尹瑄雨的心間仍嫋嫋不絕。

「學妹，妳的感覺我全都懂。」他起身闔上琴蓋，面對她淡淡笑道，「當心和手無法同步時，不是要強迫手跟上，而是應該停下心的腳步，等待兩者可以重新配合的時刻。而練習，就是一種等待的過程。」

「練習……」

「把心靜下，回到根本，唯有不斷的練習，才能越過瓶頸繼續前進。」

尹瑄雨心裡的迷霧完全消散，不禁哽咽說：「我懂了，是我太急躁了，因爲同學們都很會畫，我太害怕自己趕不上他們的程度，才會越畫越糟糕。」

「急也沒用，先慢慢來。」他頓了一下，突然想起什麼，「糟糕！和妳聊太久，現在沒校車了，妳怎麼回家？」

「學長，我住宿。」

「那剛好，我住後面國宅，一起回去吧。」他鬆了口氣。

兩人一同走出禮堂，尹瑄雨覺得心裡暖暖的，之前放學她總是孤單地走回宿舍，現在多了一個人陪伴，孤寂感被驅散不少。

「住宿好玩嗎？」他的語氣透著好奇。

「當然不好玩！要早晚點名、晨跑、夜讀，還有門禁，每天都被教官和舍監控管，像住在監獄裡，每天晚上都好想回家。」她一口氣傾吐出來，胸口也舒坦許多，沒想到自己可以對一個剛認識不久的學長，輕易地說出心事。

「其實我本來也要住宿，可是愛搞社團和活動，覺得還是住外面比較適合。」他聽了呵呵一笑。

提到社團和活動，兩人正好走到中廊，尹瑄雨伸手指著公布欄上的記功單，誇讚道：「學長很厲害，指揮合唱比賽得到優勝。」

「我只是提供音準和唱法的建議，重要的是大家的配合和努力，不然指揮再好也沒用。」他謙虛地搖頭。

「學長謙虛了。」

「哪裡哪裡，是學妹過獎了。」他朝她拱手作揖。

「是學長太客氣了。」她學他抱拳回禮。

「好說好說。」

「我們這樣好假喔！」

「是是，學妹教訓得是，是學長太假了。」

這是在演哪齣戲？尹瑄雨抬頭迎上他帶著促狹的眼睛，兩人同時噗哧笑開，隨即繼續朝宿舍的方向走去。

「學長，剛才你彈的是什麼曲子？」她好奇地問。

「那是一部八〇年代的老電影，〈Somewhere in Time〉的同名主題曲，臺灣翻譯成〈似曾相識〉。」

「Somewhere in Time，似曾相識，這曲名好美！學長，我能不能跟你借琴譜影印？」雖然不會彈琴，但是她很想藉由某樣東西來紀念和他認識的那刻。

「這……」何辰晞面有難色。

「我只是想做個紀念。」是不是因為她不會彈琴，卻還跟他要琴譜，看起來很奇怪？

「我沒有琴譜給妳，我的譜……」他伸指點了點自己的額頭，「全在這裡。」

「你把譜背起來？」

「呃……也不是背。」

「不是背，那是什麼？」

「我聽CD彈的。」

「你聽了幾次？」尹瑄雨感到不可思議，這是指他將整首曲子聽熟之後，直接彈出來嗎？

「沒算耶，大概聽了一星期。」

「學長，你音感和記憶力好強！」

「妳別亂誇我。」他一臉哭笑不得，隨即正經地解釋，「其實彈琴彈到一定的程度，只要不是太複雜的曲子，大多可以聽音記譜，比較起來，我反倒覺得可以即興彈奏的人比較厲害，這點我就沒辦法做到。」

即便他這麼自謙，但是在尹瑄雨心裡，依然覺得學長是才華洋溢的人。

「學妹，妳的名字……」來到學校後門前，他才想起忘了問她名字。

「我叫尹瑄雨。」她赧然回答。

「小雨學妹，雖然沒有琴譜，不過我傍晚常到禮堂彈琴，如果妳喜歡，可以常來聽。」

「真的嗎？」她懷疑自己在作夢，學長居然用這麼可愛的小名稱呼她，還主動邀她去聽他彈琴，「我會去聽你彈琴，學長不要嫌我礙眼。」

「怎麼會嫌妳呢？」

尹瑄雨心頭一陣悸動，仰望何辰晞盈滿笑意的雙眼，漫天夕霞在他身後的天幕上綻放。

人和人的相遇如此奇妙，明明知道他的名字，也同處一個校園，聽過他的聲音，追過他的背影，卻遲遲未能得見，彷彿有緣，又似無緣。

但等待再等待，原來是有緣。

✦

小天使遊戲既然起了頭，就得繼續下去。

隔天早晨，尹瑄雨早早來到校門邊的松林裡，藏起一包巧克力，同樣附上一張寫著兩個提示的藏寶圖。

看到杜易杰那麼配合她的遊戲東奔西跑，有股罪惡感浮現心頭，她開始覺得自己假借小天使名義惡整小主人的行爲有些不該。

傍晚放學，班上同學離開後，尹瑄雨收拾書包正要離開時，一道身影靠近她的座位。

「尹瑄雨，給我十分鐘，我話說完就走。」杜易杰的語氣有著不容拒絕的堅定。

「你要說什麼？」她輕輕嘆了口氣，坐回位子。

杜易杰取出一本厚厚的畫冊，翻開第一頁擺在桌上，小心翼翼地說道：「這是上次提到的小孩，他剛進畫室的作品，妳覺得畫得如何？」

聽到「小孩」兩字，尹瑄雨心裡升起一股反感，但還是認眞翻看了幾張。這孩子的畫非常有想像力，用色大膽。

「他的畫色彩豐富，有一種什麼都不怕的熱情，非常奔放，非常天眞自然。」

提到「天眞」兩字，她的心微微一沉。

「小孩兩三歲就能拿筆塗鴉，妳覺得他們是爲了什麼而畫？」杜易杰再問。

「不爲什麼，就是喜愛。」

「這是那孩子四年後的畫，妳覺得如何？」他將畫冊翻到中間。

尹瑄雨一頁翻過一頁，剛開始眼神一亮，漸漸卻帶點疑惑，「你爸媽很會教，他畫得更細緻漂亮了，比賽應該也有好成績，可是好像缺少了什麼。這麼多幅畫連續看下來，看久了有種……麻木感。」

「其實……」他的眼神變得幽深，別具深意地說，「這畫冊的後半部，我放了三個小孩的畫，妳分得出來嗎？」

「這不是同一個人的作品？」她傻眼地重新翻看一次，「乍看之下畫風都一樣，要仔細看才能分辨出是三個人的作品。」

「這就是我爸媽畫室教出來的學生，爲了要應付考試和比賽，抹去學生原有的特質，每個教出來都像拷貝一樣。」他嘴角彎起，帶著一絲嘲諷。

尹瑄雨不知道該說什麼，沒料到他評論自己父母的教法時，會露出那種表情。

「繪畫的本質不該是這樣，我想改變爸媽的教學方法，但在這之前，我必須比他們更強才行！」杜易杰緩緩緊握右手，緊到手腕上的青筋畢露，「對我來說，畫技，是一匹等待被馴服的野馬，必須學會駕馭，才能讓它帶我到想去的地方，做我想做的事，所以不管練習再苦再累，我都會告訴自己，熬過了，就是一次躍升。」

這席話讓尹瑄雨對杜易杰起了欽佩之心，沒想到他和她同年，志向卻如此遠大，他的目標是父母，敵人是自己，根本就沒有踐踏同學之意。

對何辰晞而言，練習，是爲了追求心和手的合一，他像個不染塵事的隱世高人。

對杜易杰而言，練習，是爲了征服目標和野心，他想成爲改變體制的霸者。

見她還是保持沉默，杜易杰也不奢求她能理解，無奈地嘆了口氣，「總之，我在創作的時候，都是全力以赴，不可能爲了顧及同學的心情，降低自己的層級，如果無意間傷了妳的心，我先說抱歉。」

「你這樣說，未免太狂傲了！」他的話好刺耳，她聽了很不服氣。

「隨妳怎麼講。」該講的都講了，他闔上畫冊走回座位，有一點氣惱。

「杜易杰！」她承認會覺得被他輾壓，全是因爲自己不夠強。

杜易杰聞聲停下腳步，緩緩轉身，滿臉不在乎地直視她。

「那天，你說我的畫很天眞……」她想好好聽完他的解釋。

「和同學們的畫相比，妳很不一樣，妳的畫不流於公式，有著天眞而單純的熱情。」他頓了一下，明知後面的話不好聽，但還是不想敷衍，「不過畫技不是頂好，要應付大學考試還有待加強，說實話……第一眼看到很失望。」

班長眞是最佳滅火員，前面的話聽起來挺順耳，後面的話眞想叫他閉嘴！

不過聽完他對「天眞」的解釋，她總算明白自己誤會他了，他其實沒有輕視她，反而還帶了點讚賞。自開學以來，她一直抓不到繪畫的步調，心情處於低谷，現在能獲得強悍如他的一點認同，無疑是幫自己注入一劑強心針。

「謝謝你給了我一點信心。」她朝他釋出一笑，當作誤會的和解。

「其實……」乍見她的笑顏，他有些失神了，還想再解釋什麼，「其實我很喜歡……妳眼裡看出去的世界！」

聽到「喜歡」兩個字，她感覺心臟忽地加速跳動，耳根開始發熱。

「我、我是指妳的畫。」他一陣心慌，驚覺自己好像在告白，整張臉瞬間羞紅。

兩人各自轉過身子，氣氛變得好尷尬，尹瑄雨小聲道了再見，背起書包快步逃出教室，心裡閃過一個念頭——

明天班會，小天使和小主人要認親。

她死定了！

翌日的班會時間，教室裡人心浮動，沒人有耐性開班會。

尹瑄雨忐忑地縮在座位裡，看著同學們桌上擺著要回送給小天使的禮物，巴不得來個人將她敲昏送進保健室，直接跳過這堂班會。

「遊戲結束，小天使和小主人開始認親。」杜易杰上臺宣布。

「班長當第一個吧。」風紀股長舉手大叫。

「對呀對呀，班長是遊戲發起人，應該當第一個。」

大家全都是害人精！按照座號一個個來不行嗎？尹瑄雨越來越後悔當時惡整班長，不知道待會該怎麼面對他。

眼看起鬨的人越來越多，杜易杰心想早晚都要認，便決定順應民情，說道：「那就有請這個讓我跑了好幾公里的小天使先上臺。」

同學們四處張望，尹瑄雨還龜縮著不想起身，直到導師朝她微笑點頭，她才百般不願地推開椅子。

二十九道目光瞬間朝她射來。

「不會吧！是尹瑄雨！」

這個結果顯然跌破眾人的眼鏡，同學們一陣嘩然，畢竟開學以來，她給人的印象是內向安靜，長得一副不會做壞事的乖巧樣，誰也沒想到她會設計出那些關卡去刁難小主人。

尹瑄雨頂著眾人的目光上臺，鼓起勇氣緩緩抬頭，對上杜易杰的視線。

杜易杰一臉高深莫測，不是非常吃驚，只是似笑非笑地點頭、再點頭，表示他懂了，他完全理解她為什麼會那樣對待自己。

尹瑄雨見狀，差點想下跪賠不是，難不成他早就猜到是她，昨天才會突然跟她解釋這麼多？

「尹瑄雨，觀察了班長兩個星期，有什麼心得？」班導微笑問道。

「我剛開始有一小點討厭班長，覺得他有一小小點自大，和一小小小點專制。」她伸出兩指比出一個「一小咪咪」的手勢，窘著臉越說越小聲。

「所以妳才會這樣整我，看我跑來跑去很開心？」杜易杰沒好氣地說，依照這種整人程度，她根本是覺得他有非常大點的自大和專制吧！

「滿開心的，嘿嘿。」她一臉抱歉地衝他笑。

臺下同學爆出一串笑聲。

「那經過這段時間的觀察，妳有對班長改觀嗎？」班導再次引導。

「班長他……」她偏頭思索一下，因為是住宿生，她一向比同學早到和晚離開教室，「每天都是最早到校的，還會幫大家開窗通風，放學時也會檢查門窗和環境，把桌椅排整齊，總是最後一個離開。要到術科教室上課時，會提前到教室幫大家排畫架，下課也會收拾畫架，是個很負責的班長。」

杜易杰感到微微詫異，目不轉睛地打量她。班長，他從小當到大，很多同學都認為班長做那些事，是理所當然的，從來沒有人會記在心裡。

尹瑄雨想起昨天和杜易杰的深談，再接著說：「他很有理想和天賦，只是過人的才華會給旁人帶來壓迫感與距離感，但是換個角度想，我們班上有這麼厲害的人，其實是一件很幸運的事，大家可以從他身上學到很多東西。」

聽著她護衛自己的發言，杜易杰難掩心裡的激動，置於身側的手緩緩緊握，彷彿在克制什麼。

「杜易杰，如果同學有繪畫上的問題想問你，你願意指導嗎？」班導溫柔地問道。

「非常願意！」杜易杰衝動地脫口而出，愣了一下又看向尹瑄雨，他竟然被她卸去一身盔甲，變回一個極度渴望融入同儕的普通高中生。

太可笑了！眞不可思議。

「其實……」他伸手按了按額角，掙扎了一下，才正視全班同學，「我喜歡畫畫，並不喜歡參加比賽，但是……我爸媽的畫室需要成績給家長看……」

尹瑄雨一臉同情地看著他，覺得他肩上的擔子還眞重。

此時不知道誰先拍手鼓掌，一聲接一聲，掌聲在教室裡漸漸雷動。

聽到鼓勵的掌聲，杜易杰深深吸了口氣，恢復冷靜後，拿起小禮物遞給尹瑄雨，「謝謝小天使，這次的遊戲我玩得很愉快。」

「謝謝小主人。」她恭敬地接過禮物，懷疑裡面會不會是整人玩具？

杜易杰冷不防朝她走近一步，低頭在她耳邊輕語：「妳給我記住！一日小天使，終身爲小天使。」

這人居然記仇了！她頭皮一陣發麻，趕緊抱著禮物逃下臺。

「有人想第二個認親嗎？」杜易杰敲敲講桌，將同學們的注意力從尹瑄雨身上拉回。

「我！」風紀股長抱著小禮物躍上講臺，對著臺下四處張望，可惜沒人起立。

「廁所自己掃，這是你的職責，我不會幫你掃。」熟悉的清冷嗓音自講臺右側響起。

風紀股長僵硬地轉頭，看到似笑非笑的杜易杰，一手拍額差點暈倒，「班、班長！」

「小天使和小主人抱一個！」全班同學哄堂大笑，拱著兩人來個愛的大抱抱。

杜易杰竟真的上前一步，風紀股長見狀馬上落荒而逃，同學們又一陣爆笑。

尹瑄雨也跟著掩唇輕笑，沒察覺一道尖銳的視線正緊盯著她，視線的來源是坐在教室中間，臉上充滿怨氣的范詩綺。

第八章　友情與榮耀

時序進入十月，微涼的秋風吹進教室，拂過桌上的課本，嘩啦的翻頁聲四起。尹瑄雨拍住被風吹起的書頁，開學一個多月了，她也逐漸習慣學校和住宿生活，雖然心情難免會低落，但好在有何辰晞當她的心靈依靠，聽著他的琴聲總能讓她提振精神。

不過何辰晞的活動和雜事很多，一個星期大概只會出現在禮堂兩次，而且日期不固定。每天放學，她總是懷抱期待往禮堂跑，坐在鋼琴邊等他二十分鐘，如果還是沒見到人，就代表他不會來了。

何辰晞雖然主動邀她聽他彈琴，但他總是來去自如，從不與她訂下確切的碰面日期，能否聽到他的琴聲，只能隨緣。

「小天使。」杜易杰的聲音打斷尹瑄雨漫遊的思緒，他兩手撐在她的桌面上，傾身望著她，「環保壁報後天要交，時間滿趕的，妳放學後留下來幫忙。」

「爲什麼又是我？」她不依地抗議，明明遊戲都結束了，他卻三不五時以小主人的名義，命令她爲他做事，剛開始是教室布置，之後是學校藝廊布置，現在是壁報比賽。

「妳不用趕校車趕火車趕補習，不留妳留誰？」他倒是理直氣壯。

「我放學後有別的事。」雖然不必趕那些，但是她得趕著去赴何辰晞的鋼琴約。

「麻煩妳幫幫詩綺。」他的態度一軟，放低姿態在課桌前蹲下，「她這個學藝股長不好當，而且我一直覺得妳的想法很有創意、很特別，常讓我有驚喜感。」

尹瑄雨國中時也當過學藝，了解這個職位的難處。製作壁報需要同學課後留下來協助，國中同學大多住附近，但高中同學大部分都來自不同地區，杜易杰不是沒問過其他人，是問了也沒有人願意留下。

再者，雖然只是校內比賽，但是美術班必須做得比其他班級更好，才能展現出美術班的水準，杜易杰會來求她也是不得已。

「宿舍要夜讀，我只能留一個小時。」她終究是心軟妥協了。

「謝了。」他感激一笑。

杜易杰離開後，尹瑄雨看著擺在桌上的馬克杯，釉色溫潤的輕薄杯身，印著滿版的世界名畫〈莫內花園裡的鳶尾花〉，色彩繽紛漂亮，是杜易杰送她的小天使禮物。

那天認親結束後，尹瑄雨在外掃區打掃時，她擔憂的事終於發生了。

范詩綺提著垃圾袋走來，用挖苦的語氣說：「好好喔，那是英國進口的骨瓷馬克杯，一個將近一千元，我跟易杰要了好幾次，他都不送我。」

「我跟班長不太合，家裡馬克杯也不少，如果妳喜歡就送妳。」尹瑄雨知道她在試探自己對杜易杰的感覺，只能盡力跟他撇清關係。

一聽到尹瑄雨要將杯子送她，范詩綺心裡更不是滋味，佯裝不在乎地笑道：「這怎麼行，我如果收下妳的杯子，易杰絕對會罵死我，記得以前……」

之後她滔滔不絕分享被杜易杰教訓的往事，像女朋友在抱怨男朋友的專制，讓尹瑄雨覺得無奈，她一點都不想知道那些事。

上課的鐘聲拉回尹瑄雨的思緒，這堂是班導的課。

班導在臺上宣布：「各位同學，松岡高中有個重要傳統，爲了謹記『奮鬥、堅忍、實踐』的校訓，每屆新生入學後，學校會舉辦一場『後山路跑』活動，日期訂在十一月十日。」

「老師，要跑多遠？」一位同學舉手發問。

「男生五公里，女生四公里，列進體育成績和班際比賽，沒跑完全程不能畢業。」班導回答。

「太嚴格了吧！」全班同學紛紛抗議。

「這是第一任校長定下的傳統，松岡創校四十多年來，你們每屆學長姐都是這樣跑過來的。」

「可以請假不跑嗎？」

「身心不適者請醫生開證明。」班導見招拆招。

尹瑄雨聽完只覺得不妙，她不擅長跑步，國中跑完體適能的八百公尺測驗後，她就在眾目睽睽下把午餐吐在跑道上，這次的路跑長達四公里，她可能會半路昏倒。

這天放學，杜易杰、范詩綺及尹瑄雨三人一同留下來做壁報。

雖然范詩綺對尹瑄雨還心存芥蒂，但爲了做好壁報，她也只能選擇忍耐。

杜易杰將幾張課桌併在一起，再把壁報紙攤開在桌面上。三人討論完主題，馬上開始打稿作畫。

尹瑄雨一邊上色，一邊看著杜易杰提筆蘸墨，在壁報紙的右上角寫下標語，他飄逸瀟灑的字跡讓人看得神往。

她的書法還在和歐陽詢的楷書奮戰，沒想到他已經進階寫到行書了，而行書又以楷書爲本，想必他的楷書已有一定的火候。

「班長的行書寫得眞好，難怪風紀股長會被你的字跡騙了，誤以爲寫天使信的是女生。」尹瑄雨心裡又直嘆氣，沒想到兩人在書法上，差距也這麼大。

杜易杰聞言斜瞥她一眼，瞧她眼底透著淡淡焦急，明白自己又打擊到她，心裡有一絲說不清的感覺。

「易杰的媽媽主修國畫，我和他從幼稚園就開始練習書法，他進步得比我快……」范詩綺又開始宣示主權，炫耀她和杜易杰的往事，作畫的速度因而變慢了。

「詩綺，少廢話，快點畫！」杜易杰打斷范詩綺的話。

「好嘛，畫就畫，幹麼那麼凶。」范詩綺噘著唇嬌嗔，表情看起來有些享受。

「妳打稿打歪了。」

「有嗎？哪裡歪了？你幫我改。」

尹瑄雨把兩人的拌嘴當耳邊風，爲了明哲保身，只要范詩綺在場，她絕不回應任何有關杜易杰的話題，三人的關係變得十分微妙。

畫了幾分鐘，范詩綺提起路跑的事：「四公里等於十圈操場，我國中跟著易杰在操場慢跑時，最多撐到五圈就受不了。尹瑄雨，妳最多可以跑幾圈？」

「國中跑完八百公尺我就吐了。」她淡淡回答。

「妳們女生平時都不愛運動，才會跑一下身體就受不了。」杜易杰又抬眼看向尹瑄雨，口氣帶點揶揄，「路跑還關係到班際競賽，妳不要害我們班墊底。」

尹瑄雨不想回話，只是輕輕瞪他一眼。

范詩綺瞧她被奚落後神色略顯不悅，漂亮的大眼中閃過一絲竊喜。

天色逐漸暗下，尹瑄雨被杜易杰壓榨了一個小時又二十分後，才背著書包走出教室。

回宿舍的路上，行經福利社前，她發現右腳的鞋帶鬆了，立刻蹲下伸手綁緊，就在此時，一道身影緩緩走近，悄悄停在她背後，黑皮鞋踩住她披散在地上的裙角。

聽到身後傳來細微動靜，尹瑄雨疑惑地轉頭，乍見一道人影緊貼於背後，嚇得跳了起來，沒想到裙子卻被一股力道釘住，整個人又重重跌坐在地上。

「蟑螂學妹，妳的反應眞激烈！」向予澈把腳收回來，捧腹哈哈大笑。

「混蛋史萊姆！我打死你！」她氣得雙頰漲紅，抄起畫袋砸向他的臉，恨不得一擊秒殺他。

「喂！妳是美術班的學生，要留點氣質。」向予澈矯捷地避開正面一擊，一邊拭去眼角笑出來的眼淚。

「殺史萊姆不需要氣質！」她甩著畫袋繼續追打他，可惜全被他閃過。

向予澈見她沒完沒了，只好出手截住畫袋。兩人的距離再次拉近，尹瑄雨又抬腳朝他的小腿狠狠踢去。上回他已吃過她一記重踢，此刻早有防備，迅速側身跳開，她一踢落空，鞋帶尚未繫緊的布鞋竟飛了出去。

「我的鞋……」她臉上的緋紅迅速染紅耳根，單腳跳向自己的鞋。

向予澈從後面追上來，一手抄起她的鞋藏在背後。

「還我！」她狠狠瞪他，伸手向他討鞋子。

「還妳可以，妳上次踹我一腳，先說對不起。」他開始耍賴。

「我要跟教官講！」

「去講啊，我沒在怕，鞋子先丟到福利社的餿水桶裡。」說完他轉身要走。

尹瑄雨衝上前抓住他的手臂，宿舍夜讀的預告哨聲同時響起，她心頭一亂，只好選擇妥協。

「對不起……」她低著眼小小聲地說。

「說！學長不討厭。」他滿意地揚起微笑。

「學長不討厭……」

「我喜歡學長。」

「我喜歡學長……」頓了兩秒，意識到那句話的含意，她立刻瞠大眼睛瞪向他。

向予澈聞言也僵在原地，他原本只是想逗她，以爲她不會笨到重複他的話，卻沒想到她眞的那麼笨，更意外的是自己聽到那句「喜歡」時，心口竟猛然一震，有種玩火自焚的狼狽感。

「夠了！鞋子還我！」她氣急敗壞地命令他，雙手用力掐緊他的手臂。

「妳、妳放手。」他嚥了口口水，耳根莫名發燙。

尹瑄雨稍稍鬆手，突然感覺到他手臂內側的皮膚有些溼滑，心裡覺得奇怪，便把他的手臂翻轉向上，赫然發現他手腕內側一片紅腫，起了數顆小水泡，且水泡全破了。

「學長，你的手怎麼了？」她被他的傷勢嚇到。

「沒什麼，工作時被熱油濺到。」他迅速抽回右手插進褲袋裡。

「水泡被我……」

「我踩了妳的裙子，妳弄破我的水泡，我們扯平了。」

「對不起……」她知道水泡破了會很痛。

「說對不起是沒用的。」他滿不在乎地笑道，彎身將鞋子擺在她的右腳前，「罰妳當我的專屬女僕，替我洗一個月的制服。」

「是你先鬧我，才會變成這樣。」她一邊反駁，一邊穿上鞋子。

「好好好，是學長罪有應得。」他看她穿好鞋子，輕輕拍了一下她的頭，「笨學妹，還不快滾回宿舍。」

尹瑄雨被他時好時壞的性情弄得糊塗，但時間已經不早了，她得先趕緊跑回宿舍。

向予澈目送她的背影逐漸遠去，皺著眉頭，把手從褲袋裡抽出來甩了幾下，又朝手腕吹了幾口氣，隨後轉身拾起擺在走廊上的書包，朝教室走去。

當晚夜讀結束，學姐們在客廳裡開起泡麵大會。

尹瑄雨因爲放學要留下來做壁報，因此事先請學姐幫忙拿便當，沒想到回宿舍的途中，遇到了向予澈，因他而耽擱了，導致她沒時間吃便當，現在才跟著學姐們一起吃。

大家聊到後山路跑，學姐們說當天會由教師及二、三年級的體育班學生在一旁協助，每五百公尺就會安排一人站崗，陳可芳負責一千五百公尺那一站。

「我可能會跑不完。」尹瑄雨擺出一張苦瓜臉，想起被杜易杰挖苦的事。

「有練習就跑得完。」陳可芳不以為然地表示，「要不要我陪妳練習？我每天放學固定跑十五圈操場，妳來找我，我陪妳跑，跑個兩三圈也行，只要調整好呼吸和跑步姿勢，再把耐力提高，路跑那天妳就不會那麼累了。」

「這樣會不會妨礙學姐練習？」尹瑄雨覺得自己彷彿在黑暗中看見一絲曙光。

「不會的，有人陪跑也不錯。」陳可芳伸手拍拍她的肩，要她安心，「還有二十多天，論速度妳應該沒贏面，不過以女生組來講，半數以上跑到一半都是停停走走，如果妳能堅持跑到最後，成績絕對不會太差。」

「好！我要跟學姐一起練習。」她志氣滿滿地握拳，能被全縣短跑第一名的學姐指導，是可遇不可求的事。

謝過陳可芳後，尹瑄雨回到房間裡，打開檯燈繼續溫習功課，隔不久對面的燈也亮了起來，傳來開窗的聲響。

思索了一下，她起身拉開窗戶，向予澈聽見聲音也來到窗前，兩人靜靜相望。

尹瑄雨指了指自己的手腕，問他有沒有上藥。

向予澈聳聳肩，滿不在乎的樣子。

尹瑄雨嘆了一口氣，想起每間寢室都配有醫藥箱，於是打開房門，摸黑走進客廳，悄悄拿起醫藥箱，回到房間裡。她從醫藥箱裡頭挑出紗布和藥膏，將它們裝進紙袋裡，再把紙袋用力拋進對面的房間。

向予澈不知道她丟了什麼東西進來，彎身撿起紙袋打開，看到紗布和藥膏時，整個人再次僵住，眼神一點一點黯下。

敲門聲突然響起，門外傳來一道溫柔女聲：「予澈，開門。」

向予澈馬上關上窗戶，隨後打開房門，只見自助餐店的老闆娘林詠馨，帶著五歲的兒子站在門前。

「你的手還好嗎？」林詠馨滿臉關懷，伸手想拉他的手，察看他的傷勢，「小豪今晚不肯睡覺，剛才才哭著跟我說，他下午到廚房找你玩，不小心滑倒撞到你，害你被油鍋的油燙到。」

向予澈迅速把手藏在身後，低頭望著小豪哭得紅冬冬的臉，嘟噥了句：「我們不是約定好，不跟媽媽說嗎？」

自助餐店的老闆邱建平從旁邊擠進門，一掌朝向予澈的後腦拍下，低聲罵道：「混蛋！別亂教小豪。」

「很痛耶！」他伸手揉著後腦。

「做錯事就要負責！我不止一次跟小豪說過，廚房是危險的地方，他不聽話造成別人受傷，就該好好教訓。」邱建平將兒子拉到向予澈的面前，按住他的頭命令道，「先跟哥哥道歉，再罰背三十首唐詩。」

「予澈哥哥，對不起！」小豪頓時放聲大哭，兩道眼淚沿著臉龐滑落。

向予澈趕緊蹲下，伸手抹去小豪臉上的淚滴，輕輕責罵：「不准哭！哥哥最討厭看到哭臉，最討厭的東西就是眼淚，你再哭，我就揍到你哭不出來。」語畢，他掄起右拳。

小豪瞪著他的拳頭，吸了吸鼻涕，抿著小嘴憋住淚水。

「給阿姨看看你的手。」林詠馨又伸手想拉他。

「只是起了幾個水泡而已，剛才有個學妹給我藥了，我先去洗澡，洗完再上藥。」向予澈依然將手藏在背後，別開臉迴避她的關心。

邱建平和妻子對視一眼，心知這孩子性格倔強，不輕易接受旁人的施捨與恩情，只能無奈說道：「好吧，如果紅腫不退，明天一定要去看醫生。」

「好。」他點點頭。

關上房門，向予澈走到浴室洗澡，洗完澡後，他坐在床邊，消毒手腕上的傷口，然後再擦上藥膏。他咬著紗布的一端，熟練地為自己包紮。

包紮完，他起身打開窗戶，望著尹瑄雨還亮著的燈，伸手按著胸口。

自從母親去世後，他以為自己的心早已被封進冰雪中，凍得麻木變得無感，但剛才收到藥時，為什麼又有種抽痛的感覺？

✦

自泡麵大會那晚開始，尹瑄雨每天放學都會到操場找陳可芳。

陳可芳教她拉筋熱身，幫她調整跑步姿勢，再配合正確的呼吸法，以減少體力的耗損。

一開始，她跑兩圈就累個半死，適應之後，能跑的圈數便逐漸增加。

練習期間，尹瑄雨偶爾會看到何辰晞經過，而他總會停下腳步，朝她用力握拳，表示「加油」之意。尹瑄雨每次見到他，就會覺得渾身充滿力量，似乎一次跑個五圈也沒問題。

有時候練得比較晚，也會看到向予澈雙手抱胸，站在操場邊觀察她。這時，她會感到彷彿芒刺在背，不管怎麼跑都覺得彆扭，連腳步都會亂了節奏。

辛苦練習的日子一天天過去，終於迎來路跑當天。

午後一點，天色略微陰沉，全體一年級生在操場集合，四周圍滿了二、三年級的學長姐，準備觀看起跑的那一刻。

尹瑄雨環顧四周，發現何辰晞拿著相機站在操場邊，她心裡一喜，馬上朝他走去。

何辰晞見她滿面微笑走來，微風拂開她臉頰兩側的髮絲，使他情不自禁舉起相機，按下快門。

看到閃光燈閃了一下，她急忙跑上前追問：「學長，爲什麼要拍照？」

「這個月的學生電子報，會報導路跑活動，妳剛才非常上相。」何辰晞微笑解釋。

「學長，不行不行，你不能刊我的照片。」她連連搖手拒絕。

「尹瑄雨！要點名了，還不回來集合？」

尹瑄雨轉頭望向聲源，只見杜易杰瞥了一眼何辰晞，隨後冷冷瞪向自己。

她趕緊跟學長道了聲再見，回到班上的隊伍裡。

「瑄雨學妹，加油！」

「加油！加油！」

剛回到隊伍裡，操場另一側又傳來叫喚聲，尹瑄雨轉頭望去，發現三個同寢的學姐正朝她揮手打氣。

「尹瑄雨，妳怎麼認識那麼多學長姐？」范詩綺突然來到她的身邊，有些羨慕地道。

「我們都是住宿生，感情像家人一樣。」她微笑回答。

校長簡單致詞和鼓勵後，全體一年級生走到連接後山的側門集合，爲了顧及安全，他們又分成二十個人一組，每一組間隔一分鐘出發，沿途有前導車、救護車和隨行車，萬一遇到體力不支的同學，方能就近支援。

輪到尹瑄雨的梯次時，范詩綺突然走到她身側，提議道：「尹瑄雨，我們一起跑吧。」

「我一個人跑比較好，怕影響到妳。」尹瑄雨怕拖累同學，畢竟路上不知道會發生什麼事，一個人跑沒有負擔，更不會有壓力。

「沒關係，這樣可以相互打氣，路上也不會無聊。」范詩綺一副不介意的模樣。

此時哨聲一響，二十個人一同起跑，尹瑄雨維持平時練習的速度，沒想到這組的同學起跑速度都比她快一些，漸漸將兩人拋在身後，但她仍謹記著陳可芳的教導，維持自己的速度。

「我們落後太多了。」范詩綺不想落居人後，馬上拉著尹瑄雨加快速度，想追上前頭的同學。

學校後山景致天然，道路兩側林樹高聳，山風吹來，黃葉紛飛。

跑完一千公尺，范詩綺的體力逐漸不支，越跑越慢，最後停下腳步劇烈喘氣，「好累……我的腰有點痛，後面的路還那麼長，真不想跑了……」

「范詩綺……要堅持下去……我們可以再跑慢一點。」尹瑄雨也跟著停下腳步，她被范詩綺打亂了平日練習的步調，自己也喘得厲害。

待在一千五百公尺處的陳可芳，遠遠看到兩人在路邊磨蹭，於是走過去關心問道：「學妹，還好吧？」

「我左腰好痛啊！」范詩綺一臉痛苦地彎下身。

「不要蹲下，先在旁邊站著休息。」陳可芳拿著交通指揮棒朝路邊一指，隨後神色冷淡地看向尹瑄雨，「妳也不舒服嗎？」

「沒有沒有。」尹瑄雨有點緊張，覺得學姐看起來好嚴肅，好像變了個人。

「路跑攸關個人和班級成績，爲什麼要兩個人黏在一起跑，還拖拖拉拉等來等去？」陳可芳質問尹瑄雨。

尹瑄雨聽了心情一沉，在學姐的眼中看到一絲失望。

是啊！學姐花了那麼多時間指導她，絕不是想看她和同學邊跑邊玩，而是要她交出一張進步的成績單。

於是，尹瑄雨對范詩綺說：「妳休息一下再跑，我體力還行先繼續跑。」話說完，她便轉身獨自往前跑。

這是一場心理、身體和意志力的抗戰，尹瑄雨長那麼大，從來沒這麼執著過，拚死也不讓自己的腳步停下。

在兩公里處的折返點蓋了手章後，天際降下一片霧濛，分不清是雨還是霧，她跑到頭昏腦脹，運動服被汗水和雨霧濡溼。

尹瑄雨一路越過停停走走的同學，就在她以爲自己快要昏倒時，終於一腳跨進校門。

男生組比女生組先開始，自然也先回來，杜易杰一見到她抵達，雙眼微微彎起，本想過去跟她說話，卻被體育股長攔住。

尹瑄雨跟老師登記好抵達時間，洗了把臉後，走回教室裡休息，之後又等了將近四十分鐘，才看見范詩綺一手按住左腰，跛著腳進來。

體育股長隨即上臺，宣布路跑成績：「我們班的男生第一名是杜易杰，年級排名二十四，女生第一名是尹瑄雨，年級排名十三。各班男生組、女生組的第一名，和年級組前十名，明天可以上臺領獎。」

同學們紛紛鼓掌，尹瑄雨卻一臉不敢置信，她竟然是班上女生組的第一名！回想這段日子不曾間斷的練習，現在所有的辛苦都值得了，倘若沒有陳可芳的培訓，她絕對無法克服長跑的心理障礙。

「我明明短跑都跑贏班長。」體育股長一臉不甘。

「今天比的是長跑。」杜易杰一邊鼓掌，一邊瞥向尹瑄雨的側臉，嘴角浮起一抹淺笑，腦海中浮現他在放學後，看到尹瑄雨跟著學姐在操場上練習的景象。她努力的態度影響了他，讓他決定利用晚上的時間去公園裡慢跑，鍛練體能。

范詩綺揉著自己痠疼的腿，看見杜易杰的注意力全在尹瑄雨的身上，心裡的忌妒和不安再次飆漲。

此時，學校廣播響起：「請一年級各班，派兩個人到福利社拿香腸。」

「呀呼！香腸！有香腸耶！班長，快找人去拿！」風紀股長興奮大叫。

杜易杰有點疑惑，不過還是帶著值日生走出教室。

沒多久，兩人抬了一個鐵桶進來。

風紀股長第一個衝到講臺，「香腸香腸！給我一根。」

杜易杰要笑不笑地看著他，掀開鐵桶蓋子，冷冷揶揄：「是薑茶，拿杯子來裝。學校說大家路跑都淋了雨，喝點薑茶袪寒，別感冒了。」

「薑……茶……」風紀股長一臉失望。

全班同學一陣爆笑，尹瑄雨也摀著肚子笑趴在桌上。

正當同學們笑倒成一團時，隔壁一年六班的女班長臭著臉走到門口，朝教室裡破口大罵：「杜易杰，你們班有病啊！叫那麼大聲，害我們班也以爲是香腸！」

杜易杰拋下湯杓走到門口，語氣平靜：「我們班就是不一樣，怎樣？」

女班長狠瞪他一眼，轉身悻悻然離開。

尹瑄雨拿著馬克杯走到杜易杰前面，他幫她添了八分滿的薑茶，輕聲說道：「不簡單呀，女生第一名。」

「你說我會扯同學後腿。」她不服氣。

「我收回那句話，妳很棒！」說到後面三個字，杜易杰的耳根悄悄染上一點紅。

突然被杜易杰誇讚，尹瑄雨不禁感到害羞，趕緊回到座位坐下，小口喝著薑茶。這時，一道人影走了過來，那人一手拍住她的肩膀，使她手中的杯子晃了一下，灑了些茶出來。

范詩綺俯身在她的耳邊輕笑，「尹瑄雨，妳眞會演戲，這叫不會跑步？戰場上丟下受傷的同袍，就算取得了榮耀，妳的良心會安嗎？」

第九章　守護妳眼底晴空

友情，榮耀。

這天放學後，尹瑄雨坐在操場旁邊的階梯上，一手拿著小樹枝，在紅土上寫下四個字。

路跑過後，她以爲自己可以不負學姐的苦心指導，開心迎接勝利，沒想到最終卻會被認爲是背棄了同學。

她沒有騙人，也沒有演戲，她從小最討厭上的就是體育課，這次是因爲杜易杰的嘲諷，加上可芳學姐願意伸出援手，她才會下定決心努力練習跑步，沒想到最後卻被范詩綺說成是背棄同學。

突然，一雙黑皮鞋闖進她的視野，那人略帶嘲諷地問道：「幹麼縮在這裡耍自閉？妳是路跑最後一名？還是半路昏倒被救護車抬回來？」

尹瑄雨沒有回話，只是拿著小樹枝在地上畫圈圈。

「我的傷好了，藥還妳。」向予澈遞給她一個小提袋。

尹瑄雨接過提袋打開一看，袋裡除了藥膏和紗布外，還有一個透明的罐子。罐蓋下繫著藍色蝴蝶結，罐內裝著圓形的巧克力餅乾。

「妳借我藥，我不想欠妳的情。」他主動在她的身側坐下，率性地翹著腿，瞥向紅土上的四個字，「友情、榮耀，妳在煩惱什麼？」

她沒有回話，只是往旁邊挪了挪，拉開他們之間的距離。

「妳跑太好被同學忌妒？」他微微瞇眼睨著她。

尹瑄雨聽了心裡一酸，置於膝上的手倏地緊握。

「友情和榮耀是兩回事。」他淡漠的口氣透著一絲嘲諷，「我不完全信賴友情，有時候越親近的朋友，越知道你的弱點在哪裡，越容易捅你一刀。」

「捅刀的人是我。」尹瑄雨沮喪地拿著小樹枝，將地上的字劃掉，「班上的女同學好心陪我路跑，我卻因爲她中途身體不適而丟下她，最後自己拿了全班女生組第一。她說得對，這樣取得榮耀，良心怎麼會安？」

「比賽是大家各憑本事見眞章。」他伸指掏了掏耳朵，無法認同她的話，「妳知道路跑成績可以加體育分數吧？」

「知道。」

「練習不用花體力和時間嗎？」

「當然要。」

「妳投注那麼多心力，如果妳同學因此拖爛妳的成績，她會賠償妳嗎？」

尹瑄雨聽了一怔，這怎麼賠呀？

「如果她會賠，妳就等她，成全友情；如果不會，那就掰掰先跑啦。」他理所當然地說。

「這……」她一時無法反駁，沒想到他的想法如此現實。

「那位同學平常對妳很好？常常請妳吃東西？幫妳寫作業？」他又繼續問。

「沒有，都沒有，就普通同學。」其實連普通都算不上。

「那她爲什麼突然想陪妳跑？」

這個問題，她在路跑時心裡也很納悶。

「妳眞笨！」向予澈冷笑一聲，不屑地搖了搖頭，「有些女生很狡猾，怕丟臉或墊底，就會黏著比自己差的女生，其目的不難理解吧。」

尹瑄雨輕咬著下唇，想起畫壁報那天，范詩綺問過她跑步的事。

「妳呀，沒出過校園，太善良了。」他側頭看著她的側臉，眼神溫和。

「你不也才高二。」她轉頭瞪他。

「我比妳大三歲，今年十九了。」

「好慘！」她的眼神轉爲同情，「學長留級那麼多年。」

「笨蛋！我不是留級。」他伸手朝她的額角戳了一下，「我是國中畢業後，工作了三年才來讀書。」

「好痛……」她一手摀著額頭，一手握拳用力搥向他。

向予澈輕笑一聲，矯捷地從臺階上跳起來，抓起書包想跑，尹瑄雨立刻起身，一把揪住書包的背帶，背帶在兩人之間繃得直直的。

突然，一道慵懶的男聲從階梯上方傳來：「向少，要上課了，還在把妹？」

尹瑄雨抬頭望向聲源，只見三個身穿藍色制服，搭著牛仔垮褲的學長站在樹下。其中一位身材削瘦、微微駝背的學長，正以輕浮的眼神打量她，讓她渾身極不舒服。

向予澈轉頭看著他們，神色帶著警戒，隨即放開背帶朝左側橫跨一步，擋住尹瑄雨。他嫌惡地笑道：「逗著玩而已，你們打什麼岔？這種被熨斗燙平的身材，還不夠格當我女友。」

尹瑄雨雖然不滿他嘲笑自己的身材，但是此時氣氛有些古怪，一時也不敢對他發作。

「對啦對啦，你最好是沒意思啦。」那學長露出奸笑，轉頭和身旁的同學低語幾句，三個人邊竊笑邊走向進修部教室。

待他們三人離開後，向予澈才回頭望著尹瑄雨，卸下一身的防備。

「他們三個是？」她嚥了口口水，那三個學長散發著危險的邪氣，讓人不寒而慄。雖然向予澈也時常捉弄她，但他身上完全沒有那種氣息。

「他們是我的同學，去年入學時打過一次架，小衝突也有好幾次。」他收回她緊抱在懷裡的書包。

「爲什麼要打架？」她想起公布欄上的懲誡單。

「沒有爲什麼。」向予澈一臉莫名其妙，彷彿她問了一個奇怪的問題，「就是看他長得很像壁虎，猥猥瑣瑣，說話又屌得跟什麼似的，看了很不舒服，就一拳揍下去了。」

「你們男生眞奇怪！」她露出無法理解的眼神，「非得像獅子劃分領地一樣，互相咬來咬去嗎？」

「不然要像什麼？」

「應該要和平一點，像……」

「像狗狗一樣用尿尿占地盤？」向予澈蹙眉擺出無辜的神情，雙手環抱自己，「這樣……我會害羞。」

「學長你好幼稚！」她氣勢很弱地笑了出來，腦海浮現小學時，男同學在廁所比賽誰尿得遠的趣事。

向予澈見她終於笑了，神色又轉爲正經，伸手拍向她的後腦，冷哼道：「時間不早了，還不快滾回宿舍，等一下不是要夜讀？」

「知道啦。」她避開他的手，背起自己的書包。

向予澈三步併作兩步躍上階梯，走了兩步又回頭，語帶警告地說：「那罐餅乾我沒有放人工添加物，最佳賞味期十天，妳不要擺到過期了。」

「餅乾是你做的？」她眉頭輕蹙一下，不會有毒吧？

「沒毒！」他惡狠狠地瞪她一眼。

尹瑄雨噗哧一笑，朝他點頭道謝，轉身走向宿舍。

回到宿舍後，陳可芳還是繃著臉不發一語，直到夜讀結束，尹瑄雨洗好澡走出浴室，一罐可樂從旁邊遞出，擋在她的面前。

「學妹，對不起。」陳可芳吶吶道歉，「我不該拿田徑隊的標準衡量妳。」

「我知道學姐是為我好。」她接過可樂，心裡滿是感動。

「賽場上，如果同學因為我受傷，而同情我忍讓我，甚至停下腳步等我，我反而會覺得被瞧不起。」對於范詩綺以友情為名的情勒行為，陳可芳也解釋自己的想法，接著又拍拍她的肩，「別太在意，妳今天的表現超出我的預期。」

「我明白，謝謝學姐的教導。」尹瑄雨忍不住抱緊她。

隔天朝會，尹瑄雨上臺領了上高中以來的第一張獎狀，聽著臺下掌聲，她感覺獎狀彷彿在指間發熱。

范詩綺看著杜易杰和尹瑄雨一起上臺，一同領獎，一起下臺走回來。她多希望站在他身側的人是自己，在心裡對尹瑄雨咒罵了好幾回。

尹瑄雨還惦記著與范詩綺的僵局，沒想到經過兩日的沉澱，范詩綺又恢復成沒事人的模樣，見到她還會主動露出微笑，一副「從現在起，我赦免妳的罪了」的姿態。

不管怎樣，路跑的事總算落幕了。

當天夜裡，尹瑄雨拿出向予澈送的餅乾，一打開罐蓋就聞見濃郁的巧克力香氣，吃起來口感酥脆，味道不會太甜。

「沒想到學長的手藝這麼好。」她忍不住讚嘆，餅乾裡藏著讓人心情變好的魔力。

然而她還不知道，這餅乾裡也藏著足以毀滅她的魔力。

✦

那是寒流來襲的十二月初，工科大樓後面的小空地，溼冷的空氣飄著臭水溝的腐敗氣息。

尹瑄雨被人粗魯地推進來，重重跌坐在空地中央，被三個夜間進修部的學長團團包圍。

一位燙著大鬈長髮、渾身飄著香水味的學姐走了過來，在她面前蹲下，右手扣住她的下巴，冷冷質問：「向予澈喜歡她？」

尹瑄雨望著妝容精緻、眼神透著忌妒的學姐，心裡浮現一絲不祥。

那名長得像壁虎的學長唯恐天下不亂地笑道：「向予澈之前每天傍晚都站在操場邊看她跑步，兩人還常常坐在階梯上約會。」

「你亂講！我跟他沒有任何關係！」尹瑄雨撥開學姐扣著自己下巴的手。

學姐見她反抗，一個巴掌朝她臉頰重重揮下。

「啪」一聲，尹瑄雨的左頰一陣刺痛，耳朵嗡嗡作響，眼淚瞬間湧出來。

壁虎學長見到學姐開打了，眼裡閃著嗜血的興奮，繼續火上添油：「妹子，向予澈還在透明墊板上用美工刀刻了『尹瑄雨』，他上課還老是低頭看著墊板發呆，不知道在想什麼？」

「當然是想和她做愛……做的事。」右邊的跟班馬上接話。

尹瑄雨聽了只感到噁心，眼看學姐再次揚起手，她下意識地推了她一把。

「賤人！妳竟敢推我！」學姐被她推得跌坐在地，氣得破口大罵。

尹瑄雨趁機衝了出去，但跑沒幾步又被人攫住手臂，用力拽回去。

「妹子，妳太遜了。」壁虎學長將尹瑄雨推向學姐，他可不想背負毆打女人的臭名，只想借刀殺人，「這學妹秀秀氣氣像隻小白兔，實際上比妳還凶，她連日校的何辰晞也敢搶，向予澈只是她的備胎而已，對上這種厲害角色，難怪妳的告白一再被打槍。」

「不是，不是那樣！教官！可芳……」尹瑄雨驚恐地扯開嗓門呼救。

「不要臉的賤人！」學姐突然扼住她的頸項，將她整個人釘在圍牆上，另一手高高揚起，狠狠地摑了她幾巴掌，「自以爲長得漂亮啊，根本就是個大花痴！」

三個學長在一旁拍手歡呼叫好。

尹瑄雨疼得頭暈目眩，眼淚撲簌直落，卻還是奮力抬腿踢向學姐，想要自救。

她的反擊又惹得學姐暴怒，發狠地扯住她的頭髮，抓著她的頭往牆上用力撞擊。

這一撞，令她雙腿瞬間綿軟，幾欲暈厥。

「美術班的學妹，喜歡畫畫呀，我這就廢了妳的手，讓妳一輩子不能畫！」學姐揪著她的衣領，將她推倒在地，鞋跟狠狠踩在她的右手臂上。

尹瑄雨痛得尖叫，縮起身子護住自己的手，學姐隨即踹向她的身軀，一下又一下，毫不留情。她痛得爬不起身，嘴裡嘗到砂土的苦味和血腥味，淚眼模糊間，只見一道身影如狂風般掃進戰局。

向予澈和那三位學長扭打在一起，不管三人拳腳如何相向，他凝聚全身的力氣，拳打肘擊狠攻三人的頭臉。

壁虎學長很快就躺平了，其餘兩個學長則顫抖膽怯地爬開。

鬧哄哄的人聲湧了進來，向予澈寒著臉走向學姐。

學姐低頭看了腳邊動也不動的尹瑄雨一眼，隨後抬起下巴睥睨他，唇角揚起同歸於盡的苦笑，「向予澈，你得不到她的心了。」

「滾開！」向予澈一掌揮開她，隨即在尹瑄雨身邊跪下，雙臂顫抖，將她緊緊摟進懷裡。

尹瑄雨癱倒在他的懷裡，凌亂的髮絲覆在臉上。他伸手輕輕拂開髮絲，指尖瞬間染上怵目的血紅，刺得他的雙眼也瞬間泛紅。

「痛……」她氣若游絲，連痛哭的力氣都沒有，緩緩撐開眼皮，看見向予澈滿是心疼與不捨的眼神中泛著水氣。她想起壁虎學長剛才說他喜歡自己的話，撐起最後一絲力氣想推開他，「都是你……全都是你……害的……」

向予澈的肩頭垮了下來，眼中的水氣瞬間凝聚，一眨眼就滴落在她臉頰上，像被宣判死刑般，他的神色僅剩無助的絕望。

隔不久，尹瑄雨被救護車送往山下醫院，她的父母連夜開車趕來，陪她做了全身檢查，開了驗傷單。

輕微的腦震盪和全身的傷，讓她得臥床一星期靜養。一到半夜，她便不時被噩夢驚醒。

為了學校聲譽，校方派了教官和班導來家裡關切，希望息事寧人低調和解。參與打人的進修部學長姐全部被記過處分，向予澈累積三支大過，被留校察看，等待學校開懲處會議決定去留。

父母有意幫她轉學，但是美術班的轉學程序有限制，必須要有其他學校的美術班釋出缺額，再通過轉學考，才能轉至其他高中，所以她暫時還是留了下來。

杜易杰和陳可芳陸續打電話來關切，但尹瑄雨不願接聽，只想避開學校裡的一切，獨自靜一靜。

休養期間，她不止一次想起何辰晞，想著學長會如何看待她？她在他心中的形象是不是毀了？是不是覺得她人際關係很糟糕？會不會從此不想再彈琴給她聽？

只要一想到這些事，她整顆心就會絞痛不已。

在家休息了兩個星期，尹瑄雨的心情逐漸平復，左額和後腦的傷口慢慢癒合，幸好右手臂沒有骨折，只剩擦傷退痂後的淡淡疤痕。

在校方承諾會為尹瑄雨進行心理輔導後，父母才開車載她回宿舍。

當天晚上，陳可芳把自己的棉被、枕頭都搬到尹瑄雨的房間，她內疚地道歉：「瑄雨學妹，對不起，我不該把這間房間推給妳。」

「學姐，我沒事，都過去了……」尹瑄雨背對她坐在書桌，低頭在素描本上作畫。她心裡明白錯的是進修部的學長姐，宿舍的學姐們一直很關照她，她不希望她們因此自責。

兩人互道晚安後，陳可芳拉過棉被閉眼躺在床上，房間裡頓時變得安靜，只有炭筆劃過紙面的沙沙聲。

陳可芳每隔幾分鐘就會翻身，似乎睡得不安穩。

尹瑄雨停下筆，回頭望著陳可芳避開燈光面向牆壁的背影，心知她每天耗費很多體力在田徑隊的訓練上，充足的睡眠相當重要。偏偏自己經常得熬夜練習和趕作業，一定會干擾到陳可芳的作息，想了想，她決定明天請她搬回原來的房間。

不想再干擾學姐，她熄去桌燈躺在床上，想到明天要面對班上的同學，心裡又一陣害怕。

而對窗，向予澈足足等了兩個星期，才終於看到學妹的窗燈亮起。他感覺全身的力氣瞬間被抽去，整個人跌坐在窗下，一手掩著臉將自己融進黑暗裡。

✦

翌日清早，溼寒的濃霧籠罩整座校園，能見度只有幾百公尺。遠方林樹未動，在白霧掩映間成了一片淡綠色的剪影。

尹瑄雨隨著陳可芳穿過操場，仰起臉，輕煙般的水霧從天灑下，點點晶瑩沾上她長長眼睫，來到中庭時，她的頭髮和外套上全部覆上一層細如針點的小小水珠。

兩人的教室在不同棟，分開之後，尹瑄雨走向美術班教室，薄薄的晨霧在廊下徘徊，遠遠看見杜易杰站在教室門前，仰望輕煙飄遊的天際。

聽見腳步聲，他緩緩轉頭，乍見到她時，神色複雜，欲言又止。

尹瑄雨心口一縮，低頭快步通過他的身側，走進教室，在自己的座位坐下，抽出課本假裝看書。

眼角餘光瞄到杜易杰悄悄靠近，她不知道他想要說什麼，翻著書頁的手不禁開始顫抖。

「尹瑄雨，這是我的筆記，統整後印了一份給妳。」杜易杰說話的聲音跟往常不同，帶著溫和的笑意。他放了一疊影印紙在桌面上，「如果有不懂的地方，放學後我可以留下來教妳。」

看著紙面上漂亮的字跡，尹瑄雨猶豫了一下，才默默點頭收進抽屜裡。

「我可以……每天放學……陪妳走回宿舍。」他小心翼翼地表示。

出了那樣的事，尹瑄雨變得極度敏感，不明白他是出於班長的責任感，還是別有意圖？但是不管是哪一種，她現在只覺得排斥，不希望別人靠她太近。

「不用，謝謝。」她小聲拒絕。

杜易杰見她一口拒絕，眼神微帶落寞，點了點頭走回座位。

不久，同學們陸續走進教室，每個人的反應都差不多，說說笑笑地進來，發現她來上課時，笑語聲瞬間靜止。

尹瑄雨雖然低著頭假裝看書，但她可以明顯感受到一道道帶著揣測的目光不斷射來。她忍住想躲到桌下的衝動，強迫自己裝出若無其事的模樣，堅強面對一切。

兩個星期沒來上課，除了課業跟不上進度，她也不知道大家究竟是如何看待自己，直到下課去了趟廁所，聽到隔壁班幾個女生站在洗手臺前閒聊，才終於明白。

「聽說隔壁班的尹瑄雨來上課了。」

「就是腳踏兩條船，讓進修部學長爲她爭風吃醋那個？」

「聽我們班住宿的同學說，她也在倒追何辰晞學長，放學常常纏著他，要他在禮堂彈琴。」

「這種女生的心態最奇怪了，什麼都要搶。」

「眞貪心！被打活該……」

尹瑄雨蒼白著臉推開廁所門，方才在閒聊的女生看到她，像見到鬼似的一哄而散。她不明白事情怎麼會傳成這樣？可是她又不能站上司令臺，拿著麥克風向全校澄清。

午餐時間，尹瑄雨來到福利社領餐盒，餐廳櫃檯前排滿學生，兩個男同學穿過隊伍中間，其中一個無意間撞到她的肩頭，正想道歉時，突然被另一個同學拉走。

「不用道歉啦，她就是那個……搞不好很喜歡被男生撞……」

惡意的笑聲及窺探的目光襲來，讓她有種衣服被剝光的赤裸感，一陣噁心突然上湧。她也不拿餐盒了，恍惚地走向門口時，一隻手忽地緊緊握住她的手臂，穩住她搖搖欲墜的身子。

「小雨學妹，妳身體不舒服嗎？」何辰晞溫暖的嗓音在她頭頂響起。

尹瑄雨定了定心神，整理好臉上表情，才抬頭看向何辰晞。確認他的眼中沒有一絲厭惡後，她懸了兩星期的心終於落下。

「我跟陳可芳要妳家的電話，她說妳在靜養不接電話，所以就沒打過去。」他左右檢視她的臉，接著伸指在自己右臉頰輕點幾下，表示：妳哭了嗎？

她眼眶微微泛紅，點了點頭。

接著他右手握拳，在右眼前轉呀轉地假裝揉眼，表示：是哇哇大哭嗎？

她被何辰晞可愛的動作逗笑了，再點頭。

辰晞學長就是有種親和魔力，面對她非常抗拒回答的事，他不直接開口詢問，而是選擇以其他方式溫柔試探。他總是在她來不及防備時，輕鬆地進到她的心裡。

「今天放學，我在禮堂等妳。」他提出邀約。

「等等，學長不怕……」

「我練了一首新曲，只怕妳不來聽。」

尹瑄雨驚詫地望著他，從不輕許承諾的何辰晞，第一次給了她明確的約定。

然而兩人只是站在福利社前，她就能強烈地感受到，其他學生的目光在她和何辰晞之間來回打轉，若是今天赴了他的約，往後不知會渲染出多少是非。

她深深凝望他一眼，後退一步笑道：「學長，最近我課業落後很多，需要趕進度，會很忙，暫時……不去禮堂聽你彈琴了。」

何辰晞望著她故作堅強的臉，斂去笑容，「小雨學妹，記住，我都在那裡。」

尹瑄雨點點頭，轉身走向教室，被人在背後造謠的感覺如此委屈，她不想害他受到牽連。只要他不討厭她，還願意讓她聽他彈琴，這就足夠了。

當天放學，班導通知尹瑄雨到輔導室一趟，她背著書包來到行政大樓的二樓，右轉第一間是校長室，輔導室是第三間。

「校長，我不要輔導轉學！」

激動又熟悉的嗓音自校長室內傳出，尹瑄雨停下腳步，偷偷地從門口望進去。

校長神色苦惱地坐在辦公桌後，前方緊緊握拳的挺拔背影，頂著一頭金髮，是向予澈。

「對方的家長向學校控訴你一年來的欺凌行爲。」校長無奈嘆氣。

「校長！請你再給我一次機會，我會改過，會好好讀書。」向予澈低聲下氣懇求道，聲音漸漸沙啞，接著他看見校長的目光突然飄向門口，又扭頭一看，他日夜牽掛的女孩正站在門邊。

尹瑄雨一觸及他的視線，立即縮到旁邊。

「尹瑄雨，可以進來一下嗎？」校長溫聲詢問。

向予澈看著她緩步走到身側，半個月不見，她氣質變了，以前的她眼神純眞爛漫，充滿靈氣，現在整個人瘦了一圈，意志消沉，像被欺負的小狗般卑怯。

那神態如此熟悉，過去他曾經看一個同學不順眼，狠揍了對方一頓，之後還三不五時找對方碴，絆腳、故意碰撞、上廁所潑水……

剛開始，那同學的眼神就像現在的尹瑄雨，自卑而畏縮，之後轉爲恐懼、陰沉、情緒不定。

他沒有想到，之前犯下種種惡行的因果循環，並不是報應在自己身上，而是加諸在他暗暗喜歡的無辜女孩身上。

校長默默觀察向予澈的神情轉變，那眼神有著領悟和懊悔，他嘆了口氣，「向予澈，校長問你，什麼是眞正的勇？」

向予澈顫聲回答：「眞正的勇……不是用拳頭去逼迫他人，而是能在逆境中站得挺直，讓愛我的人和我愛的人……不流淚。」

校長沉默了一下，才微笑點頭，「這次校長會保下你，維持留校察看。記住，從現在起，你連遲到的機會都沒有。」

向予澈頓時激動不已，緊握雙拳向校長許下承諾：「校長！我絕對做到！」語畢，他轉身向尹瑄雨九十度鞠躬賠罪，「學妹，對不起。」

「我……暫時不想再見到學長。」她看著他低垂的頭，緩緩後退兩步。

「好。」他聽了心裡又一陣悶痛。

當天夜裡，向予澈從衣櫃中拉出一個收納箱，打開箱蓋，取出三大本相簿。

翻開第一本，第一張照片是一對年輕男女身穿廚師制服的合照，地點在法國藍帶廚藝學校。

翻過幾頁，照片中的女子手中多了個嬰兒，三人共同走過許多法國著名的景點。

隨著一張車禍剪報後，照片上的場景回到臺灣，小男孩已經長大了，會跑會跳，但是身邊只剩下神色憂鬱的媽媽。

一張又一張照片翻過，相片換成孩子的成長紀錄，幼稚園的他吃飯吃到臉上黏滿飯粒，國小的他籃球、賽跑、跆拳道比賽樣樣第一。

媽媽給他買了一套專屬的小廚師服，他時常跑到媽媽開的咖啡館裡，纏著媽媽教他烘烤各種餅乾。

他送給尹瑄雨的那罐餅乾，所使用的烘焙法，就是媽媽親手教的。

相簿一本換過一本，最後是媽媽躺在病床上的照片，向予澈伸指描繪照片中她瘦削蒼白的臉，眼淚沿著臉頰滑落，腦海裡響起媽媽的聲音。

予澈，媽媽不怕死……只怕留你一個人孤零零……

再翻過一頁，照片紀錄停留在他升上國中二年級那年的暑假，然後一片空白。

「媽，我錯了……」闔上相簿，向予澈全身虛脫地倒在地上痛哭。

「向予澈，爲什麼想學跆拳？」國小時，跆拳道教練曾經問他。

「我要保護媽媽！」他很有志氣地喊道。

童稚的他曾經這般大聲宣誓，曾幾何時，他的初衷也跟著媽媽燒成灰燼，學到的拳腳功夫，竟成了他霸凌同學的利器。

如果一切還來得及改變，他想守護尹瑄雨，讓她的眼底永遠晴空朗朗，不再下雨。

第十章　相愛的勇氣

夜很靜，冬風颯颯來去，拂動窗扇嘎吱輕響。

尹瑄雨再三保證自己一個人住沒問題，陳可芳才滿臉歉疚搬回自己的房間。

鎖上門後，她卸去堅強偽裝，獨自蜷縮在被窩裡，眼淚無聲地流下。

今天在校長室見到向予澈，她意識到自己確實還在怨他，要不是他，她不會遭遇這麼可怕的事，但是看到他在校長面前低聲下氣懇求，折腰向她道歉時，心中的怨恨似乎軟化了一點。

她不知道自己將來會不會原諒他，也沒有多餘的心力想他的事，她只希望時間能趕快沖淡這一切，讓她每一天都能過得比前一天更好些。

沒想到，這個想法卻在隔天被打破。

尹瑄雨中午去福利社拿午餐，回到教室裡時，竟從抽屜裡摸出一張紙條，紙面上滿滿都是用紅色麥克筆寫成的「bitch」。

她臉色慘白，轉頭掃視四周嘻笑打鬧的同學，揣測這張紙條是誰寫的。

每個人看起來都不可能，每個人卻都有可能，她還能相信誰？

之後連續幾天，同樣的紙條天天都會出現在她的抽屜裡，上面寫著各式各樣的難聽字句，有時還會附上不雅的裸照。

她不想向這個人低頭，即使被刺得滿心是傷，表面仍裝作毫不在乎的模樣，默默地和躲在暗處的敵人對抗。

直到一隻手伸來，抽走她手中的紙條，「尹瑄雨，妳在看什麼？」她嚇得渾身一顫，慌張地扯住那個人的手，來人竟然是范詩綺。

范詩綺看到紙條的內容，臉上充滿怒氣，竟直接把紙條展開，大聲地質問同學：「太過分了！這是誰做的？你們吃飽太閒嗎？這樣欺負同學很厲害嗎？」

教室頓時陷入一片死寂，同學們表情各異，盯著那張被大剌剌公開的紙條。

「妳又不確定凶手是誰，幹麼把全部的人統統罵進來？」風紀股長出聲抗議。

杜易杰臉色凝重地走來，一把抽過范詩綺手中的紙條，仔細看著。

面對這一切，尹瑄雨抑不住胃裡翻湧的噁心感，立刻奪門而出，衝到廁所裡大吐特吐。

她不知道杜易杰後來是不是跟同學們說了些什麼，但是自那天起，惡意的紙條不再出現，卻換來全班同學對她的刻意疏離。

尹瑄雨每天強撐著精神上課，一下課就趴在桌面昏睡，放學後再硬擠出笑臉應付宿舍學姐，她感覺自己都快要人格分裂了。

她甚至在寒流來襲、低溫不到十度的晚上，關閉電熱水器的開關，任由冰冷的水淋在赤裸的身軀上，以身體的自虐轉移內心的痛苦，藉著這個方式，她得到一種釋放壓力的殘酷快感。

杜易杰幾次來到她的作品前，看著凌亂潦草的筆觸，他的神色也越來越擔心。

這段期間，尹瑄雨一放學，向予澈就會躲在福利社的轉角，一邊捧著課本背書，一邊守著她安全離開學校，進到宿舍裡，然後再趕去進修部上課。

見尹瑄雨的精神一天比一天萎靡，他猜測她在學校裡可能遇到不開心的事，但他什麼都做不了，連問也無法問，只能乾著急，因爲他答應過尹瑄雨，不會再出現於她面前。

尹瑄雨沒想到，元旦假期結束後，噩夢又重演了。

她在抽屜裡摸到一張卡片，心中冰涼一片，還多了一股絕望，腦海浮出一個可怕念頭——想讓全班都後悔！

她神情木然地從畫袋裡拿出美工刀，推出刀片置於身側，接著從抽屜裡緩緩抽出那張卡片，同時握緊美工刀。

當卡片整張被抽出時，只見上面勾勒著高山流水、煙嵐縹緲的山景，隱約飄出一股墨香。如此細緻的水墨畫功，班上只有一個人擁有。

再翻到卡片背面，上面寫著幾行字：

致我的小天使：

星期日下午一點，火車站旁的美術社見，敢來嗎？

我以杜易杰之名，賭妳不敢。

小主人留

理智迅速回歸，她鬆開手上的美工刀，冷汗滑下臉龐，覺得剛剛好像已經死過一回。

她怎麼可以有傷害自己的念頭？

尹瑄雨轉頭巡視四周，才發現杜易杰低著頭守在教室的後門，彷彿感應到她的注視，他緩緩抬頭朝她挑一下眉毛，眼神中帶著較量的意味。

那天夜裡，尹瑄雨坐在書桌前，靜靜看著那張卡片許久，伸出指尖輕輕描繪起墨線的一勾一皴，感覺畫裡好像藏著什麼力量，透過指尖引流到她的心口。

不愧是班長，畫得真好。

這陣子她也記不清自己畫過什麼，好像很久沒有好好畫過一張畫了。

要不要赴約呢？

星期日當天，尹瑄雨反覆看著卡片，心知她不管去或不去，杜易杰必定是會守在那裡。

最後她還是妥協了，循著卡片上的資訊，找到位在火車站附近的美術社，那是一間以紅磚砌成的老店，門邊擺著石磨花臺和木車輪的造景，處處透著古樸。

杜易杰獨自站在美術社門前，一身雙排釦淺灰色毛呢風衣，頸間圍著格紋圍巾，寒風拂亂他的髮，臉頰微微凍紅，不時走到路邊左右張望。

正當他越等心情越低落時，尹瑄雨的身影出現在街角，他黯然的眼神瞬間發光，略帶激動地越過馬路來到她面前。

「對不起，我遲到了。」她低頭道歉。

「沒關係。」他赧然笑道，心情很好，伸手指著美術社，「走！我帶妳進去逛逛。」

他們一起走進店內，櫃檯後坐著年約三十多歲的老闆娘，她朝杜易杰微笑點頭，兩人看起來好像認識。尹瑄雨環顧四周，美術用品琳瑯滿目，讓人目不暇給。她雖然國小三年級就開始學畫，但是畫具畫紙都是透過老師團購，或是在大型書店購買，所以她從來沒來過這麼專業的美術社。

此時，一名中年男子自二樓走下來，見到杜易杰時輕咦了聲：「杜家小少爺怎麼跑來了？」

「我來幫畫室採買材料。」杜易杰的眼神飄移一下。

「列個清單傳眞過來就好，我會幫你送……」

「咳！」老闆娘輕咳一聲打斷老闆的話，朝尹瑄雨努了努唇，「你眼睛長到哪裡去，沒看到旁邊……」

「咦？」老闆定睛一看，見杜易杰身邊還站著一個女孩，這才恍然大悟。

「我們是同班同學。」杜易杰急忙解釋。

「努力點，同班同學也能變夜間部同學，呵呵。」

「閉嘴！跟小孩講什麼五四三？」老闆娘白了老闆一眼。

「妳、妳別聽老闆亂講。」杜易杰聽了有些緊張，擔心某些用詞會冒犯到尹瑄雨。

「嗯。」她輕輕點頭，明白老闆沒有惡意。

杜易杰鬆了口氣，從口袋裡掏出一張採購清單，帶著她來到紙牆前，一邊挑選畫紙，一邊跟她分享各種品牌素描紙的使用經驗。

「學校用的是黃素描紙，價格便宜，但禁不起多次塗抹。」杜易杰抽出另一張白色的紙給她看，「這是日本素描紙，表面有明顯的紋理，妳畫過嗎？」

「沒有。」她伸手摸了一下，紙面有凹凸的紋理。

「這種紙只要輕輕塗抹，炭色就能壓得很漂亮，堆疊出明顯的層次，還不容易起毛。」

「但價格較貴。」她看著架上的售價。

「嗯。」他側頭對她小聲笑道，「畫室開成果展時，我爸媽會讓學生用日本紙作畫，畫面比較漂亮，家長看了也開心。」

「原來有內幕。」她微微失笑。

在他的引導下，尹瑄雨仔細感受每種紙的觸感，對繪畫的渴望一點一點回升。

杜易杰的視線始終跟隨著她，見她摸紙時不知想到什麼，突然彎起唇角，那久違的笑容讓他心口一陣悸動。

「下星期日，我們一起去寫生。」他忍不住再提出邀約，「附近有個紀念公園，風景不錯，畫板和畫紙我帶，妳帶畫具就好。」

「你應該找范詩綺。」她神色微黯。

「詩綺其實不愛畫畫，她是因爲我才學美術，她來畫室練習，也只是想找我聊天而已，常常畫個幾筆，就吵著要去看電影。」他臉上的笑容淡了，沉默了好幾秒，隨後才嘆了口氣，「所以，我們認識了這麼多年，她給我的感覺就只是好一點的朋友而已。」

原來范詩綺不是眞心喜歡美術，難怪做壁報時，總見她一臉意興闌珊。

「你應該也不希望她迎合你吧。」她淡淡說道。

「但是對她而言，她如果不迎合我，我們就少了一個共同話題。」他無奈搖頭。

這般聽來，杜易杰和范詩綺的關係，看似很近，實際上卻很遙遠。

「對不起。」他忽然道歉。

「咦？爲什麼？」她不懂他爲什麼要道歉。

「身爲班長，沒有把同學管好。」

「你千萬別這樣說。」她不希望他爲此自責，隨即轉開話題，「剛才說到哪裡……」

「說到寫生。我有時候很想吆喝大家一起去寫生，像組隊打球一樣。」杜易杰打開兩盒炭筆，眼底流露出一絲渴求，「畫好畫壞不重要，就只是單純畫圖。」

是啊！她也嚮往撇開成績好壞，只是隨心所欲畫圖的時刻。

「但是寫生不比打球，同學們都覺得我是太閒了，才會在課外時間繪畫。」他拿出炭筆交互輕敲，聽著發出的聲響，挑選了幾支裝成一盒。

尹瑄雨可以理解大家的心情，平常上課必須畫很多圖，空閒時自然想放下畫筆喘口氣。再者杜易杰的畫技太強了，有他在身邊畫畫，同儕們很難將繪畫當有趣。

挑好清單上的材料，杜易杰結完帳後，和尹瑄雨一起走出美術社。

「送妳。」他抽了一卷日本素描紙、一盒炭筆，遞給她，「這牌子的炭筆跟妳用的不同，可以畫出更漂亮的炭色，我挑選過了，回去畫畫看。」

「這要多少錢？」她聽了有些受寵若驚，沒想到那盒炭筆是特地爲她挑的。

「不用，謝謝妳陪我採買。」他輕輕拉過她的手，將筆盒放進她的掌心。

「謝謝，你剛才說下星期日想寫生，是幾點？」她捧著紙和筆盒，感覺盒底還殘留他掌心的溫度，一路暖進她的心口，忽然有一點點想哭。

杜易杰聽了眼神再次放光，上揚的唇角再也掩不住。兩人約好時間，交換手機號碼後，他才陪她走到火車站搭車。

回到宿舍後，尹瑄雨迫不及待拿出杜易杰爲她挑選的紙筆，炭筆在紙面上輕輕一撇，再伸指垂直塗抹，推進紙面的炭色純黑，質感細緻，再將炭筆輕輕丟在桌面，敲擊聲如金屬般清亮悅耳。

「炭色真的好漂亮，紙也很好畫。」她從來沒用過這麼好畫的炭筆和畫紙。

✦

新的一週，尹瑄雨重拾對畫畫的渴望後，面對同學們的排擠，越來越能泰然處之。

她還是會偷偷跑去禮堂聽何辰晞彈琴，反正舞臺布幕拉下時，他也瞧不見她在外面，當她聽到琴蓋闔上的聲響，就會悄悄退出去。她感覺自己在慢慢變好，期盼將來能以最好的狀態跟他相見。

星期日一早，杜易杰傳了訊息：寒流來了，要多穿點衣服。

尹瑄雨帶著畫袋抵達火車站時，杜易杰已經到了，他背著畫板，提著畫袋和圖筒站在街邊，渾身充滿藝術的氣質。

兩人搭乘公車來到紀念公園，下車後進到公園裡，走進兩側種植櫻樹的石板步道，放眼望去是一片高低起伏的草坪，高聳的林樹下圍著小花田，點綴小橋流水的造景。

勘好景後，他們找了一組大理石桌椅坐下，尹瑄雨將畫板的繩子掛在脖子上，再將畫板架於雙腿上，提筆在畫紙上打草稿，杜易杰一如往常先望著前方景致幾分鐘，才提筆輕輕描繪，一筆一劃乾乾淨淨。

杜易杰刻意放緩下筆的速度，藉以延長兩人的獨處時間，時而偷覷她專注作畫的側臉，雖然兩人沒說什麼話，但他卻覺得，身畔有畫有她就足夠了。

隨著時間一分一秒流逝，水彩筆刷越換越小，圖面也越來越細緻。完成後，他收筆放下畫板，起身來到她身邊，彎身望著她的畫。

「不要看，我畫得不好。」她伸手擋住自己的畫，再探頭看向他擺在大理石桌上的畫，突然有種傷眼加傷心的打擊感。

「不！眞的好很多了，妳畫得很好。」他仔細看著她的畫，筆觸已經穩定下來，代表她的心逐漸平靜。他擔憂許久的心終於落下。

「眞的嗎？」她放下自己的手。

「畫好畫壞不重要，重要的是，我們畫完了。」他想起她出事後，沒有一幅畫是完成的。

「是啊，我畫完了！畫完了！」她把畫板高高舉向天空，彎起唇角大聲宣布。畫完，好像變成專屬於他和她的語言，是最開心、最美好的一件事！

眼看天色不早，兩人開始收拾畫具，尹瑄雨看到旁邊的小花田，開滿鮮豔的藍紫色小花，好奇地問：「這花眞美，不知道是什麼花？」

「那是三色菫。」杜易杰轉頭看著那些花，拉開畫袋的拉鍊，「莎士比亞的《仲夏夜之夢》裡，傳說將三色菫的花汁塗在喜歡的人的眼皮上，當對方一覺醒來後，就會愛上第一眼看見的人。」

「眞的嗎？」她不信。

「要不要試試？」他一臉正經，彎下身想摘取花瓣。

「要塗誰？」

「塗妳。」

尹瑄雨的心跳忽地加速，微微瞠眼望著他。

瞧她臉色變了，他連忙改口說：「等妳張開眼，我抓青蛙讓妳看。」

尹瑄雨沒有回話，只是直直注視他，看得他赧然垂下眼睛，耳根瞬間泛紅，不知所措地，將畫筆一支一支收進畫袋裡，填補尷尬的沉默。

儘管他極力掩飾著，但她已察覺出他隱晦的小心思。

杜易杰，是什麼時候喜歡上自己？

是鬥畫後？還是小天使遊戲後？還是做壁報的時候？還是……

回想被孤立的這段日子，全班只有杜易杰對她付出關懷，就連現在她可以重新提筆作畫，也是因爲他的溫柔相待。

他待她這般好，她還不知道要如何感謝他。

「既然畫完了，妳就早點回宿舍吧。」杜易杰總算恢復冷靜。

待她收好畫具，他背起畫板和畫袋，朝公園入口走去，她落後幾步跟在他身後，望著他的背影。

那感覺完全不同，向予澈的喜歡過於強烈，讓她受到了傷害，現在只想遠遠逃離，但杜易杰的喜歡，讓她感到溫暖，甚至不忍心當場拒絕。

她發現自己不想失去這個朋友，也喜歡上和他一起作畫，不希望就此終止。

三色堇似乎眞的存在著魔力，從那一天起，悄悄改變了杜易杰和尹瑄雨……

杜易杰有了很明顯的轉變，他將心意傳達給尹瑄雨後，變得不再患得患失，反倒落得坦蕩，不再避諱他人的目光。

尹瑄雨對杜易杰也多了一份在意。她初見他的反感，早在了解他的思惟和作畫理念後，悄然消去，甚至對他產生敬佩感，而在得知他的心意之後，她的目光便漸漸跟隨著他的一舉一動。

就在這天，上素描課的時候，杜易杰跟往常一樣第一個畫完，畫完他就幫老師指導同學，卻故意跳過尹瑄雨，直到放學後，同學們都走了，他才拉了一張椅子坐在她身側，仔細地幫她改畫，告訴她哪裡需要加強。

「今天的炭色壓得很漂亮，石膏像頭髮的層次，右側要再加強。」他拿起炭筆，幫她加深頭髮的陰影面。

「炭色漂亮，是你送的炭筆好。」她感覺他上身傾靠過來，心跳瞬間加快，再偷偷覷他一眼，他的嘴角是上揚的，心情好像很好。

他最近變得很常笑，讓尹瑄雨看了有點困擾，不禁懷念起之前那個不苟言笑的班長。

同一時刻，向予澈在自助餐館的廚房裡，專注捏著擠花袋，爲杯子蛋糕添上漂亮的奶油擠花，再放上香橙切片和紅莓作爲裝飾。

「予澈哥哥，你在做什麼？」小豪縮在廚房門邊不敢進去，眼巴巴地望著蛋糕。

「是香橙杯子蛋糕，哥哥也做了兩個給你。」他拿起兩個杯子蛋糕和湯匙來到門邊，遞給開心到差點跳起來的小不點。

「其他的要給誰？」小豪接過蛋糕，舀了一口奶油含進嘴裡。

「想給一個漂亮姐姐，哥哥之前惹她生氣，她現在不理我了。最近期末考要到了，我看她每天都很晚睡，想做個蛋糕給她打氣。」他不愛讀書，但是現在每晚都會等尹瑄雨房裡的燈熄去，才會跟著上床睡覺。等待的時間太無聊，所以他也開始拿起課本加減背。

小豪伸手拍拍他的肩頭，天真地笑道：「哥哥只要說『對不起』就好啦！我和隔壁的小志吵架，說對不起就和好了。」

向予澈聞言只是苦笑，想起他之前對尹瑄雨說過的話——說對不起是沒用的。

「可是……她之前說不想再見到我，我如果又出現在她面前，會不會又傷害到她？」他頓時又感到退縮，覺得自己不該一時衝動，做了那些蛋糕。

「哥哥可以躲起來偷偷送，不要讓她看到你。」小豪又天眞建議。

「也是，做都做了，大不了就是被她丟垃圾筒。」他目光微沉，決定一試，因爲他眞的很想做點什麼去彌補她。

將四個杯子蛋糕裝進紙盒，繫上可愛的蝴蝶結，眼看日校差不多放學了，他回家換上制服守在福利社的轉角，可惜等了又等，還是不見尹瑄雨走來。

向予澈心裡開始擔心，忍不住走向一年級的教室，來到美術班前，看到門窗是關著的，倒是隔壁的術科教室還亮著燈。

他悄悄來到窗邊，看見兩道身影背對窗戶坐在一起，杜易杰正在幫尹瑄雨改畫，兩人靠得極近，肩膀幾乎貼在一起。

「只要妳畫得順手，炭筆就沒白送了。」杜易杰側頭看向尹瑄雨。

兩人的視線交會，眼底好像只有彼此，那幅畫面看起來超般配，都是美術班的乖學生。

不像他，是個壞學生。

向予澈自嘲地笑了笑，伸手抓了抓後腦，覺得自己白擔心了，於是默默轉身走向進修部教室，途中遇到兩個小學弟邊走邊聊，他便横身攔下兩人。

「學、學長，有、有事嗎？」他們嚇了一跳，望著臉色陰沉的學長。

「想殺人。」他瞇起眼睛，散發一股危險氣息。

兩個學弟瞠大眼，見他一頭刺目的金髮，又瞥了眼制服上的名字——向予澈！是前陣子一個人撂倒三個學長，把大小過和警告當點數蒐集的進修部紅人！想到這裡，兩人嚇得轉身想逃。

「再動就捏爆你們！」向予澈低聲一喝。

兩人停住腳步，縮著脖子慢慢轉身，不明白自己是怎麼惹上這顆煞星的。

「打開！處理掉！」向予澈把蛋糕盒塞進右邊學弟的懷裡。

處、處理掉什麼？兩人又瞪大眼睛，想像力無限馳騁。

「有問題？」他額角的青筋一跳。

「沒、沒有……」兩個學弟像拆解炸彈般，一個伸直雙手捧著紙盒，一個小心翼翼拉開繫在紙盒上的蝴蝶結緞帶。掀開盒蓋的那一剎，發現盒內裝著四個造型可愛的杯子蛋糕後，兩人又疑惑地看著向予澈。

「看什麼看？」向予澈一臉煩躁，抬手想扁他們的頭，隨後想起什麼，又把手縮回來，「除法不會啊？四除二等於二，一個人兩個，不會分？」

「會，當然會。」兩個學弟各拿出一個蛋糕，心想這裡頭肯定藏有什麼可怕的東西。

「快吃啊！」看到兩人拖拖拉拉，向予澈的口氣更火爆。

兩個學弟一同張嘴咬下蛋糕。

「吃那麼大口找死啊！」向予澈看了又不爽。

左邊的學弟果真被奶油嗆到，漲紅著臉不停咳嗽，右邊的學弟放慢速度，像舔冰淇淋般，伸出舌尖慢慢舔奶油。

「幹麼吃得那麼噁心？」他怎麼看怎麼不順眼，煩躁地擺擺手，「賞味期兩天，滾回家吃！」

語畢，向予澈一左一右分開兩人，逕自朝進修部教室走去，腦海裡閃過一道聲音——你得不到她的心了。

當晚上課，每位科任老師站在臺上，都被向予澈狠狠瞪視，瞪到渾身發毛不自在。

「向予澈，你的眼睛怎麼了？」班導拿著粉筆指向他。

「我在專心聽課。」他硬拗。

「你可以放鬆一點點。」

「我答應過校長，要認真上課！」他蹙眉，看起來更凶了。

放學前的打掃時間，向予澈提著垃圾袋走到垃圾場，丟完垃圾轉身要回教室時，看見一道人影站在光線慘白的路燈下。

「向少，以前丟垃圾都踹人來，最近變成小乖貓？」壁虎同學嘲諷道。

「我心情不好，你少惹我。」他冷冷警告，逕自走過他身側。

壁虎同學伸手按住他的肩頭，向予澈下意識單手扣住他的手腕，用力扭轉到背後，左拳狠狠揚起——

「留校察看還打人，你就準備被勒令退學，枉費校長替你掛保證。」壁虎同學咧嘴笑道，一副有恃無恐的模樣。

一想到和校長的約定，向予澈一臉不甘地抿唇，強迫自己鬆開他的手。

「你要乖乖聽話，不能打人喔。」此刻的向予澈像被拔掉利齒的老虎，壁虎同學算準他不敢反擊，肆無忌憚地揪住他的肩頭，抬起右膝猛然攻擊他的腹部，再狠狠落下幾拳。

那是向予澈十九歲生命裡，最寒冷的一個冬季，他每晚都帶著傷回到租屋處。

熬過了期末考，迎來了寒假。

整棟女生宿舍已空無一人，向予澈關上窗戶，落了鎖後，將換洗衣物和簡單的日用品塞進大背包裡。

「予澈哥哥，爸爸說一起吃年夜飯、領紅包。」小豪在門邊探頭說道。

「哥哥要出去玩，不領紅包了，幫我跟爸爸說謝謝。」他背著背包起身。

「哥哥要去哪裡玩？」小豪好奇地問。

「哥哥……要去流浪，走到哪裡算哪裡。」他灑脫地說。

「流浪是什麼？」

「流浪，是要和寂寞成爲好朋友。」

「寂寞又是誰？」

「寂寞是心裡的我。」

向予澈落寞一笑，揉了揉小豪的頭，戴上帽子大步走出房門。

第十一章　非山之石

瑄雨：

新年快樂！祝妳心想事成、身體健康、學業和畫技進步。

杜易杰

過了除夕十二點，熱鬧的鞭炮聲在窗外響起，尹瑄雨趴在床上看著手機裡的訊息。她打了幾句祝福語回傳後，想起最近和杜易杰相處時的情景。他們一起討論畫技，一起逛美術社，一起寫生作畫。

她和他所學相同、興趣一致，彼此理解繪畫的甘苦，就像找到一個最契合的知音。

她想繼續和他一起作畫，將來一起上大學，一起開畫展，一起……不管做什麼都好，只要在一起……

突然蹦出的想法，引得尹瑄雨心口一緊，不禁害羞地伸手掩面，不敢再深想下去。

大吃大睡過了一個年節後，她的氣色完全恢復，在開學前一天返回宿舍。

她打開窗戶通風，馬上被掛在對窗上的東西嚇了一跳。

對窗吊著一個刺河豚標本，圓鼓鼓的身體，渾身長滿尖刺，張著O型的嘴，兩顆假眼死氣沉沉，像招魂一樣隨風飄轉。

史萊姆學長喜歡的東西眞怪異！

刺河豚標本大多在海邊的景點販售，他在寒假這麼冷的天氣裡跑去海邊玩？

向予澈聽見開窗聲，走了過來，看見尹瑄雨。隔了一個寒假，她氣色紅潤許多，眼神也變澄淨了，身上已沒有事發當時那種畏縮和懼怕的氣息。

尹瑄雨也感覺他和以前不同，頭髮修短了，面容清瘦不少，渾身少了以前的囂張氣勢，眼神看起來……怎麼有點哀傷？

突然，向予澈嘴角一勾，右手拿起一個巴掌大的刺河豚標本，擺出一個投球的姿勢。

「不要！」她下意識閃到旁邊，然而等了又等，那隻刺河豚並未被丟進來，使她忍不住探頭往外看。

向予澈只是倚在窗邊，拿著小刺河豚的手握了一下，淡淡對她說聲「掰」，然後便關了窗。

✦

新學期的開學日，班導在臺上報告這學期的重要活動。

「開學到三月中是教室布置比賽，四月中是一年級美術班班展，五月初有母親節合唱比賽，五月底是校慶和園遊會，是非常忙碌的一個學期。」

提到合唱比賽，尹瑄雨就想到何辰晞，一想到可以看見學長大展神威，她突然就對合唱比賽有了期待。

隨後座位大搬風，尹瑄雨抽到第三排中間，杜易杰抽到隔壁第二排後面的位子。她的身影可以常駐在他的視野裡，而她只要一回頭就能看見他。

隨著尹瑄雨和杜易杰的互動逐漸變得親密，同學們也看出他們的關係不尋常，期盼出現三人大亂鬥的發展。尹瑄雨也明顯感覺得到，范詩綺看她的眼神總是一片冰冷。

可令眾人沒想到的是，范詩綺對他們的相處只是視而不見，好像默許這樣的發展。

新的學期，幹部也要重新挑選，杜易杰再次當選班長，尹瑄雨則莫名高票當選學藝股長。尹瑄雨心想，這可能也是排擠的一種手段，同學們故意將事情最多的職位丟給她。

下課時，杜易杰來到她的身邊，對她小聲說道：「別擔心，我會幫妳的。」

「學藝嘛，我也當過很多次，沒問題。」她學他的口氣說道。

兩人相視而笑。

既然同學們這麼「看得起」她，她也會證明自己可以勝任這個職位，再者，有杜易杰這個高手在，她沒什麼好怕的。

三月中旬，在杜易杰的協助下，尹瑄雨順利完成教室布置，接著迎來的，是四月中旬的美術班班展，每位同學都要提報一件成品，且必須是國畫、素描、水彩作品。

由於這次提報的作品視爲一項術科段考成績，全班同學再次陷進趕畫的地獄中。

星期六的午後，尹瑄雨和杜易杰合力完成藝廊的布置，兩人來到火車站。

「瑄雨，妳要不要參觀我家的畫室？」他依依不捨握住她的手，還想跟她再多待一會，「那裡地下一樓有個展覽室，放著我以前的作品。」

「好啊！」她欣然答應，對他以前的作品感到好奇。

杜易杰滿心歡喜帶著她坐上公車，在前往畫室的路途中，他始終牢牢握著尹瑄雨的手。尹瑄雨紅著臉望著窗外，感受他掌心的溫暖，一切盡在不言中。

目的地是一棟附帶庭院的三層樓透天厝，門前招牌寫著「汎美畫室」，庭院裡擺著木製的桌椅，可供學生休息使用。

杜易杰領著她走進一樓畫室，十多個正在畫素描的學生看到兩人進來，紛紛好奇轉頭注視。兩人沿著旁邊的走道來到另一間小教室，正在教授國畫的杜母見到兒子回來，面帶溫婉微笑走到門口，一身刺繡風的杏色衣裙顯得氣質古典。

「老師妳好。」尹瑄雨恭敬地鞠躬。

「同學好，歡迎參觀。」杜母和氣地回應，嗓音也輕輕柔柔。

打過招呼之後，杜易杰帶著尹瑄雨來到地下展覽室，四面牆上掛著大大小小裱好框的畫，全是畫室學生的得獎作品。

尹瑄雨一幅一幅慢慢欣賞，杜易杰形影不離跟在身側，兩人談論著對每幅畫的畫法和心得。她不禁又開始嚮往和他一起作畫、一起朝著相同夢想前進的未來。

來到展覽室的最內側，尹瑄雨看到角落的展示臺上擺著一顆石頭，形狀是三角形，表面經過風蝕透著滄桑的感覺。再移步展覽室的右牆，一幅鉛筆素描掛在牆上，白紙上繪著一座巍峨大山，山壁在冷硬線條的交錯堆疊中，呈現出刀削斧劈般的雄渾氣勢，山的底部覆著左斜的陰影，右上角以極淡的筆觸勾勒出一輪滿月，落款是「杰」字。

那座山的輪廓有些眼熟？

尹瑄雨轉頭看向展示臺，畫中的山的本尊，正是那顆小石頭。

杜易杰見她望著那幅畫發呆，輕聲問：「這畫很奇怪嗎？」

「嗯。」她點點頭，說出心裡的感想，「明明只是石頭，加了明月變成山，畫裡也沒有背景，整座山像座落在虛無裡，感覺孤零零的，好壓抑、好寂寞、好悲傷。」

杜易杰聽了神色一變。

「月亮將石頭襯托成為大山，但是石頭還是石頭，又或者石頭不該當自己只是石頭。你畫這幅畫時，心裡在想什麼？」她想不透地反問，這幅畫給她一種不安感。

沒想到他藏在畫中的小心思，竟然被她一眼看穿。

杜易杰沉默了好半晌，才黯然回答：「我在想我本是石頭，加了明月被別人看成山，如果除去明月，我到底是石頭？還是山？還是什麼都不是。」

他是石頭，明月是父母。

杜易杰的父母在畫壇享有盛名，同樣學畫的他，自小就被寄予厚望，眾人以為他是天之驕子，事實上為了達到眾人的期許，他習畫之路走得比任何人艱苦。

「你在恐懼什麼？」她握住他微微顫抖的手。

「最近對未來感到茫然，瑄雨！我想跟妳……」他突然有好多話想對她傾訴。

「易杰。」杜母輕柔的嗓音打斷他的話。

尹瑄雨聞聲迅速放開他的手，杜易杰眨了眨眼，轉頭望著站在樓梯口的母親。

「我剛才跟街口的蛋糕店訂了小蛋糕，你騎腳踏車去拿，招待同學一起吃。」杜母說完又上樓繼續上課。

杜易杰隨後帶著她上樓，來到庭院裡，「妳在這裡坐一下，我去拿蛋糕。」

尹瑄雨點點頭，在木椅上坐下，目送他騎著腳踏車出門。

「尹同學。」杜母緊接著自屋內走出來，溫柔地打量她，「易杰看妳的眼神不同，他非常喜歡妳。」

尹瑄雨心裡一驚，嚇得從椅子上跳起來，整張臉迅速燒紅。

「不過，我有些事想跟妳談談。妳有沒有想過，易杰競賽成績那麼好，很多學校捧著獎學金爭取他，爲什麼最後會挑上松岡高中？」

被杜母這麼一提，尹瑄雨想起新生開學時，班上同學也對杜易杰選擇就讀這間學校，感到很訝異。

「因爲易杰已經收到英國一所私立名校的錄取通知書了。」杜母對於底下要說的話，神色帶著淡淡歉意，「杜家是美術世家，難得薰陶出這麼有資質的孩子，又肯吃苦學習，身爲他的父母，怎麼可以埋沒他與生俱來的才能？所以在他國三畢業時，我先生就決定讓他出國留學，這點妳能理解嗎？」

聞言，尹瑄雨的思緒瞬間被抽空，所有關於兩人未來的憧憬，也戛然而止。

杜母繼續解釋：「英國的學制和臺灣不同，國際學生入學要提前一年申請，易杰高一結業後過去可以銜接兩年制的A-Level課程。通過A-Level考試，才能申請英國著名的大學，例如英國皇家藝術學院、倫敦藝術大學……」

尹瑄雨恍惚地聽著，英國皇家藝術學院、倫敦藝術大學……那些學校對她來說，多麼的遙不可及，她連作夢都不敢。

「因為留在國內的時間只剩一年，所以才選擇離家最近的松岡高中就讀，易杰原本也同意這樣的安排……不過，大概從去年年底開始，我常常看到他心事重重，皺著眉頭對著畫紙發呆。」

尹瑄雨的心彷彿被劃了一刀，去年年底正是她情緒最低潮的時候，當時杜易杰一直很擔心她，卻不知該如何幫助她，暗暗著急著。

杜母接著又說：「後來，有次假日他穿得很帥氣，被一群畫室的小朋友調侃是不是要去約會，他說可能會被放鴿子。還有一次他帶了兩個畫板出門，到外面寫生，那天畫的作品，現在掛在他房間的牆上。他過年時常常對著手機傻笑，新學期開學，他說學藝股長換人了，聽起來好像沒他的事了，他卻比當初幫忙詩綺時還開心，甚至更投入。」

尹瑄雨咬著下唇不讓眼淚落下，腦海閃過兩人相識以來的種種回憶，她老是給他添麻煩，但他從沒當她是麻煩。

「最近，他強烈表示不想出國，想留在松岡高中。」杜母無奈嘆氣，終於進入這段談話的重點，「我還在和他溝通，不敢讓他爸知道這件事，否則他們絕對會鬧翻。」

聽到杜易杰想留在松岡高中，她的眼淚忍不住滑下來，連忙伸手拭去。

杜母伸手輕撫她的頭，溫柔地安慰道：「很抱歉跟妳說這些，我不是不喜歡妳，如果討厭妳的話，我就不會讓他跟妳出門，現在也不會跟妳聊這些，只是時機真的不對，你們年紀都還小，心思應該擺在課業上，同樣的話我也跟詩綺說過，不是只有針對妳。」

難怪范詩綺對她和杜易杰越來越要好這件事，選擇冷眼旁觀，因為她對杜易杰的喜歡，也是這樣被掐斷的。尹瑄雨抬起頭注視杜母的眼睛，她多麼希望可以在她眼中找到一絲矯情的虛假，可惜沒有，她眼底滿滿是一個母親對於孩子的關懷。

最後，她無力反駁，只點了點頭。

「謝謝妳的體諒，易杰誇妳是一個很努力的女孩，以後妳可以來汎美畫室精進畫技，我和我先生會盡力教導妳，協助妳通過大學術科考試。」杜母給了一個承諾，當作補償。語畢，又轉身回到畫室裡。

尹瑄雨跌坐在木椅上，仰頭望著天空，原來夢該醒了。

傍晚時分，長長的巷子裡灑滿夕陽，尹瑄雨與杜易杰牽著手，走在爬滿綠色青苔的圍牆邊，一棵開得茂盛的九重葛在兩人頭頂迎風搖曳。

尹瑄雨不停覷著他的臉，想記住他溫柔的神情。

「我……還有話沒說完。」杜易杰暗自下了決定，情不自禁轉身抱住她，「瑄雨，我喜歡妳！我不想離開這裡，我想留下來和妳在一起。」

聽到那句「喜歡」，尹瑄雨既開心又感到酸楚。

如果她開口要他留下，他一定會爲了她繼續和父母抗爭，但這樣只會讓他和家人不合，更何況，她也不希望他放棄自己大好的前程。

如果回覆他，她也喜歡他，願意等他回來，再鼓勵他遠赴英國讀書……那麼，兩人的生活將不再有交集，而誰也無法保證，在這段時間裡，會發生什麼事，畢竟感情不是單靠一句承諾就能長久維繫，他們最終甚至有可能會因爲彼此而受傷。

尹瑄雨突然失去了勇氣，她害怕面對不確定的未來，更不希望他到了國外之後，因爲顧慮她，而無法好好迎接新生活。

忽然一陣風起，她在他溫暖的懷抱裡，聞到初夏的味道。

「對不起，我們還是當回朋友吧。」她強忍著心痛拒絕他。

「為什麼？妳不是也喜歡我嗎？」杜易杰渾身一僵，收緊雙臂，更用力地抱緊她，臉上交織著錯愕和痛苦，「是不是我媽……」

「易杰，你忘記你的夢想了嗎？你說過要馴服畫技這匹野馬。」她輕輕掙離他的懷抱，揚起鼓勵的微笑，淚水悄悄盈滿眼眶，「因為小天使飛不遠，也飛不到你的高度，所以想把翅膀送給小主人，請你，飛到這條繪畫路的盡頭，幫我看看那裡有什麼風景。」

杜易杰的眼淚瞬間潰堤，像下雨般不停落下，他無所適從地搖頭，輕聲低語：「我真的喜歡妳……真的……很喜歡……很喜歡……」

我也是！很喜歡、很喜歡你。

尹瑄雨只能含淚點頭，伸手捧住他的臉，替他擦去不斷湧出的眼淚，直到夕陽落下。

當晚，尹瑄雨回到家後，便鼓起勇氣向爸媽提出留學的請求。

尹母聽完皺起眉頭，滿面為難地說：「瑄雨，爸媽最近和朋友合資，把店面擴大，進了很多貨，資金卡得很緊，暫時沒辦法供妳出國讀書，再說學校老師教得不好嗎？」

「老師很好，只是想去國外看看……」她越答越小聲。

尹父神情嚴肅地反問：「既然妳開口要求留學，那爸爸問妳，妳是真心喜歡畫畫，還是抱著想出國玩耍的心態？」

「我是真心喜歡畫畫！」她大聲強調。

「既然喜歡，那爲什麼妳上了高中後，術科成績並不理想，尤其是水彩成績幾乎墊底了。」尹父再次質問。

「學校的西畫老師不欣賞我的畫……」

「妳爲什麼不畫出老師喜歡的畫？」

「這是我的風格，從小畫到大。」她的心裡一陣委屈。

「以妳現在這種成績，繼續念美術也不會有什麼好的前景，倒不如把學科顧好。」尹父瞥了尹母一眼，顯然在責怪尹母讓孩子學習美術，他一向認爲美術和音樂都是沒什麼出路的科系，「爸爸也是爲妳著想，如果妳眞的有心學畫，等妳畫出成績來，再出國深造也不遲。」

那夜，尹瑄雨將自己鎖在房裡，哭了好久，她不怪父母，只怪自己不夠好。

那天過後，尹瑄雨和杜易杰都下意識閃躲彼此的目光，兩人的關係陷入尷尬局面。

爲期兩週的美術班班展結束，導師領著杜易杰上臺，向同學宣布他即將遠赴英國留學之事。

同學們在臺下小聲討論，說三人大亂鬥的結局是全輸，誰也沒得到誰。

杜易杰聽到流言，放學後急忙攔下尹瑄雨，有些氣忿地解釋：「才不是那樣，妳沒輸！妳有我……」底下的話又黯然打住。

「是呀，你也沒輸喔。」尹瑄雨心酸一笑。

聽到她這麼說，杜易杰頓時覺得心裡好過一點，兩人尷尬的狀態頓時解開。

「什麼時候的飛機？」

「七月五日，早上九點半。」

「還有一點時間，可以壓榨小主人教我畫畫。」她燦然笑道。

「放馬過來！」

他們都知道，兩人的關係就止於這樣了，卻還是想要把握最後一點時間。

班展結束，緊接著是五月的合唱比賽，參賽的只有高一和高二的班級，何辰晞帶領的合唱團作爲開場嘉賓特別演出。

尹瑄雨坐在臺下，總算見到他在臺上翩翩指揮的風采，三聲部輪唱混音，悠揚繚繞在禮堂中，深深打動人心。

相較之下，自己班上因爲忙著班展，根本沒時間練習，上臺後唱得零零落落，成績自然墊底，杜易杰還爲此相當自責，下臺後不斷跟同學們懺悔。

✦

時間很快來到七月五日，杜易杰離開的當天。

早上七點多，尹瑄雨撥了通電話給杜易杰，想向他道再見，沒想到電話彼端傳來制式女聲，回覆該號碼已成空號，這才知道他的手機門號已經退租了。

這一刻，她之前僞裝得很好的鎮定模樣徹底瓦解。她突然好想見他，好想聽他的聲音，心裡湧出一股巨大的衝動，想對他說——我喜歡你，我願意等你回來。

她知道范詩綺會去機場送機，於是急忙打電話給她。

「易杰和師母已經到機場報到了，我和爸爸還在路上，但也快到了。」范詩綺的口氣有些不滿，「尹瑄雨，妳眞的好冷血，易杰那麼喜歡妳，妳還不來送機？」

「去！我去！」她後悔極了，帶著錢包奔下樓。

「他是早上九點三十分直飛倫敦的班機，在第二航廈，別讓他留下遺憾。」

尹瑄雨出門攔了一輛計程車，火速趕往桃園機場，抵達第二航廈時已經八點多。她衝進大門一路來到出境大廳，裡面滿是等待出國的旅客。

她在人群裡一邊尋找，一邊打電話給范詩綺，「你們在哪裡？我找不到你們。」

電話那頭傳來一聲冷笑，「白痴！找不到才正常，因爲易杰的班機在第一航廈。」

第一航廈！

尹瑄雨聽了差點昏過去，眼淚不禁奪眶而出，焦急地拉住一名地勤人員，「請問第一航廈怎麼過去？」

地勤人員跟她說外面有接駁車，可是光找到位置，就花費了她不少時間，途中爲了閃避旅客的行李車，整個人還重重摔倒在地，手機就這麼滑出去撞上牆，她掙扎地爬起來撿起手機繼續往前跑。

另一邊，第一航廈的出境大廳裡，杜易杰緊緊擁抱了范詩綺，不捨地笑道：「再見，回來的時候我們應該都大學畢業了，謝謝妳陪我長大。」

范詩綺的眼眶頓時泛紅，咬了咬下唇，說道：「易杰，尹瑄雨來了，不過她跑錯航廈，現在正從第二航廈趕過來。」

杜易杰聽了神色一陣激動，急忙拉住母親的手臂，央求道：「媽，再等一下！瑄雨來了，我想見她，想跟她說句再見。」

「可是登機時間快到了。」杜母臉上有些爲難，但見兒子幾欲哭出的表情，又不禁心軟，「好，我們就等她十分鐘。」

「謝謝媽。」杜易杰伸長脖子望著大廳入口，又跟范詩綺借手機打給尹瑄雨，可是電話卻直接進入語音信箱。

十分鐘後，還是不見尹瑄雨的身影。

「時間到了，再等下去會來不及登機。」杜母輕輕嘆口氣。

杜易杰不死心地繼續看向四周人群。

「易杰！來不及了。」杜母聲調一沉，用力握住兒子微顫的手。

杜易杰雙肩頹然一垂，被杜母一路拖著走，一步一回頭。

范詩綺默默目送他的身影離開，直到這一刻，他的眼裡始終沒有自己。

差了五分鐘，尹瑄雨的聲音終於傳來，范詩綺回頭看著模樣狼狽的她，她的瀏海完全被汗浸溼，整張臉紅得像跑完四公里的路跑。

「詩綺！易杰呢？」

「易杰走了。」范詩綺冷冷說道。

「妳爲什麼要這麼做？」尹瑄雨伸手壓住疼痛不堪的心口。

「因爲我討厭你們！」范詩綺臉上露出比哭還難看的笑，「易杰等不到妳，他失望地走了，我報復了妳，也傷了他，我心裡好高興、好傷心、好高興、好傷心……」

尹瑄雨悲傷地看著又哭又笑的她，她們其實是一樣的，分開她們和杜易杰的，不是出國留學，而是天差地別的才華。

「都是妳害的！如果沒有妳，說不定易杰最後會喜歡上我，我可是和他從小一起長大的，我們一直很要好，妳懂我的心痛嗎？我覺得我快活不下去了……」范詩綺痛苦地抱著頭，激動的聲音引來四周旅客的注目，說到最後已是聲淚俱下。

尹瑄雨無法原諒她這般報復自己，卻也明白她的傷痛絕不比自己少，見她哭得快要虛脫，忍不住伸手扶住她搖搖欲墜的身子。

「不要碰我！」范詩綺怒斥一聲，用力推開她，指著她的鼻尖大罵，「尹瑄雨……妳爲什麼不自私地留下他？只要妳求他，他一定會留下來，這全是妳的錯！妳的錯……」

尹瑄雨見狀，不禁上前擁抱她，范詩綺不再抗拒，任她緊緊抱著，最後崩潰大哭。

幾天後，尹瑄雨獨自來到紀念公園，站在曾經和杜易杰一起寫生的石桌旁。

在夏日唧唧的蟬聲中，她把畫板和畫具擺在石桌上，再轉身走到樹下，蹲在小花圃前面，因三色堇花期已過，眼前只剩一片青綠。

「莎士比亞的《仲夏夜之夢》裡，傳說將三色堇的花汁塗在喜歡的人的眼皮上，當對方一覺醒來後，就會愛上第一眼看見的人。」

「眞的嗎？」

「要不要試試？」

「要塗誰？」

「塗妳。」

不管旁人的異樣目光，尹瑄雨直接仰躺在草地上，朝著碧藍天空大喊：「易杰！我相信等你回來的時候，絕對已經走得比我遠，飛得比我高！是山，還是石頭，是取決於你在每個人心中的價值。在我心裡，你是能讓我安心依靠的小主人，那就是山！是大山！」

她直直伸出手，對著天上的白雲用力一抓，心中一陣舒暢。

人生還很長，她相信相遇的奇蹟，相信在某年某月的某一天，能在人海中的某處，再次和他相遇。

第十二章　風雨中的信任

機場一別，也是尹瑄雨最後一次見到范詩綺。

暑輔第一天，班導在早自習時宣布，范詩綺放棄學習美術，轉學到鄰校的普通科。

放棄繪畫等於和杜易杰切斷聯繫，范詩綺將會離他更遠，但是這個決定也帶著重新出發的意味，不再執著於不喜歡自己的人，對范詩綺來說不見得是壞事。

宣布完消息，班導轉交給尹瑄雨一封范詩綺留下的信。下課後，她趴在走廊欄杆上，仔細閱讀內容。

那些紙條全是我寫的！

因爲看到妳被進修部的學姐打，實在太開心了！

這樣的開頭妳意外嗎？

可是看到妳明明收到信，卻硬假裝沒事，一直把紙條藏起來，像在跟我對抗，我就很不開心，所以才會當著全班的面把紙條公開。

沒想到易杰看到紙條後很生氣，竟然當眾維護妳，還警告全班同學說：「她放學後留下來，耗費自己的時間幫忙布置教室和做壁報，讓大家能準時回家吃飯趕補習，我不懂爲什麼要傷害她？從現在起，我不想再看到她被欺負，紙條的事請各位到此爲止，否則我直接報警處理！」

等到回家後，易杰冷靜下來，便認出那是我的字跡，畢竟我們的書法都是他媽教的，再怎麼隱藏也有跡可循。易杰沒有罵我，但不罵比罵還難受，而我和他，也在那天正式鬧翻了。

我也不知道爲什麼想跟妳講這些，大概是因爲我在松岡高中的回憶幾乎都是不快樂的，而那些不快樂的源頭是妳，所以我想丟回給妳。

原來當時還發生了這些事！

那個時候，同學們並沒有寫惡意紙條給她，可杜易杰在憤怒中先指責了大家，才會間接導致全班同學孤立自己，加上他提及她曾留校畫壁報，同學們後來可能覺得，愛做就讓她做個夠，乾脆把她送上學藝股長之位。

紙條事件後，范詩綺和杜易杰也算是決裂了，外加杜母的暗中介入，范詩綺才會以消極的態度放任她和杜易杰發展。

或者說，她選擇冷眼旁觀，是因爲她明白，她終究會和她一樣，跨不過杜母那關。

現在，杜易杰離開了，范詩綺也轉學了，那些前塵舊恨看似已成爲過去，可夜深時分，卻又經常出現在她的夢裡。

時間來到七月底，下午四點多，尹瑄雨上完暑輔回宿舍的途中，在操場邊看到幾個國小孩童圍住三隻小狗，兩花一黑，走路都還走不穩。

見那些孩子比較喜歡毛色漂亮的兩隻花狗，小黑狗孤零零地待在一旁，她蹲下來輕撫牠的頭。小黑狗四隻腳掌和尾巴尖端混了些純白色的毛，胸口也有一小撮十字形的白毛。

此時，那群孩子突然抱起兩隻小花狗，走向操場後門。

「小朋友，還有一隻！」尹瑄雨起身朝他們大叫。

「奶奶說那隻是白襪子，會給主人帶來不幸，沒人要養。」其中一個女孩回頭說道。

「我住宿不能養狗，你們不能丟下牠！」她快步追過去，但是孩子們已一溜煙地跑走，不見蹤影。

尹瑄雨回頭望向那隻小黑狗，看到牠顫抖著身體趴伏在地上，不時發出低嗚聲，她只好折回去抱起牠。

「怎麼辦？」她環顧操場四周後，朝福利社後院走去。

後院有一片有坡度的草坪，連著學校的圍牆，牆邊種植了一整排的樹木。福利社後牆的牆角下，剛好有一個正方形的空間，底部有管線通過，牆邊還有一條小水溝，溝裡只有落葉沒有水，這位置有福利社的屋簷遮蓋，即使下雨了也淋不到。

尹瑄雨先到福利社門口拿了一個回收紙箱，將小黑狗放在紙箱裡，再將紙箱擺進那個方形空間裡，看起來就像個小家一樣。

隨後她到校外的商店買了一瓶牛奶和一個碗，將牛奶倒在碗裡，擺在小黑狗面前。

但小黑狗只是嗅了嗅，沒有喝。

隔天，她早上和中午都特意繞到福利社後院，卻見碗裡的牛奶一口都沒動，心裡更加焦急，直到放學準備返家，她才想到接下來是週末，誰來照顧這隻小狗？

她抱著小黑狗坐在牆角，走也不是，不走也不是，煩惱到快掉下眼淚。

「學妹，快回家吧。」一道熟悉的聲音突然從轉角傳來，「我會爬牆進來幫妳餵狗。」

尹瑄雨倏地轉頭望向聲源，向予澈頎長的身影從轉角跨進來，一頭金髮又留長了些許，在夏日傍晚的涼風中不羈地飛揚。

向予澈在她的面前蹲下，伸手抱起她懷裡的小黑狗，盯著牠無辜的黑眼睛瞧了瞧，又伸指摸了一下牠的嘴。

「看起來剛開眼不久，也還沒長牙，可能才出生半個月。」他轉頭瞥著紙箱裡的牛奶碗。

「昨晚到現在一口都沒喝。」她感覺像在大海中攀到一根浮木。

「笨蛋！小狗不能喝人喝的鮮奶，會拉肚子喔。」他沒好氣地罵道。

「可是電視和漫畫都餵牛奶……」

「那個是錯的！」他不留情地吐槽，一手輕輕撫摸小黑狗的背，「這狗太小了，沒有狗媽媽在身邊陪著，很容易發生意外，而且牠還不會自己喝奶，脖子骨也還沒長硬，一不小心就有可能溺死在牛奶裡。」

「溺死？」她不敢置信地瞠眼，儘管不想和向予澈再有交集，但此刻也沒別的選擇了，「那我該給牠喝什麼？」

「幼犬專用奶粉。還有，牠便便了嗎？」

「便便？」她想了一下，搖搖頭。

「看來沒有狗媽媽舔屁屁，牠不會自己便便喔。」

「學長你……」

「我不會舔牠，用手擦就可以了。」他惡狠狠地瞪她一眼。

「我不是那個意思！」她噗哧一笑，「是想請你教我怎麼養小黑。」

「牠叫小黑？」

「嗯。」她點頭，一秒前剛取的。

「眞沒創意。」他嘆了口氣，照顧幼犬並不容易，這學妹眞是自找麻煩，「天色快暗了，妳趕快回家，這兩天我會照顧牠。」

「謝謝學長。」尹瑄雨從背包裡取出小皮包，想掏錢讓他買奶粉，沒想到一打開皮包，裡面竟然是空的，使她一時感到錯愕，「我記得昨天還有四百元……奇怪！前幾天也是少了一百元……」

「該不會被妳室友……」

「學姐們絕對不會做這種事！」

無憑無據的，向予澈也不想隨便揣測，見她垂著臉發呆，隨即掏出皮夾抽了張五百元給她，「夠不夠坐車回家？」

尹瑄雨確實在煩惱車錢，一看到他遞錢過來，整張臉頓時紅得像蘋果似的，恭恭敬敬地伸手接下，「我下星期還你。」

「出門在外，總是有不方便的時候。」他微微一笑，瞧她滿臉緋紅，好像有點可愛，「能幫上妳的忙，我心裡的罪惡感也能減輕一些。」

尹瑄雨心裡湧起一股傷感，杜易杰當初因爲那件事而那麼擔憂，又費了很多心思想讓她開心，如果她再因爲那件事而消沉，豈不辜負他的苦心？

「教妳畫畫的那個男生，他是不是喜歡妳？」他知道，她能恢復精神，全是那個男生的功勞。

「嗯。」

「他對妳很好吧？」

「嗯。」

「你們……要好好在一起。」他心裡一陣泛酸，但還是誠心祝福她。

而令他沒想到的，是尹瑄雨竟一臉惆悵地搖頭。

「吵架了？」

「他去英國留學了。」

「留學？」他傻愣了好幾秒，所以……他們沒在一起？

那傢伙還眞是優秀，難怪他上星期總見她孤零零坐在操場邊發呆，原來是失戀了。

「妳……別太難過。」他偷偷覷著她的臉，失戀了……要不要做個甜點給她？

「我沒事。」她打起精神搖搖頭，「學長，那件事都過去了，我現在也不怪你，你以後也別提那件事了。」

向予澈臉上滿是驚詫，心裡一陣激動，她眞的原諒他，不怪罪他了嗎？

「我回家了，再見。」她道了聲再見，轉身走了幾步，又不捨地回頭察看。

只見向予澈輕輕抱起小黑狗，臉頰在牠的額頭磨蹭，臉上的笑容燦若朝陽。

爲了學習照顧小黑，尹瑄雨在星期日下午提早歸宿，來到福利社後院，遠遠看見向予澈躺在樹下的草坪上，臉上蓋著課本，似乎睡得很熟。

她躡手躡腳蹲在他的身側，只見小黑在他臂彎間爬來鑽去，蹭開了他的衣角，露出腰側肌膚上一大塊淤青。

她抱起小黑，將牠放回紙箱裡，轉頭看著擱在旁邊的袋子，裡面放著幼犬奶粉和小奶瓶。

輕風拂來，幾片黃葉飄落在向予澈身上，他突然一手按著腹部咳了幾聲，接著翻身緩緩坐起來。課本落了下來，他蹙眉，面露痛苦，卻在對上尹瑄雨的視線時，馬上鬆開眉頭，裝作沒事的模樣。

「法文眞是催眠的好物。」他伸了一個懶腰。

「學長，你休學了嗎？」她想到上學期開學時，向予澈在對面說了聲「掰」之後，那間房間就不曾再亮燈。

「沒有，我是去實習。」他抿唇一笑，原來她也會關心自己，「餐飲科二下到三上要實習一年，我申請到高雄的五星級飯店實習，直接住在那裡了。」

「五星級飯店，挺厲害。」

「實習就是被一群大叔當工讀生使喚，被大廚和領班罵。客人一多，大家忙起來什麼修養都沒了，罵起人來一個比一個凶。」說到最後，他的笑容顯得有些心酸。

「暑假不用實習？」

「暑假我得回來勞動服務銷大過，校長眞狠，每天叫我砍樹、整理倉庫，搬一大堆雜七雜八的。」

「既然你那麼努力銷過，為什麼還要打架？」她垂眼打斷他的話。

向予澈沉默了一下，才笑笑回道：「我沒打架呀。」

「你身上明明有傷！」

「我眞的沒打。」他抓著後腦認眞強調。

尹瑄雨望著他不像在說謊的臉，腦海閃過他當初以一對三的狠勁，他一旦出手很難不鬧到滿校風雨，若是眞沒打架，那他身上的傷……

「難不成是別人打你，你沒還手？」她不敢置信地又問。

向予澈盤腿坐在草地上，雙臂環胸，別開臉不屑地說：「哼！我是信守和校長的承諾，之前打過他不少次，現在就當作抵罪，反正暑假結束，我又要回去實習半年，他也打不到我……妳別以爲我不還手就是怕他。」

尹瑄雨聽了有點於心不忍，靜靜看著他輪廓深邃的側臉，覺得向予澈眞的改變很多，以前他渾身散發著暴戾的危險氣息，現在變得沉穩而內斂，還爲了遵守和校長的約定，忍痛挨打不還手。

「幹麼一臉同情看著我？」他斜斜地横她一眼，「妳覺得我很慘嗎？」

「不！我佩服學長說到做到。」她微微失笑，即使被他瞪視著，也不覺得可怕，「不過，默許他人的惡意報復，你並不是抵罪，而是在放縱犯罪。」

向予澈聽了心口一震，腰間那個一呼吸就抽痛的淤傷，彷彿已經痊癒了一大半。

深深吸了口氣，他嘴角勾起一抹笑，「既然學妹有令，不該默許他人惡意的報復，那學長我就恭敬不如從命，會好好和壁虎同學『溝通』一下。」

「你別亂來！」她怕他再惹出事端。

「放心！要亂來早就揍得他滿地找牙，還會被他這樣耍著打？」他起身拍拍衣褲上的落葉，突然想起一件重要的事，「對了，妳之前不是說錢不見了嗎？昨晚我半夜睡到熱醒，打開窗戶通風時，看到宿舍四樓的窗戶有白光閃過，這件事妳最好跟舍監通報一聲。」

「你是指有小偷……溜進宿舍？」她眼裡一片驚恐。

「也可能是我剛睡醒眼花了，反正妳睡覺記得鎖門。」向予澈從筆記本裡撕下一張紙，抄了手機號碼給她，「我就住妳對面，有事也可以打給我。」

尹瑄雨想著有了他的電話號碼，也比較方便了解小黑的狀況，便接過他遞來的紙張。

見她接過電話時，他很輕很輕地吁了口氣。

傍晚回到宿舍，尹瑄雨向舍監提及掉錢的事，這才知道上星期三寢也有一名住宿生反應錢不見，只是宿舍一、二樓的陽臺都設有鐵窗，小偷不易進來，所以舍監當時是認爲宿舍有內賊，並未對外公布。

晚點名時，教官要全體男女住宿生清點自己的財物，結果只有女生宿舍遭竊，每間寢室都有人掉錢或掉東西，只是金額不大，物品也不是很貴重，很多人一時未察覺。

隔天學校報了警，兩名警察在午休時間，專程來學校做筆錄。

校方廣播請所有遭竊的住宿生，帶著筆到導師室集合，因爲人數高達三十人，所以警察直接將單子發下來，要大家仔細描述事發經過，一時引來眾多學生在走廊上圍觀。

「警察先生，要用什麼文體寫？」塡好個人資料，有學姐舉手發問。

「記敘文……」

「警察先生，要寫幾個字？」

「越詳細越好。」

「警察先生，我被偷了一包洋芋片，這也要寫？」

「寫。」兩名警察哭笑不得。

隔不久，校長也進來了解事發經過。

尹瑄雨寫筆錄寫到一半時，突然大門一開，向予澈和壁虎學長一前一後走進來。她一見到壁虎學長，整張臉瞬間刷白，握著筆的手也微微顫抖。

他們走到導師室的角落，向予澈彎身抱起一個大紙箱時，突然悶哼一聲，手中的紙箱隨之摔落地上，發出碰撞聲，接著他抱緊肚子癱倒在地。

「向予澈，你怎麼了？」教官嚇了一跳衝過去。

壁虎學長低頭一看，見向予澈像蝦子一樣蜷成一團後，臉上滿是疑惑。

「你哪裡不舒服？要不要叫校醫？」教官伸手想檢視他的腹部，卻被他伸手推拒，兩人拉扯間，上衣被大幅度撩起，露出腰間一片淤青。

「教官……不用叫校醫，這是我犯的過……該還給同學的，一拳還一拳……」向予澈胡亂咳了幾聲，一副強忍痛苦的模樣，手撐住旁邊的鐵櫃，想站起來，「佛陀能割腿肉救鴿子，捨身用大愛感化禿鷹……我這點痛不算什麼，教官千萬不要怪他。」

佛陀？鴿子？禿鷹？

尹瑄雨本來被壁虎學長嚇僵，卻在瞧見向予澈把自己搞得跟聖人一樣，還越演越誇張後，忍不住伸手掩唇壓下笑意。

旁邊的壁虎學長，正凸著眼睛瞪著向予澈，整張臉都綠了。

「貴校……要不要再加報一條傷害罪？」警察非常配合演出。

「你們兩個，過來校長室！」校長鐵青著臉。

尹瑄雨看著向予澈和壁虎學長走出導師室，門被關上前，向予澈還回頭朝她眨了一下右眼。

下午四點多，福利社後面空地，尹瑄雨正拿著奶瓶餵小黑，眼角瞥見一道身影走近。

「學長眞差勁。」她小聲嘟囔。

「我哪裡差勁了？」向予澈在她身側坐下。

「用苦肉計告狀，讓校長和教官在警察面前沒面子，不差勁嗎？」

「我心裡爽就好！」他揚起下巴，一副妳奈我何的樣子，隨後見小黑喝完奶，他將牠抱了過來，牠突然伸出小舌朝他鼻尖舔了一下，「奶臭味眞重！你喝完奶沒漱口，不准跟我玩親親。」

尹瑄雨收起奶瓶，看著向予澈溫柔地按摩小黑的腹部，訓練牠飯後自行排泄，心裡有些感慨，「學長，那些小孩說小黑是白襪子，會給主人帶來不幸，沒人想收養牠。」

「不要的時候，芝麻小的事都會變成碗大的藉口。」他輕聲說道。

「所以，我希望牠能平安長大，比被領養走的兄弟還健壯。」

「聽到沒？」他伸指輕點小黑的鼻頭，對牠訓誡，「要多喝一點奶，才會頭好壯壯。」

尹瑄雨莞爾一笑，相信有向予澈幫忙守護，小黑一定可以平安長大，長成一隻雄糾糾的大狗。

向予澈見她笑了，心裡也不禁感到歡喜。

✦

八月中旬，暑輔最後一週，氣象報告說有一個颱風襲台。舍監宣布隔天如果停班停課，全體住宿生將留在宿舍自習，爲了安全著想，不得外出。

那天半夜兩點，尹瑄雨被滂沱的雨聲和猛烈的風聲驚醒，心裡惦記著小黑的安危，她拿出手機打給向予澈，前兩通他沒有接聽，直到第三通，對窗的燈終於亮起，隨後電話也被接起。

「學長，對不起吵醒你……」她焦急地說。

「我把小黑抱回來了。」向予澈的聲音聽起來有些喘。

尹瑄雨馬上起身拉開窗戶，一陣狂風挾著雨點颳進房間裡，只見向予澈赤裸著上身，頭髮溼淋淋地站在對窗前，懷中是被衣服包裹住的一團黑色毛球。

隔著一條防火巷的距離，在狂風驟雨中，兩人各自握著自己的手機，四目相望。那是尹瑄雨此生第一次感受到——有學長在，一切都可以放心。

向予澈朝她比了個ＯＫ手勢，瞧她一臉安心地關上窗戶後，他臉上的笑容瞬間褪去，趕緊將懷中毛球放到床上，掀開衣服一看，小黑渾身癱軟地喘息著。

剛才他冒雨翻過學校圍牆，來到福利社後面時，發現小黑似乎被風雨嚇到，爬出紙箱跌進旁邊漲滿雨水的水溝中，卻因四肢太短小，沒有力氣爬上岸，在水中載浮載沉掙扎著。

雖然他當下立即救起牠，但是小黑太過幼小，情況看起來不太樂觀，而且風雨這麼大，三更半夜也無法帶牠下山看醫生。

「小不點，要振作啊！」他先拿出吹風機吹乾牠的毛，再緊緊抱著牠，想用自己的體溫溫暖牠，一句又一句祈求著，「你如果出事，學妹會哭死，她當初那麼好心收留你，我想你應該不希望看到她哭吧？」

窗外一夜風雨不停，直到晨光漸亮，風勢才逐漸轉弱，但雨勢依舊凶猛。

向予澈滿臉落寞抱著小黑坐在牆角，伸手輕撫懷中動也不動的小身子，短短幾個小時，一條小生命就在他的懷中一點一點消失了。

「小笨蛋！我也沒有爸媽照顧，還不是努力活下來，你怎麼這麼不爭氣？」他不甘地咬牙，回憶如潮水般湧來，瞬間將他吞噬。

他想起升國二的暑假，他也是像這樣陪在母親的病榻旁，緊緊握著她的手，卻也沒抓住她流逝的生命，只能看著她永遠睡去，如此無能爲力。

其實從那之後，他就打定主意，不豢養任何生命比人短的寵物。

偏偏置身事中的人是她，讓他無法袖手不理，他才會又一次地感受到失去所愛的痛苦。

他像個三歲小孩，坐在地上無助地低聲哭泣。

早上八點多，手機突然響了起來，向予澈自臂彎間抬起疲憊的臉，瞥了眼床上的手機螢幕後，下樓來到公寓門口。

「學長，請你吃早餐，謝謝你昨晚幫忙照顧小黑。」尹瑄雨撐著雨傘，臉上漾著輕笑，遞了一袋麵包飲料給他。

向予澈默默望著她的笑臉，自從發生工科大樓事件後，他好不容易才和她重新建立起信任關係，結果現在又搞砸了。

「怎麼了？」她見他神色有異，眼睛是紅腫的。

「小黑……牠昨晚……」向予澈舔著乾燥的嘴唇，聲音也是啞的，「掉到水溝裡，對不起，我沒能救回……」

尹瑄雨臉上的笑容消失，雙手一鬆，雨傘和提袋同時落在地上，眼淚隨之滑落，自責地啜泣，「是我的錯，撿了牠，卻無法全心照顧牠，一直在麻煩學長。」

「不！妳已經盡心在照顧牠了。」他下意識伸出手，想拭去她臉頰上的淚，又急忙停住，覺得自己不該碰觸她，隨即雙手握拳低下頭，眼淚抑不住再次掉落地面，「那是意外，小黑不會怪妳……只怪我……不該顧慮房東說不能養寵物……」

這是尹瑄雨第二次看到他哭，第一次是她被學姐打的時候，他的眼淚落在她臉上，這一次是落進她的心底。

這天下午，風雨已停，向予澈和尹瑄雨抱著紙箱來到福利社後院。

她低頭看著紙箱裡的小黑，彷彿只是睡著般靜靜躺著，她想起昨天下午，牠還搖著尾巴和她玩耍，眼淚又撲簌直掉。

福利社後院的草坡還是潮溼的，鏟起土來不費力，兩人合力將小黑葬在一棵樹下。

之後連續幾天，向予澈都在下午四點多，來到埋葬小黑的地點。草坡上總是擺著幾朵剛摘下的花，雖然不見尹瑄雨的身影，但他知道她每天都會來看小黑。

好不容易有個機會可以跟她相處，偏偏最後又是這樣的結果。

「不爽！超不爽！無敵不爽！」他的眼神閃過一抹凶狠，「眞想找個倒楣鬼來痛揍一頓！」

沒想到，這個倒楣鬼竟如他的願，在幾天後出現了。

半夜三點多，昏黃的路燈孤零零亮著，宿舍前的馬路上沒有人車經過，周圍一片寂靜。

向予澈已經躲在這裡守株待兔三個晚上了，他一手抓著球棒，躲在宿舍左側的暗巷，抬頭望著宿舍三樓的陽臺。

此時，一抹黑影掛在外牆上，正小心翼翼地向下移動。

向予澈一邊用手機錄影存證，心裡嘖嘖稱奇：不得了，三樓耶！那個人竟然踩著鐵窗抓著水管爬上去，都不怕水管斷掉嗎？

當黑影一腳踩上一樓舍監住處圍牆的牆頭時，向予澈舉起球棒朝著那人的屁股，用力捅上去，嘿嘿笑道：「蜘蛛俠，今天的攀岩運動收穫多少？」

「哇——」慘烈的叫聲響起，黑影咕咚一聲，跌進舍監住處的院子裡，伴隨著盆栽摔碎的聲音。

向予澈將球棒扛在肩頭上，走到舍監住處的門前，伸指朝電鈴死命地戳，聽見屋內響起吵死人的電鈴聲後，很是滿意。

「舍監，快起床抓小偷！」他看到那道黑影攀上牆頭想逃跑，嘴角勾起一抹壞笑，拿起球棒朝著攀在牆上的兩隻手，像打地鼠似的敲了兩下。

黑影又慘叫一聲跌了回去，這次還伴隨著舍監的怒罵聲……

兩天後，向予澈一臉陶醉望著張貼在公布欄上的記功單，他因爲協助抓到橫行宿舍的小偷，所以記大功一支，同時功過相抵，也銷掉一支大過。

見校長從旁邊的樓梯下來，他立刻跑過去一手搭在校長的肩上，得意洋洋地笑道：「校長校長，有件事想和你商量。」

「全校只有你敢和校長沒大沒小。」校長停下腳步板著臉瞪他。

「您是學生們的大家長，也是我的保證人，不要那麼嚴肅嘛。」他一手指著公布欄，「你看，我表現得好不好？」

「予澈，巴結校長是不會記功的。」校長輕笑道。

「心裡記就好，有吧？有吧？」

「呵呵，有。」

「那……校長，我可以請調回附近的飯店實習嗎？」這才是向予澈的主要目的，先前因爲發生太多事，他心灰意冷想遠離學校，才故意塡了那麼遠的飯店實習，沒想到現在造成自己的困擾。

「予澈。」校長的笑容帶著一絲殘酷，憶起向予澈之前在警察面前給他難堪，「你還是乖乖回高雄實習，那位米其林星級大廚說，你耐磨耐操耐罵，他相當喜歡你。」

「校長記仇了。」向予澈苦著臉說。

「沒有，校長心胸最寬了，否則怎麼會保下你。」

「明明就是記仇了。」

「呵呵……」

儘管不能調回來，但是對向予澈而言，這個暑假還是有收穫的，因爲學妹已經不再討厭他了。

第十三章　琴譜上的相思

暑假結束，尹瑄雨也升上高二，開學的前一日，住宿生必須重抽寢室。因爲有學姐反應學妹們聊天太吵，所以新學年多了一個新規定——準備學測的三年級學姐，全部都得集中到一、二寢。

「瑄雨學妹，我會想妳的。」陳可芳不捨地摟著尹瑄雨。

「學姐要乖乖念書，有空我會去二寢看妳。」尹瑄雨拍拍她的背。

抽完籤後，尹瑄雨將畫架從五樓的八寢扛到三樓的四寢，原以爲更換寢室後，會挺有新鮮感的，沒想到一進屋，她便發現格局和八寢完全相同，而且因爲是低樓層，陽光被後面的國宅遮住，屋內顯得幽暗。

「學姐好。」一道害羞的女聲從門口傳來。

尹瑄雨回頭一看，是個臉蛋帶點稚氣、神色靦腆的清純小高一。突然升格成學姐，讓她好不習慣。

「學妹好，歡迎加入宿舍這個大家庭。」她揚起微笑，回想去年初進高中的自己，看起來是不是也這般青澀？

此時，手機鈴聲突然響起，她拿起按下接聽。

向予澈的聲音傳來：「學妹，我要回高雄實習了，有東西要給妳，妳可以過來嗎？」

尹瑄雨下樓來到後面國宅，只見向予澈提著行李站在路邊，右手拎著一個繫著緞帶的紙盒。

尹瑄雨接過紙盒，打開一瞧，裡面裝了四個可愛的杯子蛋糕，漂亮的奶油擠花上點綴著奇異果、香澄、芒果和葡萄。

「好可愛，是你做的嗎？」她忍不住驚嘆。

「我早上做的，大熱天水果不能放太久，妳要趕快吃掉。」他心頭一樂，聽到她的讚美後通體舒暢。

「聽說學長暑假時，在宿舍外面守了三天，抓到小偷？」她今天一回到宿舍，就聽到大家在談論這件事。

妳看看、妳看看！學長不是只會打架而已，還是有其他用處的！至少有一項比那個只會彈琴說愛的何辰晞，還有那個去英國留學的優等生強！

明明心中的小惡魔在仰天狂笑，但向予澈還是一臉正經地說：「其實我只有半夜兩點到四點守在那邊，我想，小偷得手過，他在貪念驅使之下，極可能會再犯案。」

「還眞的被你料中了。」學長的行動力令她刮目相看，她低頭看著他的行李，「那……我祝你實習順利！」

「升上高二，課業會越來越重，妳……畫圖也別畫得太晚，晚上早點休息。」他小聲叮嚀，沒想到可以正大光明地關心她。

「嗯，學長也一樣。」她輕輕垂下眼簾，忽略他眼中依依不捨的情愫。

「走啦！」他瀟灑地擺擺手，臨行前得到她的一句祝福，讓他有種即使實習再苦再累，他都能堅強熬過的感覺。

送別向予澈後，尹瑄雨提著蛋糕回到宿舍門口，見隔壁班的一位女同學抽中八寢，旁邊幾個住宿生正幸災樂禍地拍手高喊「中籤王」。

正要進門時，那位女同學突然拉住她，半開玩笑地問：「尹瑄雨，妳要不要回八寢住？」

「爲什麼？」她眉毛一挑。

「因爲……我有懼高症。」

尹瑄雨噗哧一笑，知道這位同學在說謊，只是試探性問問罷了，不過一想起照不到陽光的四寢，她便開始懷念位處最高樓的八寢，白天不開燈的時候，房內也很明亮，夜裡開窗就能望見星星月亮。

「嗯……好呀，跟妳換。」她點頭一笑。

「不會吧！」周圍的住宿生聽到後，掀起一片譁然。

就這樣，尹瑄雨又扛著畫架回到八寢的小房間，一切都沒改變，只是多了一位小學妹相伴。

晚上八點，跟去年開學的前一晚一樣，男女住宿生聯合點名，由教官解說宿舍的規定。

尹瑄雨無聊地東張西望，沒想到竟在男舍的住宿生中，發現一個她意想不到的身影。

點完名解散後，她滿臉詫異地走向那人。

何辰晞臉上掛著淡笑，站在原地等她。

「眞的不是幻覺！」她伸指輕輕戳了一下他的手臂。

「房東的兒子要結婚，臨時把房子收回去，我就被趕出來了。」他被她的舉動逗笑了，「我住宿很奇怪嗎？」

「超奇怪！學長不是說住在國宅比較自由？」她就是沒辦法把貴公子般的學長，和簡陋的宿舍聯想在一起。

「升上三年級，社團和活動都不能參加，住哪裡也就沒差，況且宿舍管理嚴格，正好收心準備明年的學測。」

「好可惜，以後聽不到學長的廣播了。」

「好久沒和妳聊聊，妳近來好嗎？」他關心地問。

「發生了很多事，不過現在已經沒事了。」其實她有跑去禮堂偷聽他彈琴，只是他不知道，「學長以後還會去禮堂彈琴嗎？」

「會呀，我說過幾天不彈就會想念鋼琴，妳放學要來嗎？」

「要。」她腦海閃過杜易杰的臉，如果沒有杜易杰，現在的她一定會自卑得抬不起頭，更無法像這樣與何辰晞平視。

✦

開學後，高二的教室換到二樓，美術班不必重新分班，班上的同學都是熟面孔，只是少了杜易杰和范詩綺的身影。

尹瑄雨坐在教室裡，看著同學們打鬧。

不知道杜易杰現在過得好不好？

想到這裡，她從畫袋裡拿出他送的那盒炭筆，打開盒蓋取出一支握在掌心，回憶在腦海中一幕幕閃過，心裡又是一陣傷感。

傍晚放學，尹瑄雨依約來到禮堂，走上布幕低垂的舞臺。

何辰晞低頭坐在鋼琴前，他頭上戴著耳罩式耳機，閉上雙眼沉浸在音樂中，右腳在地面打著節拍，輕輕哼出一段旋律。

隔了一下，何辰晞才緩緩睜開眼，發現她背著書包站在旁邊。

「妳什麼時候來的？」他立刻拿下耳機。

「一分鐘前，學長在聽什麼歌？」

「Richard Marx的〈Right Here Waiting〉，是一首西洋經典老歌。我爸星期日要參加一場歌唱比賽，我要用電鋼琴幫他現場伴奏。」他邊說邊掀開琴蓋。

「學長的爸爸是做什麼工作？」她初次聽他聊起家人。

「我爸是海運公司的輪機長。」他瞧她一臉茫然，再補充一句，「就是負責管理整艘船機械運作的最高負責人。」

「跟船長比呢？」

「自然排第二，我爸每次出海都三個月才回家一次。」

「你爸不在家時，你會很想他嗎？」

「小時候曾經覺得寂寞，常哭著抱住他的腿要他不要走，不過這樣過了幾年，也就習慣了。」他淡淡說道，伸指輕敲琴鍵。

何辰晞在學校裡的人氣很高，尹瑄雨很難將他和「寂寞」聯想在一起，如今聽他說起他父親的工作，以及必須一再和父親道別的事，她想，學長對於離別，大概已經相當習慣了。

「這首歌你也是聽了一個星期？」她把話題拉回鋼琴上。

「差不多，不過這是我第一次彈，不會彈得很好喔。」何辰晞先打了一下預防針，將右手置於琴鍵上，輕輕彈奏出主旋律，中間如果卡住，他便會馬上調整指法，直到流暢爲止。

右手彈奏了兩次主旋律後，他再伸出左手食指，輕輕敲擊低音琴鍵，每個音都落在和弦的根音上，整個抓音過程聽起來有些單調。

確認好整首歌的和弦後，他雙手正式擺在琴鍵上，深吸一口氣，十指輕靈跳動，柔美的琴音在廣闊的禮堂中迴蕩，彷彿展開豐滿的羽翼，在空氣裡輕舞飛旋。

尹瑄雨望著右牆上的時鐘，何辰晞練不到一個小時，就已經將這首歌彈得很好了。

伴奏沒問題後，何辰晞試著彈唱了一段：

Wherever you go
無論你去了哪裡
Whatever you do
不管你做了什麼
I will be right here waiting for you
我都會在此爲你等候
Whatever it takes
不管未來如何
Or how my heart breaks
或我有多麼傷心
I will be right here waiting for you

我都會在此爲你等候

〈Right Here Waiting〉詞、曲：Richard Marx

學長以溫醇的嗓音，深情款款地唱出歌詞，讓尹瑄雨又想起杜易杰，不禁悄悄紅了眼眶。

歌詞也道出她的心聲，不管未來如何，不論是不是情人，小天使都會在這裡，等著小主人歸來。

一曲彈奏完畢，何辰晞見她眼底泛著淚光，又彈起另一首曲子，曲調聽起來哀傷。他低聲介紹道：「〈A Time For Us〉，電影《殉情記》主題曲，男女主角是羅密歐與茱麗葉。」

「學長，你太誇張了，只是普通的離別，沒那麼轟轟烈烈。」尹瑄雨哭笑不得，伸手拭去眼角的溼意。

「離別從來都不普通，我爸要出海時，我也是哭得滿地打滾。」

「學長說得是。抱歉，破壞了你彈琴的氣氛。」

「妳說破壞，是因爲我彈得不好聽？」他眼裡閃過一絲促狹。

「不！不是！學長彈得極好，我聽了很感動。」她馬上開口誇讚。

「感動就要表達出來，別憋在心裡，我妹也很愛哭的。」

「我不愛哭。」

「是是，學妹不愛哭，是學長錯了。」他一臉抱歉，但是語氣裡沒有絲毫歉意。

「學長，你又在講反話。」她扁了扁嘴。

「我很認眞的，學妹眞的眞的不愛哭。」他又正經強調。

「你明明在笑我！」她不依地甩著畫袋想抽打他。

何辰晞朗聲大笑，迅速從琴椅上跳起來，閃到旁邊。

尹瑄雨也跟著他一起笑，自從杜易杰離開後，傷心和遺憾便一直纏繞著自己，這個束縛向予澈想解也解不開，直到何辰晞藉著音樂裡溫柔的治癒力撫慰她，她才眞正釋懷。

這天的晚點名，教官對全體住宿生說明小偷事件的後續處理。

向予澈抓到的那個小偷，是一個國中二年級的男孩，因爲父母離異，父親又到外地打零工，他一個人晚上無聊睡不著便四處遊蕩。

那個男孩總共進出宿舍五次，剛開始只是尋求刺激，偷個幾十元或拿走文具和零食，後來貪念加深，想買掌上型電玩，才開始越偷越多。

「妳們要注意一下形象，我只要想到在警局中，那個孩子跟警察笑說，他一間間寢室逛過去，看到妳們睡得東倒西歪，有人棉被掉到地上，有人一隻腳也掉到地上，還有人把衣服掀到胸口抓癢，眞的很丟臉。」女教官又氣又好笑地掩面。

後來，男孩的父親連夜趕回，在警局向教官下跪，請求別告孩子，他願意加倍還錢。

「妳們想要起訴這個孩子嗎？」教官正色詢問。

眾人妳看我、我看妳，最後決定不起訴，給他一個自新的機會。

隔天，教官拿了和解書過來，大家捺下指印後，領回男孩父親賠償的錢。

尹瑄雨握著那張沾了工地細沙的五百元，深感自己比那個男孩幸福得多，她擁有圓滿的家庭，不曾爲錢煩惱過，更應該好好念書、努力學畫。

有了這樣的領悟，她每個假日開始到班導介紹的畫室上課，畫技也日漸進步，只是水彩的成績依然不見起色。

這是尹瑄雨高中生活中，最寧靜的一段時光。

高三生少了社團活動，何辰晞不再像以前那般忙碌，他幾乎每天放學都會到禮堂彈琴，兩人再次展開一段「琴」與「畫」的長期交流。

原本只懂流行音樂的尹瑄雨，因爲何辰晞而開始接觸「新世紀音樂」，認識了Kevin Kern（凱文柯恩）、Yiannis（雅尼）、Bandari（班德瑞樂團）、Enya（恩雅）……幾個代表性音樂家，作畫時也常以那些音樂爲伴。

兩人離開禮堂後，又因爲目的地相同，總是結伴走回宿舍，久而久之，竟然被學弟學妹配成情侶。

尹瑄雨曾經想要分開走，還學長一個清白，但何辰晞並不介意，總是微笑說：「沒關係，就隨他們去講。」

儘管何辰晞不曾向人特別澄清兩人的關係，但是她心裡相當清楚，學長和她的互動，僅止於音樂、鋼琴、學校和宿舍。

他只是把她當成一個可以談心的小學妹而已。

✦

聖誕夜那日，男女住宿生在學校禮堂合辦聖誕晚會。

主持人先以團康遊戲炒熱氣氛，接著進行才藝表演節目，何辰晞也上臺彈了幾曲。

之後舞會開始，女生在內、男生在外圍成兩圈，以〈第一支舞〉這首歌開舞。眾人交換舞伴跳了兩輪後，禮堂的燈光漸漸暗下，迎來自由聯誼時間，學生們要休息聊天、吃點心或雙人慢舞皆可。

尹瑄雨在長桌前吃著蛋糕，陳可芳忽然推了一下她的肩，伸手指了指後面。

她回頭一看，只見何辰晞滿面微笑走來，伸手做出邀舞的姿勢，「小雨學妹，借我躲一下。」

眞是讓人傻眼的邀舞理由！

尹瑄雨掃了四周一眼，果眞看到幾個學姐對著學長虎視眈眈，她不禁莞爾一笑，想著反正平時和他很熟，於是大方地將手擺進他的掌心。

何辰晞握住她的右手，搭在自己肩頭，接著右手扶在她的腰間，輕輕將她拉向自己。

兩人的距離瞬間拉近，近到尹瑄雨可以感覺到他的呼吸，氣氛變得有些曖昧，讓她不禁感到害羞，心跳怦然加速。

「高中三年，學長都沒有喜歡的女生嗎？」她思緒有些亂，隨便找了個話題。

「其實……」他低頭注視她赧然的臉，領著她輕旋慢舞，「是有個相處起來很自在的女生，只是感情還沒強烈到想和她告白，成爲戀人。」

「是誰？」她一臉好奇，仰望他如夜空般深邃的眼眸。

「妳這麼好奇我喜歡的是誰？」

「你可是辰晞學長，很多女生都會感到好奇吧。」

何辰晞聞言輕輕笑了一聲，思索了幾秒，才蹙眉回答：「感覺談戀愛很麻煩，還是一個人比較自由，想做什麼就做什麼。」

「原來學長怕被愛情束縛，失去自己的空間？」她恍然大悟，之前還以爲他眼光過高，瞧不上學校裡的女生。

「的確是不喜歡受約束，這可能是受我爸媽的影響，他們平日各忙各的，偶爾相見，感情還是很好。所以我覺得，愛情要走得長久，除了要保留彼此的空間，也要維持一定的距離。」

「學長說得也沒錯，兩個人如果黏得太緊，一定會感到窒息。」她隱約覺得，學長在戀愛關係裡想要保持的距離，絕對比一般人來得長一些。

「我身邊的同學談戀愛後，都變得身不由己。」他搖頭一笑，明擺著目前仍不想跳進那種關係裡，頓了一下，又淡淡掃了她的臉一眼，「所以如果不是非常愛，暫時……維持這樣就好。」

尹瑄雨微微蹙眉，學長的心思實在教人難以捉摸，那麼到底要和他保持多少距離，才不會讓他覺得受到約束？難不成眞的要像他父母一樣，三個月才碰一次面？

何辰晞瞧她滿面不解，莫測高深地笑了笑，「眞愛是不受束縛的，結婚只是個形式，諾言在尚未實現時等同於虛言。如果相戀的目的只是爲了得到承諾，那麼我應該不是個好情人。」

「學長，我聽得頭痛。」她歪著頭苦笑。

「聊聊罷了，妳實在可愛，幹麼聽得那麼認眞。」他帶著她繼續慢舞，經過剛才的閒聊後，他一直凝視她的眼神漸漸沉下，心裡似乎已做出了什麼決定，「學妹，最近我要全心準備明年的學測，暫時不去禮堂彈琴了。」

尹瑄雨停下腳步，整個人愣在原地，她以爲可以一直聽他彈琴、跟他相處，直到他畢業，沒想到兩人的約定，會結束得這麼突然，心裡湧起一陣難過和不捨。

「學長的理想是什麼？」她眼簾一垂，不想讓他看見自己的情緒。

「其實我沒有多遠大的理想和抱負。」他又蹙眉笑了笑，好像她問了一個很難回答的問題，「我無法回答，是因為『理想』愛怎麼說都行，說上一百個也行，實在太空泛了。」

「我爸媽也問過我，但我也回答不出來。」

「妳並不是沒有理想。」他看得出她心裡的難過，嗓音又放柔些許，「我認為，還是先把現在該做的事做好，後面的就隨緣。」

「嗯，我現在也只能努力磨練畫技。」她心有所感地抬起頭，沒想到學長正好低下臉，兩人的雙唇差點輕碰到彼此。

就在此時，禮堂的燈驀地全亮起來，主持人拿著麥克風，說道：「各位同學，快樂的時光總是過得特別快……」

尹瑄雨嚇了一跳，急忙別開臉，何辰晞若有所思地注視她，嘴角輕輕揚起，右手一鬆，主動放開了她的手。

聖誕節過後，何辰晞果然不再到禮堂彈琴。

即使這樣，尹瑄雨放學後還是經常來到禮堂，坐在琴椅上陪著鋼琴一起發呆。失去琴聲的禮堂滿是冬日的寂寥，一切景物顯得黯淡無光，她記得何辰晞說過，沒人彈的鋼琴很孤單、悲傷。

她掀開琴蓋，將右手放在琴鍵上，輕輕按下，試著一個音一個音，尋找回憶中何辰晞彈過的曲調……

隨著期末考結束，過了一個寒假，高二下學期開學了。

尹瑄雨來到位於國宅裡的超商，伸手想拿貨架最上層的咖啡，突然一隻手越過她的頭頂，抽走她想拿的那杯咖啡。她回頭想看是誰這麼沒品，沒想到看見一張久違的臉孔。

「好久不見。」向予澈拿著咖啡走到櫃檯，連同手裡的麵包飲料一併結帳，再將咖啡輕輕拋給她，「請妳。」

「謝謝。」她張開雙手接住咖啡，隨他走出超商。

半年不見，向予澈的打扮有些不一樣了，他穿著帥氣俐落的淺灰色騎士夾克，搭配深色牛仔褲和靴子，整個人看起來成熟穩重不少。

「聽說學妹和何辰晞在交往。」他喝了一口無糖綠茶，語氣透著一點酸意，「妳這麼快就忘了英國的優等生？」

「對呀！我就是那麼無情的人。」她被他挖苦的語氣刺痛心，火大地將咖啡塞回他手裡，冷然轉身離去。

向予澈一臉錯愕望著她的背影，又看看手裡的咖啡，難道他誤會她了？

✦

日子在晨夜更迭間過去，五月中旬的午後，尹瑄雨又獨自來到禮堂。

這幾個月以來，她每天放學後都會來這裡練琴，可惜沒什麼鋼琴底子的她，還是只會用右手彈奏主旋律。

當她彈完幾首曲子，臺下突然響起一陣掌聲。

「小雨學妹，不錯呀。」何辰晞一邊鼓掌一邊走上舞臺。

尹瑄雨乍見到他，心情一陣激動，莫名有一點想哭。

何辰晞逕自坐到琴椅的左邊，尹瑄雨挪坐到右邊，兩人並肩靠坐在一起。

「〈Moonrise〉，我們來兩手聯彈，我彈左手，妳彈右手。」他轉頭對她笑道。

他將左手擺上琴鍵，她怯怯地放上右手，輕輕數了三聲，一起落下第一個音。

尹瑄雨因爲緊張，彈得慢，何辰晞配合她的速度，時而引導她下個起音的落點，彈錯了就相視一笑。

何辰晞的伴奏聲聲敲進尹瑄雨的心，原來只有右手的琴音這麼單薄，必須添進左手的伴奏，曲子的調性和情感轉折才能顯現，牽動心裡的悲傷和快樂。

直到一曲合奏彈畢，琴聲止，兩人心間的餘響未止。

「我彈得很糟。」尹瑄雨收回右手，貼住顫跳不已的心口。

「有什麼關係？我伴奏得很愉快呀。」他搖頭不在意地笑。

「學長要彈嗎？」她連忙起身讓出琴椅，期待再聽到他的琴音。

「不了，我要去趕火車。」何辰晞瞥了眼牆上時鐘，隨後也站了起來，「我爸回家了，全家今晚要聚餐。」

她聽了心裡一陣失落，但臉上還是保持微笑，「學長，我看到大學甄選的榜單了，恭喜你上榜。」

「謝謝，再見嘍。」他朗聲一笑，朝她擺了擺手。

尹瑄雨站在鋼琴前，目送何辰晞的背影消失在樓梯口，心情悵然若失。

對於何辰晞，她敬仰他、尊重他，當然也喜歡他，但那是崇拜偶像的愛慕，和她對杜易杰的情感完全不同，所以向予澈說他們在交往時，她才會那麼生氣。

「能認識學長，是最幸運的事！」尹瑄雨伸手輕輕撫著琴鍵，回想剛才和學長兩手聯彈的感覺，心想，她已經爲自己留下最美好的回憶了。

何辰晞是她人生中最溫暖的一道光，她從來都不敢幻想自己和何辰晞能有什麼發展，眞的這樣就足夠了。

六月初，迎來了高三學長姐的畢業典禮。

尹瑄雨坐在禮堂二樓的位子上，看著日間部和夜間進修部的三年級畢業生，在熱烈的掌聲中進場。

日校清一色是年輕學生，夜間進修部學生的年齡組成差距頗大，一入場便引起同學的討論，其中不少叔伯級人物，還有兩位頭髮花白的爺爺，若不是胸口別著「畢業生」的胸花，應該會被誤認爲是某個學生的爺爺。

「哇！是餐飲科耶。」尹瑄雨身畔的同學又是一陣騷動。

夜間進修部的餐飲科學生，全班都穿著純白色雙排釦廚師服，領口結著深藍色領巾，整體氣勢把其他科的學生完全比下去。

尤其是染著一頭金髮的向予澈，他挺拔的身姿在人群中顯得特別醒目，這還是尹瑄雨第一次見他穿上廚師服的模樣。

向予澈在禮堂左後方的位子坐定後，抬頭望向禮堂二樓，目光緩緩挪移，像在找尋什麼……最後，視線定在尹瑄雨身上，微微一笑。

尹瑄雨的周圍隨即傳來同學們的竊竊討論聲。

「他就是之前……爭風吃醋……打架那個。」

「長得挺帥……不輸辰晞學長……」

「有那麼帥的學長爲我打架……好像也不虧……」

不虧？你們最好被打看看，被同學們嘲笑孤立後，再來跟我說不虧。

尹瑄雨發現自己心如止水，居然不在乎了，還能在心裡吐槽回去。

畢業典禮開始，經過一長串的頒獎後，何辰晞代表畢業生上臺致感謝詞，最後全場合唱畢業歌，由學弟妹歡送學長姐踏出校門。

典禮結束後，部分學長姐返回禮堂前拍照留念，尹瑄雨將畢業禮物送給哭得一把鼻涕一把淚的陳可芳，兩人合拍了幾張照片後，尹瑄雨才看見向予澈獨自站在樹下，冷眼看著四周同學相擁話別。

尹瑄雨抓緊手裡的提袋，猶豫著要不要過去，此時校長忽然走到向予澈面前，對他說了幾句勉勵和祝福的話，輕拍他的肩膀，又張臂抱抱他後，才轉身離開。

向予澈目送校長的背影離去，眼角比剛才多了一點紅。

原來他沒有表面上看起來那麼堅強，尹瑄雨見了心裡一軟，最後還是來到他的面前，從提袋裡拿出一個小禮物。

「祝學長畢業快樂，可惜我找不到黑色的。」她遞上禮物。

「妳送的畢業禮物，我會好好珍惜。」向予澈一臉受寵若驚地接過禮物，拆開包裝袋，裡面是一隻咖啡色的小狗布偶，他見了眼底一片激動，將布偶高高舉起來，「啾嗚，學長親一個。」

「你不要非禮它！」見他想強吻布偶，她急忙勾住他的手臂。

「妳把它送給我，它現在就是我的了，我偏偏要親，還要嘴、對、嘴！」

尹瑄雨伸手撫著額角，看著向予澈噘嘴，朝可憐的小狗布偶的嘴啾下去。周圍的人紛紛對他投以困惑的目光。

「學長，你真的很變態！很欠扁！」她現在只想離他遠一點，這人閉嘴時帥氣值滿點，只要張嘴便馬上破功，瞬間變成一個笨蛋。明明畢業是那麼傷感的事，卻被他搞到一點離別氣氛都沒有。

尹瑄雨急忙走開，轉向最多人聚集的地方——何辰晞正被一堆學生包圍著，又是擁抱又是拍照。

她好不容易擠出人牆，將禮物塞進何辰晞手中，還沒講上半句話，他又馬上被同學拉走，討論謝師宴的細節。

反正祝福的話全寫在卡片上了，何辰晞只要拆開禮物就能看見。

尹瑄雨打算返回宿舍收拾東西，穿過操場時，看見男生宿舍前的相思樹林開滿花，夏風陣陣拂來，相思樹枝葉搖曳，一朵朵黃色的小絨球花，像下雪般飄落下來。

她走到其中一棵相思樹下，看著滿地的花球被微風輕輕旋動，這裡正是她藏小天使棒棒糖的地方，她以相思葉做成樹葉藏寶圖，讓杜易杰找個半死。

尹瑄雨將手背在身後，仰頭望著湛藍天空，距離杜易杰出國那日，已經快一年了，如今心不再那麼痛了，想到他的時候也能微笑面對。

「小雨學妹！」

尹瑄雨聽見叫喚聲，慢慢地轉頭，只見黃雪飛舞間，何辰晞正緩緩走到她的面前。

「抱歉，剛才有點忙，我也有東西要送妳。」他遞了一個資料夾給她，陽光穿過相思樹的葉隙，在他身上灑下一片細碎光點。

她接過資料夾打開，裡面竟然是琴譜。

「妳之前向我要過琴譜，我幫妳找到了，〈Moonrise〉和〈Somewhere in Time〉。怕妳看不懂五線譜，我已經幫妳標上簡譜。」他伸手指著譜面，幾顆相思花球飄落在他的髮上和肩頭上。

「謝謝學長。」見每個音符上都有著學長手寫的數字，她心裡一陣感動。

「〈Moonrise〉妳已經學會右手了，可以試著練練左手，再兩手一起合彈，一小節一小節慢慢練。」

「學長，我一定會練習。」她許下承諾，眼底水霧泛現。

「小雨學妹，保重，後會有期。」何辰晞微微一笑，伸手拂過她的髮頂，掃落幾顆相思樹的花球。

花球落在手中的五線譜上，在尹瑄雨盈著淚光的眼中，渲染成一圈圈的淡黃色光暈，待她再抬頭望向前方，那道天藍色的背影已逐漸遠去，一如她在火車上初次見到他的情景。

總是瀟灑來去，不輕許承諾，亦不眷戀過往。

這就是何辰晞。

第十四章 心海的月光

那年，何辰晞甄選上北部的國立大學，陳可芳全國體育競賽成績優異，保送體育大學，至於向予澈，打從他新生入學，老師們便唱衰他遲早會被退學，沒想到最後竟跌破眾人的眼鏡，不但學成畢業，還考上鄰市二專夜間部的餐旅管理系。

尹瑄雨也升上三年級，此時宿舍的規定變成高三的住宿生享有一、二寢的優先入住權。只是連續住了兩年的八寢，她已經習慣那裡的環境，最後還是申請續住。

為了準備大學考試，尹瑄雨週末幾乎都在畫室裡度過，平日在宿舍裡也是常常熬夜讀書讀到半夜一兩點。

向予澈仍舊住在她對面，只是他考上大學後，便到火車站前的西餐廳工作，生活變得非常忙碌，有時半夜一點還不見他回來。

繁重的學、術科壓力讓尹瑄雨心情起伏頗大，考差了的時候，她就躲進棉被哭一場，哭完再拾起書本和畫筆繼續努力。

她也信守和何辰晞的約定，放學後，會利用瑣碎的時間到禮堂練琴，對照著他手寫的簡譜，一個音一個音在琴鍵上摸索位置，再艱難地將兩手合併起來彈奏。

開學不久，西畫老師換人了。

新來的西畫老師審畫觀點與教法，與前任老師完全不同，他看了尹瑄雨的畫和兩年來的術科成績後，便決定約她在放學後談一談。

「我不知道妳之前的水彩成績為何這麼低，妳的畫在光影塑造及色彩運用上很有個人特色。」老師仔細翻看她的畫作。

「老師，我的畫是不是不合主流？」她小心問道。

老師不以為然地笑了笑，反問道：「畫家用筆傳達情感思想，畫匠追求高超技法，沒有誰好誰壞，只是追求的目標不同。妳想當畫家還是畫匠？」

「畫家。」

「那就照妳心裡所想的去畫。」

憋了兩年的委屈，尹瑄雨聽到這句話，眼淚當著老師的面滾下來。

她好想跟杜易杰說，終於有老師欣賞她的畫了！

隔年二月初，是全國大學術科考試的日子，對音樂組、美術組和體育組學生而言，這是最重要的考試，因為他們申請大學時必須採計術科成績。

高中在外住宿兩年多，尹瑄雨對家裡的經濟狀況了解不深，只知道父母和朋友合資，將原本的小店擴大營運，兩人的工作變得非常忙碌。

自從她升上三年級後，每到月底，溫婉的尹母就會開始焦躁，情緒時好時壞。每週回宿舍前，尹瑄雨總要硬著頭皮，向母親拿畫室的學費和零用錢。一開始，尹母總是口頭上答應，卻沒有把錢留在桌上，尹瑄雨以為是尹母忘記了，於是直接去店裡找她。

「妳不要每次回家，開口就是跟我要錢，煩不煩啊？」有一次，母親莫名其妙地發飆，當著所有員工的面罵她。

尹瑄雨不知道自己做錯什麼，隱隱感覺家裡的經濟狀況不對勁，心想還好她從小就會將過年的壓歲錢存起來，算一算也有幾萬元。她開始拿自己的儲蓄，繳交畫室的學費和宿舍的伙食費。

直到寒假期間，家裡突然多了很多找父母的電話，連平時不常見面的親戚也突然登門拜訪。

「欠錢沒人欠過年的，我知道你們年底手頭緊，但是大家都要過年。」

她聽見父母和那些親戚協調還錢的事，她很想幫忙，卻無能爲力。

大學術科考試當天，尹母開車載著尹瑄雨前往考場，車行至半途，尹母的手機響了起來，是尹父來電，兩人講沒幾句，尹母突然把車停在路邊，和尹父吵架。

「都怪你野心那麼大，你知道現在店租、水電加人事成本總共多少嗎？我每個月月底都在找人周轉。」尹母的嗓音哽咽。

「媽，考試時間來不及了！」尹瑄雨坐在副駕駛座，心急如焚。

「每次都開下個月的票去跟親友換現金，利息越付越多……」尹母情緒一來，開始和尹父沒完沒了地翻起舊帳。

「媽！先載我去考場。」眼看時間一分一秒過去，她抓住母親的手臂，急切地央求道。

「吵什麼吵？」尹母用力揮開她的手，轉而將壓力發洩在她身上，「妳成天只會畫畫，只會伸手討錢，妳對這個家有什麼貢獻？大學不要考了，直接休學去工作！」

語畢，尹母竟直接踩下油門，方向盤一旋，載著她朝家的方向駛去。

「媽，術科考試很重要，我不能缺考！」尹瑄雨急得尖叫，伸手去拉車門。

「家裡都要破產了，妳還想著考試？」尹母見女兒一副要跳車的模樣，伸手用力扯住她的手臂，連忙緩下車速。

「停車！停車！停車！」她再也忍受不了母親時好時壞的脾氣，積壓許久的不滿跟著潰堤，「我知道你們一直在煩惱錢的事，我已經盡量不跟你們要錢了，如果考上大學，我會去打工，我會省吃儉用，不會再多花你們一塊錢。」

「好啊！妳能不靠我們，那就去考啊！」尹母被她說得拉不下臉，隨即將車停靠路邊。

尹瑄雨抓起畫袋衝下車，一路沿著長街往回跑，途中攔到一輛計程車，火速趕往考場。

抵達考場後，她氣喘吁吁地衝到樓梯口，想跑到位於二樓的考試地點，沒想到卻被考場的試務人員攔下，「同學，妳遲到超過二十分鐘，不能進場。」

「對不起，我不是故意遲到，能不能通融一下。」她低聲哀求，素描是繪畫的基礎，採計的分數比例最高，絕對不能零分。

「就算我放行讓妳進場，按照考試規定，妳畫完還是以零分計算。」試務人員的態度強硬。

聽到這裡，尹瑄雨已淚灑考場，她十多年來的努力，全部付諸流水。

下午勉強考完剩下的考試，尹瑄雨向同學借錢坐車回家，尹父得知妻子和女兒在路上發生爭執後，決定將家裡的問題攤開。

尹瑄雨這才知道父母在朋友的慫恿下，將店面擴大營運，沒想到朋友見營業額不佳，隔不久就將資金抽走，造成他們資金不足，虧損也日漸增多。

負責掌管財務的尹母，爲了應付每個月的開銷，經常向親戚借錢周轉，甚至因而罹患躁鬱症。

「爸，如果把店收起來，會不會比較好？」尹瑄雨沒想到媽媽居然生病了。

「收了就等於全部認賠，可能連翻身的機會都沒有，爸爸認爲先縮減店面，減少人事開銷，再撐一陣子應該就可以回本。」尹父對未來還是抱有信心。

商場的事尹瑄雨完全不懂，更不知道這樣的作法是否可行，而儘管母親冷靜後向她道歉了，但她只知道自己的素描零分，無法參加任何美術科系的分發，爲此不知哭了多少回。

然而，更令人絕望的是，尹父此時的決定，讓全家人在一個月後，遭逢更加嚴重的打擊。

三月初，一場由上海掀起的股市風暴席捲整個亞洲，在股市連續幾天的重挫下，蔓延成全球性的股災，經濟的劇烈震盪很快反映在民間消費上。

五月三十日，尹瑄雨夜讀結束回到宿舍，打開夜讀時規定關機的手機，十多通未接來電映入眼底，使她嚇了一跳。

其中夾著一則尹父的訊息——瑄雨，爸媽先離家一陣子，妳請舍監通融一下，讓妳繼續留宿，記住不要回家，怕有錢莊的人埋伏，陌生電話不要接聽，等這邊安定下來，爸媽再去接妳過來。

尹瑄雨見了當場嚇哭，馬上回撥電話，但是父母的手機皆已關機。

翌日，親戚打電話通知她，尹父開出去的數百萬支票全數跳票。

此時尹瑄雨已無心讀書，夜裡也因恐懼而失眠，她不知道事態嚴重到什麼程度，擔心爸媽被逼急了，會做出什麼傻事。

六月四日，畢業典禮結束，她失魂落魄地站在禮堂前的樹下。畢業後就必須退宿，她不知道自己該何去何從。

「蟑螂學妹，恭喜畢業。」一隻泰迪熊忽地被塞進她懷裡。

尹瑄雨下意識抱住那隻熊，轉頭一瞧，向予澈穿著西餐廳外場服務生制服，白襯衫搭著深藍色窄版背心，領口戴著紅色領結，像極了少女漫畫裡的執事。

「怎麼了？臉色這麼慘白？」他被她的臉色嚇到。

她無言地搖頭。

「看到我不是何辰晞，宇宙無敵失望？」他口氣又酸溜溜。

「不是，謝謝……禮物。」她下巴輕輕蹭著泰迪熊的頭。

「幹麼哭喪著一張臉？」

「我家出事了，我爸媽一夜之間不見了。」她的眼圈漸漸泛紅。

「不見是什麼意思？」他愣了幾秒才反應過來。

尹瑄雨哽咽得發不出聲，只好拿出手機打開訊息，遞給他看。

向予澈讀完訊息內容，沉默了幾秒，再問：「妳現在有什麼打算？」

「我想先拜託舍監讓我住到指考結束。」她強忍住眼淚，緩緩抱緊懷中的泰迪熊。

向予澈瞧她流露出無助又害怕的神情，被她的眼淚惹得心慌，忍不住輕撫她的髮頂，沉聲給予建議：「我覺得妳應該先退宿，避一下風頭，因爲妳爸媽的訊息裡提到地下錢莊，惹到那些人很麻煩。」

「我存摺裡剩下的錢不多，根本沒辦法出去租屋。」一想到錢快用完，她渾身止不住顫抖。

「要不要先住到我那裡？」

「這……不太好。」不少松岡的學生都住國宅，她這樣搬到向予澈家裡，一定會惹來閒言閒語，「距離指考還有一個月，我相信我爸媽很快就會來接我。」

「妳先搬出來，對方在借錢給妳父母時，早就把妳家的底細都調查過了，他們一定知道妳讀什麼學校。」向予澈不忍再潑她冷水，他國中畢業半工半讀到現在，社會經驗比她多，欠債跑路的事，絕不是十天半個月就能平息。

「若是那樣，我更不能牽連你。」

「當務之急，妳先搬出來再做打算，況且舍監可能也不敢收留妳。」他直接拉起她的手，朝宿舍方向走去，陪著她和舍監說明目前的狀況。

舍監得知尹瑄雨家中的狀況後，便表示無法收留她，因爲整個六月，宿舍還住著高一和高二的學生，她必須考慮到學生的安危。

最後，舍監也和向予澈說了一樣的話，強烈建議她搬到親戚家避一陣子。

尹瑄雨心想，她的親戚大概也全是債主，誰願意收留她？她感覺自己瞬間變成燙手山芋……

舍監看在今晚還有謝師宴，加上明天剛好是週末，便多給她兩天的時間處理，讓她先聯絡好親戚。

尹瑄雨知道自己沒有別的選擇，只能依靠向予澈了。

舍監住處的門外，向予澈倚靠在圍牆上，見她一臉沮喪地走出來，馬上展露笑容，「等謝師宴結束，妳晚上把行李收一收，我明天過來幫妳搬家。」

「謝謝學長。」看見他的笑臉，她的眼圈再次泛紅。

「我先去打工了。」向予澈猶豫了一下，又溫柔地拍拍她的肩頭，「兵來將擋，水來土掩，別想太多，走一步算一步。」

事發多日，尹瑄雨一直處在慌亂和恐懼中，不敢和任何人提起爸媽欠債跑路的事，直到遇上向予澈，多一個人幫她出主意，她的心裡才稍稍安定一些。

晚上十點，尹瑄雨參加完謝師宴回到宿舍，跟舍監拿了宿舍大門的鑰匙，獨自回到八寢開始整理行李。

住宿生全都回家了，宿舍安靜到有些可怕，獨剩八寢的燈亮著。

她慢慢打包好行李，一個人躺在床上，身體像蝦子似的蜷成一團，躺了許久，依然沒有睡意。

「瑄雨學妹！」窗外傳來向予澈的聲音。

尹瑄雨下床拉開窗戶，默默望著他。

「整棟樓都沒人，妳會怕嗎？」他指了指宿舍。

「還好。」她突然伸手壓住上腹，感覺胃有點悶痛。

「妳該不會一整天都沒吃東西？」

尹瑄雨窘著臉點點頭，她最近根本沒心情吃東西，餓了也只是胡亂塞個幾口飯，方才在謝師宴上甚至只喝了一點果汁。

「想買個東西吃嗎？」

「嗯……」她必須吃點東西，否則胃會痛得更加劇烈。

「我去宿舍門口接妳。」向予澈順手抽了根球棒，下樓來到宿舍門口，輕輕敲了一下鐵門。

大門慢慢打開，尹瑄雨走了出來，一臉抱歉地說：「對不起，麻煩學長了。」

「有什麼關係？小事一樁。」他一臉正經，但心裡的小惡魔早已樂上天。

妳看看、妳看看！在妳最需要幫助的時候，本少爺比那個考上大學就神隱的何辰晞，還有遠在英國的優等生可靠吧！

沁涼夜風中，一輪滿月高掛天頂，向予澈滿心得意地想著。

突然，一道黑影從旁閃來，猛然一拳擊向他的後腦，一陣劇痛隨之襲來。向予澈眼前一黑，整個人趴倒在地，同一時間，尹瑄雨的驚叫被一隻手緊緊摀住，兩道黑影強行將她拖向路口。

向予澈強忍著後腦劇烈的痛楚，咬牙撐著球棒站起來，眼前天旋地轉。

他在視線矇矓間，看見幾道黑影朝路口奔去。甩了甩頭，他沿著宿舍前的馬路直追，跑到大馬路的路口，卻不見任何人影。

「在那裡，別讓她逃了！」

聲音的方向……是學生下山的那條捷徑！刻不容緩，向予澈越過大馬路鑽進路旁的樹林裡，沿著陡坡急走而下，月光從樹隙間灑落，幽幽地照亮四周，樹影宛如鬼魅。

「快！抓住她，逼她父母出面。」

向予澈循著聲音穿過兩側長滿芒草的小徑，來到一處草坡上，放眼望去，見長草間聚著幾道黑影，正壓制著一個女孩。

「不要！放開我！不要碰我！」

一聽見尹瑄雨驚懼的叫聲，向予澈便雙手抄起球棒自草坡上縱身躍下。

「放開她！不准碰她！」他的怒吼劃破夜空，藉著下墜的速度，手中的球棒狠狠擊打在其中一道黑影的背上。

那道黑影慘叫一聲，痛得倒在地上不停扭動身軀。

同一時間，月光下銀光一閃，一把鋒利的獵刀抵在雙手被反綁在身後的尹瑄雨頸間，她的制服在掙扎間被半扯開。

「你再動，我就殺了她！」一名身材壯碩的中年男子冷冷低喝。

「欠債的是她的父母，和她無關。」向予澈握緊球棒不停喘息，強迫自己鎮定下來，和那男人交涉。

「我們沒在吃法律那一套，父債子償，她父母欠錢敢落跑，我們也只能抓女兒抵帳，這女孩生得漂亮，接起生意，業績絕對不錯。」中年男子頓了一下，話鋒一轉，「如果你想帶她走，也可以，拿錢來贖。」

「她爸爸借了多少？」

「連本帶利一千四百萬。」

向予澈聽了心口一涼，那不是他負擔得起的數字。

「你要還嗎？」中年男子嘲諷地笑。

「我只有六十多萬，全部給你，放了她！」那是他從國中畢業到現在，打工和實習存下來的全部積蓄。

「六十萬？我只能讓你贖回她一根手指。」中年男子像是聽見什麼笑話，笑岔了氣，「不過，看你誠心誠意，小小年紀比她爸還帶種，給你三天，半價七百萬，就能抵掉全部的帳，不准報警不准議價，否則，你連替她收屍的機會都沒有。」

「我要如何相信你們？」

「小鬼，我們只是要錢罷了，其他的事能省則省。」

「求你們……千萬別傷害她。」向予澈低聲央求，直視著尹瑄雨爬滿淚水的臉。

「眞純情，可以，反正就三天。」中年男子又露出可怕的笑容，將手中的刀子朝尹瑄雨下巴一挑，「不過你別想耍花招，警局裡也有我們的眼線，不信你可以試試。」

三日後的下午兩點，在自助餐店老闆邱建平的陪同下，向予澈將七百萬現金交給地下錢莊，收回尹父簽立的本票和借據後，兩人駕車趕往某處。

一路上，向予澈檢視尹父簽下的借據和利息本票，不敢置信地搖頭，語氣憤怒又沮喪：「沒想到借款的本金只有一百五十萬，三個月連本帶利飆到六百萬，一千四百萬不過是恐嚇的話術，折半後他們還多拿了一百萬。」

「地下錢莊就是吸血蟲！但是既然人落在他們手裡，我們也沒轍，現在只希望你學妹眞的平安無事。」邱建平同情地瞥了他一眼。

廂型車沿著狹窄的砂土路開上杳無人蹤的半山腰，停在一棟廢棄空屋前。破洞的石棉瓦屋頂披垂著爬藤植物，日曬雨淋過的牆壁滿布黑霉，兩人戒備地觀察四周，踹開木門後走進瀰漫臭土味的屋內。

終於，他們在房子最裡邊的角落，找到了尹瑄雨。她雙手雙腳被繩索綑綁，雙眼和嘴巴也被膠帶封住，躺在地上動也不動。

「學妹！」向予澈快步衝到她身邊，顫著手輕觸她的臉頰，感覺指尖下的肌膚還有溫度，馬上抱起她摟進懷裡，邱建平隨即解開她手上和腳上的繩索。

撕下膠帶的刺疼感讓尹瑄雨醒了過來，長長睫毛輕顫幾下，卻因爲畏光而睜不開眼，她扭頭縮進向予澈懷間，虛弱地喊著：「爸爸……」

「學妹，是我。」向予澈看到她手腳上被勒到淤血破皮的細痕，想到她被獨自丟在這裡，沒吃沒喝，那是何等恐懼之事，心口一陣不捨。

「爸爸呢？」她虛弱地追問。

「我帶妳回家。」

「學長，爸媽……不要我……嗎？」

向予澈默默背起渾身癱軟的她，無法告訴她實情，直到他交錢的那一刻，尹家父母還是不聞不問地躲著，她的手機裡連一封訊息都沒有。

「不要我了……嗎？」

「瑄雨，他們不要妳，我要！」他氣惱地低吼，眼眶逐漸紅了。

她沒再問話，晶盈的眼淚自緊閉的睫毛下滾落，一顆顆碎在他的肩頭。

將尹瑄雨暫時安置到邱建平家，向予澈跟西餐廳請了三天的假照顧她，然而她精神相當消沉，自小對父母的信任和依賴，全在這次的綁架中粉碎了。

捧著餐盤來到客房前，向予澈揚起笑容推開門，中氣十足地叫道：「瑄雨，來吃飯嘍！今天的中餐有剛起鍋的雞腿，外皮炸得金黃酥脆。」

尹瑄雨倚坐在床頭望著窗外，眼神空洞，喃喃問道：「學長……爲什麼不報警？爲什麼要籌錢救我？」

「我沒得選擇，他們威脅如果報警，就要傷害妳。」他臉色微黯，將餐盤擱到書桌上，「看到妳被丟在那種地方，我很慶幸沒報警，否則等警察抓到人，他們隨便再拖個兩三天，妳就會活活餓死在空屋裡了。」

「我爸媽都不要我了，我沒有存在的價值，倒不如死掉最好！」她整個人變得激動，雙手用力拉扯自己的頭髮，搥打自己的身體。

「瑄雨！妳在說什麼？」他爬上床攫住她的手，阻止她傷害自己。

「予澈，你先出去。」邱建平的聲音自門口傳來。

向予澈一臉無助，慢慢鬆開披頭散髮兀自落淚的尹瑄雨，下床走出房間。

邱建平闔上門走到床邊坐下，口氣平靜地問：「瑄雨，大叔問妳，妳有沒有問過予澈，他救妳的錢是怎麼來的？」

尹瑄雨愣了一下，抬頭望著邱建平。

邱建平嘆了口氣說道：「那筆錢是予澈母親去世時留下的保險金，交付信託約定滿二十歲才能動用，但這筆錢一直被他身爲法定監護人的阿姨占用。他阿姨並沒有負起教養的責任，放任他小小年紀流落在外，不聞不問。」

尹瑄雨聽了非常震驚，和向予澈認識快三年了，她對他的身家背景一無所知。

「我和予澈的媽媽是法國藍帶學校的同學，看著她辛苦養大孩子，最後用生命換來這些錢。這次予澈爲了救妳，帶著律師威脅阿姨要打侵占官司，提前拿回所有保險金，並貼上自己全部積蓄，還向我借了一些，才湊足七百萬。」

「學長……」她一臉愧疚地垂下頭，沒想到那七百萬如此得來不易。

「大叔再問妳，妳和予澈是什麼關係？妳當他出錢相救是應該的嗎？妳這樣要死不活的，難道妳不準備還錢嗎？他已經一無所有了，妳要像妳父母一樣，棄他不顧，不負責任地落跑嗎？」邱建平毫不留情地質問。

邱建平的話雖然殘忍，但句句在理，她聽完眼中的淚水直落，哽咽地許下承諾：「老闆，我一定會把錢還給學長。」

聞言，邱建平打開房門，把向予澈叫進來，並取出一本筆記本，翻開第一頁，寫下一張七百萬元的借據，債權人爲向予澈，借款人爲尹瑄雨。

「空口無憑，麻煩妳簽字捺個手印。」邱建平將筆記本推到尹瑄雨面前。

尹瑄雨顫著手接過筆記本和印泥，眼神恍惚地讀著紙面上的借據，接著提筆簽下名字，再捺下一個血紅色的指印，將自己捺進向予澈往後的人生裡。

「收好它。」邱建平收回筆記本，往向予澈胸膛上一拍，見他一臉心軟望著沮喪的尹瑄雨，擔心他感情用事，又馬上將他拖出客房再教育一番。

邱建平這麼做並不是在冷血地爲難這個身心受創的女孩，而是教育她必須學會負責，同時也給失去人生方向的她，一個更實際的目標。

待心情沉澱下來，尹瑄雨拿出紙筆開始計算，假設一個月還款兩萬元，七百萬不算利息，她必須還上三十年，那時候她都快五十歲了。

尹瑄雨，清醒吧！不要再作夢了。從現在開始，她已經沒有追夢的資格，她必須把所有的時間拿來換取金錢，然後還給向予澈。

她戀戀不捨地輕撫畫架、畫紙、調色盤，最後打開炭筆盒，從裡面取出一根炭筆，指間微微用力，清脆的斷筆聲響起。

這一刻，她以淚水封筆，從此和畫家的夢想一折兩斷。

✦

翌日，邱建平幫忙走訪了一趟尹家，得知尹家的房子早被銀行設定拍賣償還貸款，賣場的貨已全數被廠商搬空，店面也被房東收回。

尹瑄雨已無家可歸，心如死灰不哭不鬧，也不再冀望父母前來接她。

唯一讓她不捨的是，當初她將杜易杰送她的小主人卡片和莫內花園馬克杯留在家，如今家沒了，不知這些東西現在下落何處。

尹家父母仍舊不見蹤影，誰也不能保證未來會不會再有債主上門，向予澈和邱建平討論再三後，決定帶著尹瑄雨搬離國宅，只要她的手機號碼沒變，只要尹家父母還有愛女之心，他們就能聯繫上女兒。

收拾好行李，邱建平開車載著兩人前往新的租屋處。那是山下靠近郊區的一座幽靜社區，小公寓就位在一樓，只有兩房一廳一衛浴，以及向予澈相當中意的開放式小廚房。

三人合力將所有行李搬進屋內，邱建平勾住向予澈的肩，笑咪咪地叮嚀：「予澈，你可不要夜襲小學妹喔。」

「老闆！我也很危險好嗎？我被她的無影腳偷襲過，我才怕她夜襲我。」他也回勾老闆的肩，嘴上雖然這麼說，但他瞇著眼笑的表情，分明是巴不得被她夜襲。

邱建平安頓好兩人後就回去了，留下突然獨處的兩人，尷尬地站在客廳裡。

「瑄雨。」

尹瑄雨僵著身子看向他，見向予澈從紙箱裡拿出一個刺河豚標本，她馬上抱頭躲到沙發後面。

他捧腹大笑，坐在高疊的紙箱上，緩緩斂起笑容，「兩年前的過年，我一個人跑出去流浪，經過臺東時，把自己放逐到綠島上一個星期。」

尹瑄雨這才知道，原來那年的過年，他去了綠島。

「暗夜裡的綠島海岸，黑得伸手不見五指，靜得只能聽見浪潮聲。我一個人拿著手電筒，踩著凹凸不平的岩地走向大海，黑暗中的海，有種勾引人心的魔力，我竟然期待踩空的那一瞬間，自己能永遠沉進幽深的海底。」

她聽了心一驚——予澈學長，當時想自殺嗎？

「我走著走著，冰冷的海水淹上腳踝，」他悠遠的眼神凝視著空氣中的某點，回想當時，他確實被心裡的寂寞吞噬了，「就在那一刻，月亮從右邊的礁岩頂端緩緩升起……瑄雨，妳見過月光海嗎？」

「月光海？」她被他的話嚇住，愣了幾秒才回應。

「在深黑的海面上飄著一層金色月光，隨著波浪流動閃爍，燦爛得不像人間景色。然後……我哭了。」他不好意思地笑了，搔著後腦繼續說，「我哭得很大聲，如果四周有人，大概會以爲有水鬼爬上岸吧。」

「學長，你太亂來了。」她完全笑不出來。

「哼！」向予澈翻了個白眼，頓了一下，嘴角微微揚起，「瑄雨，沒有人知道未來會遭遇什麼，雖然現在前路晦暗不明，但是說不定在前面的某個地方，就藏著一片月光海。」

只是必須走過這條漆黑之路，才能望見……

尹瑄雨突然聽懂了向予澈話中的意思，淚水又無法控制地湧出，她伸出雙手揉著眼睛想要忍住，可是怎麼也止不了。

向予澈起身在她的身邊蹲下，伸手將她攬進懷中，柔聲安慰：「書還是要念的，妳先去考指考，我們暑假再一起去打工籌學費，生活省一點，玩樂少一點，沒有什麼難關度不過。」

「學長，以後請多指教。」她妥協地點頭，將臉埋進他溫暖的胸懷間。

第十五章　不離棄的依靠

將所有衣物課本放進衣櫃和書櫃，鋪好床後，尹瑄雨坐在床沿望著窗外發呆。

三年前，她獨自坐著火車來到這個城市，沒想到三年後，卻因爲家庭變故而把自己丟在這裡，再也回不了家。

失去了家，彷若無依的浮萍隨波漂流，她一顆心悽悽惶惶，看著窗外天色漸暗，黑夜一步步進逼，內心的焦慮和不安逐漸攀升，她開始害怕面對即將到來的漫漫長夜……

晚餐時分，向予澈敲門叫她吃飯。

尹瑄雨來到廚房窗邊的小吧台前，拉開餐椅坐下。桌面上擺著兩只黑色陶杯，右邊木雕小魚的筷枕上擱著竹筷，左側擺著木湯匙，所有餐具皆鏤刻著日式和風花草圖紋。

向予澈端著餐盤來到桌邊，擱下兩碗日式海鮮烏龍麵，取過冰水壺在陶杯內注進冰茶，每個動作都散發著優雅。

「請慢用。」他禮貌微笑，雙眼定定凝視她。

「謝謝學長。」她愣怔了一下，連忙點頭回應，被他子夜般深邃的眼神擾亂心跳。

向予澈走到對面位子坐下，撤下臉上笑容，哇哇怪叫：「前屋主實在太混了！

好好的廚房搞到亂七八糟，整片牆壁都是油垢，櫃子裡也一堆蟑螂屎，害我清了兩個多小時，噴掉一整罐的清潔劑……」

「學長，再罵下去會消化不良。」她被他前後落差極大的神態逗得一笑，心裡默默記上一筆：予澈學長，非常龜毛和囉唆。

向予澈乖乖地閉上嘴，拿起筷子和湯匙，以指腹輕輕摩娑感受餐具質感，語帶懷念：「好幾年沒用這套餐具了。」

「這是……學長媽媽的餐具？」她心裡閃過一個念頭。

「嗯……」他低頭呑著麵條含糊應聲。

看著餐碗的釉色在燈下閃著溫潤微光，這餐具一定藏著予澈學長和媽媽的回憶，一股愧疚感湧上，尹瑄雨心中不禁嘆息：阿姨，對不起！是我拖累了他……

吃完晚餐，尹瑄雨拿著換洗衣物走進浴室，看到置物架上一列排開的男用沐浴乳、洗髮精、刮鬍膏、刮鬍刀……突然覺得很不能適應。雖然在外住宿了將近三年，但是宿舍裡全是女生，而現在和她同居的，是個和她生活習性完全不同的大男生。

沐浴完，她拿著洗淨的衣服來到晾衣間，脫完水後晾上曬衣桿，轉身要走向廚房時，向予澈突然頂著一頭凌亂溼髮，赤裸著上半身走出浴室。

她一見到他沾著水珠被熱氣縈繞的胸膛，連忙別過身，羞窘地大叫：「學長，你……能不能把衣服穿上？」

「夏天剛洗完澡，光著上身很舒服。」他抓著毛巾擦拭溼髮，不覺得哪裡不對。

「你先把衣服穿起來啦！」

「妳不是已經看過好幾次了？我又沒有六塊肌，這樣還會讓妳想咬一口嗎？」他揶揄著，側臉看向她紅透的耳垂。

「遠看和近看不一樣！」她捂著耳朵急跺腳。

「好啦好啦，別氣了，我穿就是。」他一把撈起沙發上的T恤套上身。

眞受不了！她轉頭瞪他一眼，拿起杯子走到廚房飲水機前準備泡茶。

「瑄雨……」

「嗯？」她見向予澈從晾衣間半探出身來。

「怎麼沒看見妳的內衣褲？」他一臉正經。

「你、你管我！」她氣急敗壞地叫。

「晾在房間嗎？小心溼氣太重會對身體不好。」他語氣輕鬆地說，「不用害羞，那又沒什麼，以前我和我媽兩個人住，她去餐館工作，我每天都會幫她晾衣服。」

尹瑄雨心裡一嘆，想想也是，以後都要住在一起了，私密物品、洗完澡的模樣、剛睡醒的模樣，甚至上廁所後……一切無所遁形，遲早都要習慣。她回房拿出貼身衣褲晾在曬衣桿右端，覷了眼掛在左端的男性內褲，雙頰微微泛紅。

見她從晾衣間回到房間，向予澈故作沒事地晃到晾衣間，探頭看了一眼，偷偷竊笑，「啊……是粉紅色的。」

夜裡，尹瑄雨埋頭坐在書桌前讀書，陌生的房間、陌生的氣息，聽著窗外不時呼嘯過的車行聲，心裡懷念與月光星子爲伍的寧靜宿舍。突然，某個東西掉落在她的後頸上，沙沙蠕動。

她伸手向後一拍，扯住那個東西拿到眼前一看，掌心裡竟是一條拇指粗的黑蜈蚣！

她緩緩抬頭往上看，整個天花板爬滿一片黑壓壓的蜈蚣，正要放聲尖叫時，一陣黑雨嘩地當頭灑下——

尹瑄雨抱著頭從床上驚跳起來，整個人重重摔落在地，四周一片黑暗，彷彿聽到滿地蟲腳亂爬的聲音。她跌跌撞撞地跑出房間，衝到向予澈房裡，直接撲到他的床上。

「呃啊……」向予澈大聲慘叫，沒想到還眞的被她夜襲了。

尹瑄雨半趴在向予澈身上，不停顫抖啜泣，夢境太過眞實，她一時還無法從夢裡的恐懼中抽離。

「瑄雨，作噩夢嗎？」他起身打開房間電燈，鬧鐘時針指向數字二。

「很多蟲……掉下來……很可怕……」她聲音哽咽，身體微微發顫，雙手揪緊他的被單，無助地趴伏在床緣上。

「我在這裡，沒事。」他在她的身邊蹲下，將她摟進懷裡，撫著她的頭髮輕聲安慰。

向予澈明白是什麼原因引發她的噩夢，當時從那棟廢棄空屋救出她時，就發現她的手腳肌膚滿是山中蚊蟲叮咬的紅腫傷痕。

他不敢想像她是如何度過那三天。當一個人長時間被綁住雙手雙腳，矇起雙眼，還獨自待在廢棄空屋時，會因恐懼而引發各種可怖想像。那時，她得面對死亡的恐懼和絕望，任憑蟲蟻爬上身啃咬也無法抵抗。換成是任何一個人受到這種對待，都會被逼得崩潰發瘋。

狠狠哭過一場後，尹瑄雨渾身乏力地依偎在向予澈懷裡，他堅定有力的臂膀圈起一個絕對安全的領域。聽著他沉穩的心跳聲，她內心的恐懼逐漸被驅散，緊繃的情緒也逐漸放鬆。

「要不要喝點溫水？」他低頭看著她沾著淚珠的長睫，面容蒼白柔弱，使他的一顆心微微發疼，不知道如何才能撫平她遭受綁架後的心理創傷。

尹瑄雨輕輕搖頭。

「還害怕嗎？要不要我的床分一半給妳睡？」爲了緩和氣氛，他故意開玩笑地說。

「我好多了，對不起，吵醒你……」一臉疲累地道完歉後，她伸手推開他的懷抱，起身走出房間。

雖然早知道她會拒絕，向予澈還是難掩失落，默默爬上床要熄燈時，房門又被推開，尹瑄雨神情恍惚地抱著棉被快速衝進來，彷彿身後有鬼在追她。

「妳睡裡面。」他忍不住憋笑，見她小臉赧紅欲言又止，便大方地拍拍身邊空位。

她不客氣地爬上他的床，抓著被單將自己包成天婦羅一條，面朝牆壁縮進角落。

長夜漫漫，這簡直在考驗向予澈的自制力，某人僞裝成天婦羅更可口，讓人想一把撕開麵衣……

夜裡，向予澈還眞的夢見自己在料理天婦羅，除去蝦殼裹上麵衣，下鍋炸到金黃香酥，再沾著蘿蔔泥一口一口吃掉！

隔天清早醒來，不知怎麼著，他的手臂已經被她當成枕頭，她像隻幼貓安靜地蜷縮在他懷裡。

他輕輕抽回手臂，撐起身看著她沒有防備的睡臉，低聲道：「瑄雨，我可是要收陪睡費喔。」

語畢，他輕輕在她額心印了個早安吻，見她睡得極熟沒有反應，膽子又更大了，眼神細細凝視過她的眉眼，順著小巧鼻樑而下……很輕很輕的一個吻，偷偷落在她的唇上。

七月暑假開始，向予澈估算了兩人未來的註冊費、租屋費、生活費和其他雜項支出後，決定多兼一份工作。

每天西餐廳早班下班後，他會再到另一間快炒店打工，下班回到家往往已經過了十二點。

指考後，尹瑄雨也到食品公司門市部當計時收銀員，和正職員工輪替早晚班。這是她第一次打工，忙碌的生活讓她暫時忘掉等待放榜的焦躁。

每天傍晚五點，店裡會釋出一批NG商品進行特賣，大多是賣相不佳或包裝錯誤的商品。在經濟不景氣的情況下，許多婆婆媽媽都會前來搶便宜。特賣場面總是有點混亂，以致於忙中有錯，晚上結帳時，尹瑄雨負責的那臺收銀機竟少了一千多元。

公司制度沒有通融餘地，少錢只能認賠。

晚上搭車回家時，她想到今天勞動了一天，不但做了白工，還倒貼錢，想著想著，不禁掉下眼淚。

時間緩緩來到十二點半，向予澈拖著一身疲累回到家，見她眼眶泛紅地坐在客廳發呆，隨即坐到她身邊，關心問道：「怎麼了？」

被他一問，尹瑄雨的眼淚又不爭氣地滾落，說起結帳賠錢的事：「一千元很多！可以吃四十個二十五元的麵包。」

「妳心算眞強，比我還精。」他一臉同情地望著她。

「那個客人好過分！一定知道我找錯錢，竟然不還我！」

「換做是我，我也不會還妳。」他憋著笑，別開臉嘟噥了句。

「你說什麼？」她氣鼓著臉瞪他。

「我說那個客人好過分！」他學她口氣說話，一臉憤慨地握拳，「怎麼可以欺負我的小學妹！如果讓我知道是誰，絕對揍到他滿地找牙！」

「學長，我覺得自己……不適合這個工作。」她垂下臉囁嚅地說，擔心將來又犯同樣的錯。

向予澈嘴角的笑容消失了，深深望著她沮喪的臉，半晌後才沉聲說道：「瑄雨，我國中畢業後打過很多工，加油站、洗車廠、超商、餐館……也待過一般工讀生不會想去的驗布廠。」

見向予澈的神色和語調變得異常正經，尹瑄雨心中一凜，不敢插話。

「驗布廠是鐵皮屋搭建的，機器整天在裡面運轉，熱得跟蒸籠沒兩樣。我每天都要來來回回扛布，不到半小時，全身的衣服連內褲都會被因汗水而溼透。」

尹瑄雨聽完覺得非常慚愧，門市部的工作環境比驗布廠好上百倍，每天下班回家身上還是乾乾淨淨的，不像他總是帶著一身油氣和汗水回家。

見她小臉越垂越低，向予澈知道自己的口氣有些重了，連忙伸手挑起她的下巴，溫聲笑道：「瑄雨，對我來說，工作的目的是賺錢，有錢才能完成夢想，買想要的東西，所以做什麼都沒有關係。」

「學長教訓得是，我不該因為一點小挫折就退縮。」她點了點頭。

「在西餐廳裡，如果我服務得好一點，有些客人會給小費，我每次看到小費欄裡的數字，就算只有五十元，心裡都覺得好爽！」他瞇著眼睛得意地笑，「妳知道嗎？全店的服務生裡，我收到的小費最多！」

門市的收銀工作讓尹瑄雨體悟到，客人的脾氣千百種，要服務好客人，不是件容易的事。她沒想到這個過去見人不爽就揍的不良學長，竟然可以對著客人折腰低頭，成為西餐廳裡的紅牌服務生，心中不由得對他產生一股欽佩。

「學長真是錢鬼啊！」她低喃了聲。

「怎樣？我就是錢鬼，想咬我嗎？」

「學長，我不會半途逃跑，以後結帳會更加小心。」她看著他疲態盡顯的臉，兼兩份差消耗了他極大的體力，讓她既是歉疚又是心疼。

向予澈聽了釋然一笑，眼底柔情頓生，輕輕捏了捏她的臉頰。

「學長的夢想是什麼？」

他愣了一下，見她難得主動關心起自己，心情有些複雜，微微提振精神說：「我想去法國藍帶學校學藝，去我爸媽相遇的地方，看看我爸的家鄉。」

「除了建平叔，原來學長的爸爸也是法國藍帶的……欸？家鄉？」她睜圓眼瞪著他輪廓深邃的俊臉，再看向他始終染成金色的頭髮。

「頭髮小時候是更淺的棕色，還Q毛，眼睛是琥珀色，但長大後統統都變深了。」他似笑非笑地看她一眼，起身伸了個懶腰，「好累，我去洗澡，妳早點睡。」

望著向予澈拖著步伐走進浴室，尹瑄雨心裡又湧起一股愧疚感，那七百萬原本可以供他去法國留學，現在卻因爲自己，害他必須從頭努力。

兩人開始同居後，向予澈找了個空糖罐，往裡頭放了一千元，並擺在廚房，讓她有需要的時候可以應應急。

尹瑄雨盡量不去動用那張紙鈔，但是偶爾會打開糖罐看著裡面的錢。她在意的不是錢，而是藏在糖罐中帶著甜度的關懷。漸漸地，她的眼睛開始追逐起向予澈的背影，每晚都要聽到他平安回家的腳步聲才能入睡。

指考成績出來後，尹瑄雨排了一天假，在家填寫志願。突然，她收到向予澈的訊息，說是房東下午要來收房租，要她先到西餐廳一趟，幫他領薪水。

尹瑄雨走進豪華氣派的西餐廳，領檯大姐遞了一個信封給她，精明犀利的眼神在她臉上轉了幾下，說道：「予澈被老闆派去出公差，叫我把錢轉交給妳，妳點一下。」

接過信封，尹瑄雨打開封口點數裡面的金額。

「妳是他的同居女友嗎？」

尹瑄雨愣怔了一下，抬頭望向領檯大姐。

「他這個月已經跟老闆預支兩次薪水了，妳要節制點，不要因爲予澈喜歡妳，就對他予取予求。」

心中一陣刺痛，她忍著眼淚狼狽地逃出西餐廳。她算了算要支出的費用，發現繳完房租和水電費後，手上這筆錢差不多就沒了。錢沒了固然不捨，但最令她心疼的是，學長爲了她，向老闆低頭借錢。

終於盼到八月五日——第一次領薪日，當尹瑄雨拆開薪水袋，看到薪資單上面的數字東扣西扣後，只剩兩萬元不到時，整個人倍受打擊。

就算她考取公立大學，就算打工做足暑假兩個月，她也必須不吃不喝才能繳清學費。

這天，向予澈難得晚上休息沒打工，親手做了幾道小菜等她吃飯，沒想到一見她進門，又是失魂落魄的狀態。

「又賠錢了嗎？」他不禁失笑，「還是被哪個客人欺負了？」

「學長，我根本繳不起自己的學費……」聽見他關懷的話語，她很不爭氣地又紅了眼眶，「連房租、飯錢、車錢都是用你的，我決定不讀書了。」

向予澈面上笑容隱去，雙唇不悅地抿緊，一聲不響地走進廚房，拿起抹布擦拭流理臺。

尹瑄雨快步追到他的身畔，「學長，你還是把工作賺的錢全部存下來吧，不要浪費在我身上。我剛才在公車上算過，我打工的薪水勉強繳完學費後，生活費就沒有著落了，我現在根本養不起自己。」

向予澈沒有回應，擦拭完流理臺，再拎著抹布走到水槽前清洗。

「學長，你有在聽嗎？」見他不搭話，她不知如何是好，又跟過去擠到他的身側，「我決定不讀書了，反正門市的工作只要高中學歷，這樣就能還你錢，讓你早點去法國留學。」

他翻了個白眼，用力擰乾抹布，披在窗臺下的吊桿上。

「我在和你說話，你不要不理我。」她又想黏過去。

「瑄雨大小姐，妳哭完沒？」他雙手扠腰轉身瞪她。

「嗄？」

「哭完就開飯，我快餓死了。」他不耐煩地繞過她。

尹瑄雨氣急敗壞地追過去，向予澈倏地轉身張開雙臂迎上，她反應不及刹不住腳步，直直撲進他的臂彎裡，他的右臂強勢地環上她纖瘦的腰，將她緊緊鎖在懷間。

「瑄雨，聽清楚！」他低頭在她耳邊說道，「我白天的薪水加晚上的打工，兩個月有九萬多元，我的學費大約三萬，妳不夠的部分我會貼補。」

「不要再貼補了！這樣我會欠你更多，我現在已經害你每天都得工作到那麼晚，還害你向老闆低頭借錢。」想到領檯大姐的話，她心裡一陣難受。

向予澈眼神轉爲銳利，低聲質問：「剛搬出來住本來就比較辛苦，借錢又怎樣？妳覺得很丟臉嗎？妳會看不起我嗎？」

「不會不會不會！」她噙著淚水衝動地摟住他的腰，心痛得不能自抑，「一點都不丟臉，我才不會看不起你，永遠都不會！學長最好、最好了。」

「那就不要哭，對我笑一下，只要妳笑了，我就會覺得可以克服很多事。」他眼神漸柔，吁了口氣。只要她不看輕他，旁人怎麼想他都無所謂。

「我笑不出……」話還沒說完，她的臉便被他溫暖的掌心輕輕捧住。

向予澈輪廓深邃的臉突然低下，額頭抵著她的額頭。她望進他的眼，原來他的瞳孔是暖棕色的。

他撇了下嘴角，「如果學妹還是無法釋懷，一直覺得對我很抱歉，那學長就收點利息，抵銷一下妳的愧疚感。」

她還沒理解他話中含意，微涼的唇已經輕點上她的。她腦中一片空白，傻了幾秒後想掙扎逃離，手腕馬上被他緊箍住，唇上的吻還在繼續。

時間彷彿靜止了，兩唇密密相貼，他溫熱的氣息在她唇間繚繞，柔若輕風的吮吻，沒有更深入的強迫，她怦然而動的心逐漸迷失方向。

同居一個多月來，向予澈常在她因噩夢而夜襲他，同床而眠的早上，趁她熟睡時偷吻她一口，難得這次她意識清醒，他幾次把持不住想要更深入地唇舌進占，但最後還是擔心嚇壞她，逼自己忍住，直到她被吻到彷彿快要不能呼吸，他才鬆開她，緩緩退離一步。

尹瑄雨背靠牆面穩住虛軟的雙腿，理智逐漸拾回，怒氣跟著上湧，一個拳頭朝他胸膛捶落，強烈抗議：「這、這是我的初吻……」

「誰叫妳要哭得亂七八糟？」他低罵了聲，抗議駁回。

「那你也不能……」

「妳再吵我就再吻！」

向予澈突然朝她進逼一步，視線鎖定在她被吻成玫瑰色的唇。尹瑄雨連忙伸手緊緊摀住自己的唇，不讓他有機可乘。

她的初吻，就這麼被向予澈奪走了，逼得她不得不正視兩人此刻的關係。

他們不要妳，我要！

在父母狠心拋下她時，他重新給了她一個家，總是在她需要幫忙時伸出援手。

他喜歡她的心意始終未曾改變，可是對她來說，現在最重要的是先還清那些債務，還清後……她才有餘力再談感情。

八月即將結束，擱在牆角的畫架也逐漸蒙上一層灰。

尹瑄雨每天晚上都會計算當日開銷，看著帳面數字，心情難免沮喪，但是既然向予澈已經在前面開路，她咬緊牙關也要跟著走下去，不知不覺，兩人已經走過晨光將至前的那段混沌未明期。

九月初，在向予澈的補貼下，尹瑄雨湊足了學費，狠下心完成註冊，正式進入鄰市一所私立大學的應用英語系就讀。

爲了支付往後的學費和生活費，她每天放學便去打工，生活沒有玩樂，學校人際關係也相當疏離。而向予澈開學後也辭去夜間打工，回到學校念書。

兩人同居在一個屋簷下，像是家人，也漸漸帶點情人間的曖昧。

十二月寒流來襲的夜晚，兩人圍著餐桌吃飯，電視上突然播出一則社會新聞。

某市出租套房發生一起燒炭自殺案件，一對中年夫婦陳屍床上……

尹瑄雨的臉一下子刷白，手中的碗也翻落到餐桌上。半年過去了，她的父母還是沒有任何音訊，她無法控制自己不往壞處想，每當新聞報導哪裡發現無名屍或自殺案件時，總會一陣心悸，甚至想直接衝去現場確認。

「別緊張，不是他們。」向予澈擱下碗筷來到她身邊，摟著她的肩安慰。

「眞的很擔心爸媽，我該不該去警局通報失蹤？」她驚懼不安。

「債權問題短時間很難解決，再等一陣子看看吧。」

吃完飯，尹瑄雨站在水槽邊清洗碗盤，他愛下廚，她就安分當個洗碗工。

「今天是什麼湯？看起來像瓠瓜排骨湯，可是吃起來味道不像。」她將洗淨的餐盤放進烘碗機。

「那是青木瓜燉排骨，妳沒吃過嗎？」他站在旁邊悠哉地削蘋果。

她惡狠很地瞪著他的臉。

他視線一垂，瞄向她前胸。

「大色狼！」她尖聲大叫，交疊雙臂遮護前胸。

「如果我是色狼，妳早在作噩夢爬上我的床的時候，就被我啃掉了！」他吼得比她還大聲。

「你煮這湯，是什麼居心？」

他理直氣壯地說：「電視上說二十五歲前喝都來得及，妳媽媽不在，學長我就代替她幫妳食補，補一補看看會不會比較好賣，萬一不幸滯銷了，我逼不得已要接收妳，才不會覺得吃虧。」

「什麼滯銷？什麼吃虧？我賣不掉……不對！我嫁不出去，也不會嫁給你！」

「喂！氣質氣質。」他哈哈大笑向後閃開，一溜煙逃進客廳裡。

「跟你住在一起那麼久，早就沒氣質了！」她馬上追出去，兩人繞著茶几追逐打轉。

她氣得抓起湯杓朝他敲去。

「喂！妳拿湯杓把我打笨了，要對我後半生負責喔！」

「誰要理你！你就是欠打！」

兩個人的同居生活一點都不平靜，三不五時便吵吵鬧鬧。溫柔體貼的予澈學長，雖然有時白目到討人厭，但尹瑄雨一直很想爲他多做點什麼，打掃也好，洗衣也好，跑腿買醬油也好。她想回報他爲她所做的一切，但是不管怎麼做，她還是覺得自己的付出無法和他對等。

隔年，向予澈幾番考慮後，決定夜二專畢業後不考夜二技，直接先去當兵。等待入伍前的空檔，他又多接了一份夜間打工，而尹瑄雨爲了讓他安心，開始學著打點三餐和生活，不再事事詢問他的意見。

九月初入伍當天，向予澈走出家門前，將存摺和印章悄悄擺在尹瑄雨房間的書桌上，深怕自己當兵不在的這一年，她會需要用錢。

尹瑄雨晚上下班回到家，發現書桌上的存摺時，眼淚一下子潰堤，又變回那個想要事事依賴學長的小學妹。

夜裡聽不見他回家的腳步聲，她終於體悟到，這個自高中畢業便陪在身邊，包容她的嬌氣，陪她一起哭笑的人，眞的不在這間屋子裡了。

她衝到他的床上抱著棉被大哭，聞著他的氣息，好想好想見他，好想聽聽他的聲音。

失眠整整一夜，她的腦海裡全是向予澈的臉，溫柔的、體貼的、無賴的、耍白目的……每個表情都那麼生動，她這才震驚地發現，原來自己比想像中更喜歡他，很愛很愛的那種喜歡。

第十六章　不愛、不害

翌日，尹瑄雨整天都無法專心上課，不時拿出手機檢查，就怕漏接向予澈的來電，可惜手機一次也未曾響起。

終於，她在隔天晚上七點等到他的電話。

「那天到臺南空軍新訓中心報到，一進去手機就被沒收了，第一天很忙很趕，填了一堆資料，買了很多東西後，就被帶去理了個大光頭，理髮阿姨說我的頭型很好看，帥呀！」

尹瑄雨蹲在門市部的收銀臺後，手機緊緊貼住耳朵，聽著向予澈的聲音。以前她總嫌他跟痲雀一樣吵，現在卻巴不得他再呱噪點。

「班長有夠吵的，一直發號施令，害我腦袋很混亂，忙到忘了打電話給妳。這邊晚上九點半關燈就寢，那麼早根本睡不著，我睜大眼瞪著天花板，聽到幾個弟兄在哭。瑄雨……」

「嗯？」她的淚水又出來搗亂了。

「妳，昨晚有沒有哭？有沒有想我？」他的聲音透著期待。

「才沒有哭，有想一點點。」其實哭得跟瘋女一樣，而且是很大點的想念。

「我……整晚都在想妳，幾乎睡不著。」他雖然還是笑著，話音卻微微哽咽。

一顆心怦然跳動，她結結巴巴：「學長，其實我……我也很……」

「瑄雨，上班中電話別講太久！」女同事突然伸手拍向她的肩。

尹瑄雨嚇了一跳，向予澈也聽見了，連忙催促：「妳快回去工作，明天晚上我再打電話給妳。」

掛上電話後，她整顆心不再忐忑不安，開始期待明天。卻沒想到，她迎來的是一段漫長等待，連續五天，向予澈都沒有打電話給她。

她每天都在等待他的來電，時間的流速變得緩慢，左胸裡日漸清晰的疼痛，每分每秒都在逼出她想念的淚水，逼她承認自己對他的在乎。

一個星期後的晚上七點多，尹瑄雨終於等到向予澈的第二通電話。當時，她正在收銀臺工作，公司禁止員工邊結帳邊講電話，眼角瞥見主管在瞪她，兩人講不到十句話便匆匆結束，她心酸到想放聲大哭。

十點多下班回到家，沒有向予澈的家顯得冷清寂寞。尹瑄雨走向浴室準備洗澡，門鈴卻突然響了起來，她愣了一下，這麼晚了，會是誰來造訪？

打開內玄關門，自鐵門空隙望出去，一名中年男子垂著頭畏畏縮縮地站在門前，聽見門被打開的聲響後，微微抬起臉，屋內燈光照亮他的臉龐。

「爸！」她不敢置信地喚道。

尹瑄雨倒了杯茶給坐在客廳的父親，隨後在一旁的沙發上坐下，仔細打量他明顯曬黑的臉。他嘴邊青髭未刮，眼角多了許多皺紋，一頭灰髮凌亂。明明才一年不見，父親的外貌卻滄桑得像老了十歲。

兩人無語相對，她心裡明明有很多疑惑，也擔心父母的安危，但見到面後卻只剩父母拋下她離去的埋怨。

尹父雙手輕輕旋動茶杯，眼睛盯著杯內晃動的水紋，嘆著氣解釋：「三個月前，我去宿舍找舍監，舍監給我這個地址……我偷偷來過幾次，不過都是遠遠站在路口看妳一眼就走。」

尹瑄雨不知道該表示什麼，心情相當雜亂，她好希望向予澈這時候能在身邊，告訴她現在該怎麼處理。

「瑄雨，妳是不是很恨爸爸？」見女兒始終不發一語，尹父臉上的愧疚更深，將茶杯擱到桌上，突然朝她跪下。

「爸！」她急忙伸手扶住父親。

「爸爸對不起妳！對不起妳媽媽！害妳們受那麼多苦，眞的對不起！」尹父語帶哽咽，情緒激動地連聲道歉。

「爸，事情都發生了，別這樣！」她眼淚撲簌滾落，連忙扶起父親，讓他坐回沙發上，兩人淚眼相對，「你和媽媽現在住在哪裡？」

「我們住在朋友南投山上的果園裡，那時候實在籌不出錢，地下錢莊潑油漆放風聲說要斷手斷腳，逼不得已才……」尹父頓了一下，又重重嘆氣，「本來找到住處後要去接妳，沒想到妳媽媽突然割腕自殺……」

「媽媽！」尹瑄雨整個人自沙發上驚跳起來。

「瑄雨，沒事沒事。」尹父見狀趕緊起身安撫女兒坐下，「媽媽已經沒事了，幸好爸爸及時發現，送醫後救回一命。」

「媽媽爲什麼會那樣？」

「那陣子妳媽的躁鬱症發作，情緒變得非常不穩，一直有自殺的念頭，爸爸必須每天就近照顧。幸好經過一年的藥物控制和休養，妳媽現在好很多了，只是身子差了些，經常頭痛腰痠。」

「爸，給我地址，我找一天休假去看媽媽。」她拿起電話旁的便條紙和筆，非常擔心母親。

「那裡遠在山上又路途遙遠，只能開車上去，不然下次我載水果上來時，再帶妳媽過來看妳。」尹父似乎無法告知地址。

「載水果？」

「我和妳媽這一年來都在朋友的果園幫忙，修枝、施肥，採收完出貨給盤商，生活還可以，只是苦了妳，沒能給妳生活費，也沒能給妳一個家。」尹父語帶哽咽地握住女兒的手。

「爸，不用擔心，我會照顧自己。」父親自責的神情讓她心軟。

「瑄雨，雖然爸媽現在賺的錢不多，但是我們踏實地在工作，會一點一點還清欠親戚的債，還完了以後，一定接妳回來團聚。」女兒的體貼讓尹父重拾自信。

「我們家還欠親戚多少？」當初父母走得匆促，直到現在，她還是不清楚父母到底欠了多少錢。

「四個月前，在朋友的幫忙下，和全部債權人開了協調會議，現在大概還剩下九百多萬。」

尹瑄雨聽到這個數字時，全身打了一個冷顫。父母都四十多歲了，難道往後人生就只剩下工作還債嗎？再者，除了親戚的債款，還有向予澈的七百萬……

「爸，予澈學長當初爲了救我，給了地下錢莊七百多萬……」這些日子以來，向予澈待她情深義重，她不能當作沒這件事。

尹父聽了臉色微變，眼底盡是複雜的難堪，口氣不滿地說：「我們只欠錢莊一百五十萬，他要搞成七百萬，我哪有辦法還？」

聽見父親的回答，尹瑄雨感到很傻眼，他是在指責向予澈多管閒事，把事情越弄越糟？明明只要跟錢莊借錢，就不再是一百五十萬的事。

「那時候，你和媽根本不管我的死活。」一股怨氣湧上尹瑄雨的心頭，她被綁走時，那些人除了說要讓她接客，還說賣腎賣肝也行。

「爸爸沒有不管妳！妳被綁走我也很著急。」尹父拉不下臉，大聲打斷她的話，「我在第三天晚上打電話給錢莊老闆，要求用我的命換妳的命，妳是我的女兒，如果出事了，我和媽媽也不會獨活在世上！」

尹父打給錢莊老闆時，才得知女兒已被救走，並被錢莊老闆譏笑和辱罵——做老爸的躲到現在才出面，你女兒下午已經被一個少年救走啦，你比他還不如，有夠沒種。

這些話，使他對那位少年沒什麼好感，而他當然也不會讓女兒知道。

「第三天晚上才聯絡……」尹瑄雨只覺得心寒，又聽到父親說他們不會獨活世上，所以，如果向予澈沒有伸手相救，那麼他們一家三口都會死。學長的那七百萬，救的是尹家三條命，父親怎麼可以想要賴掉那筆帳？

尹瑄雨望著父親的眼神漸漸冷了，她打工將近一年，對人情冷暖的體悟也深了，原來父親竟是那麼自私、現實又忘恩負義。

送走父親後，她獨自坐在客廳發呆，有誰會想要娶一個身負七百萬債款，家裡還負債近千萬的女孩？

原來放棄畫筆還不夠，她連愛情都必須捨棄。這樣糟的自己，只會爲對方帶來沉重的經濟負擔，她連愛人的資格都沒有。

愛人，等於害人，不如不愛，不害。

與父親相見後，尹瑄雨鬱悶了好幾天。

這天晚上下班，她拖著疲累的腳步走進社區，遠遠地透過家裡的窗戶，看見裡頭亮著燈。她情緒激動地衝到家門前，打開大門進到客廳，「學長！你回來了嗎？」

沒想到，整間屋子靜悄悄，廚房是空的，浴室裡沒人，向予澈的房間門縫下漆黑一片，燈是關著的。

「出去了嗎？」她的心情頓時低落。

一雙手悄悄從她身後探出，用力環抱住她。

她嚇了一跳，一轉過頭，右頰主動貼上向予澈炙熱的唇。

「瑄雨，好久不見，別來可好。」

貼於後背的體溫如此眞實，她在心中大聲回答：不好，沒有學長的日子，一點都不好。

「等了好久，終於可以回家看妳，我眞的……眞的每天都好想妳……」他收攏雙臂抱緊她，細吻在她的面頰和髮鬢間流連。

她也一樣，天天都很想他。

向予澈鬆手將尹瑄雨轉過來，她低下臉不敢與他對視，眼底浮起一層水氣。

他一手穿進她左頰的髮隙間，溫柔撫上她頸側肌膚，輕輕摩娑。

尹瑄雨緊張地閉起眼睛，感覺下巴被他另一隻手輕輕托起，溫熱的氣息拂上她的唇……突然，她腦中閃過父親的臉孔，下一刻已伸手用力推開他。

向予澈一臉錯愕地倒退兩步，久別重逢的熱情頓時熄去。

她不知如何是好，只是別開臉微微喘息。

「對不起，我實在太想妳了，才會無法控制自己。」他自嘲，然後走回房間。

尹瑄雨回到自己的房間，倒在床上，眼淚無聲淌落。她明明很想擁抱他，明明很想回應他，明明只要她願意就能相愛，但是她不能也不敢，她已經欠了向予澈那麼多。

她全世界誰都能欠，唯獨不能再欠他。

翌日一早，門板上傳來奪命連環敲，伴隨著向予澈怒氣沖沖的聲音。

「尹瑄雨，起床！開門！」

尹瑄雨被他的大嗓門嚇醒，趕緊掀被下床，赤腳來到門口。一打開房門，向予澈一把抓住她的手腕，將她拖出房間拉到廚房裡，指著流理臺和水槽。

「我不在家的時候，妳到底在搞什麼？」他冷冷質問。

流理臺上，用過的鹽罐和鍋鏟沒有歸位，水槽裡，還放著昨天早餐的餐盤沒洗。

「我馬上洗。」她每天上課和打工，回到家都已經很晚也很累了。

「妳每天都吃這些？」他打開櫥櫃門，裡面全是泡麵、罐頭和餅乾。

「方便嘛，一個人不想下廚。」她越說越心慌。

才兩個星期不見，向予澈的膚色已曬成淡淡古銅色，頭髮理得只剩薄薄一層，少了瀏海的遮掩，濃眉下的眼神犀利似刀。

「妳打開看看。」他伸指敲敲另一格櫥櫃。

尹瑄雨愣了一下，心想裡面放了半條吐司和花生醬，應該很安全吧。她伸手拉開櫃門，裡頭的三隻咖啡色小強見光一陣亂竄，其中一隻嘩地張開雙翅朝她飛來。

「啊——」她抱頭驚叫一聲，轉身直直撞進向予澈的懷抱裡。她一手環住他的腰，一手指向身後，「學、學長，打打打、打牠！」

「蟑螂學妹，妳的蟑螂兄弟被妳養到肥滋滋的，打牠就等於打妳，我怎麼捨得？」他語帶諷刺。

「我和牠們不一樣！」她收回另一手，兩手一起抱緊他。

「吐司吃不完要放到冰箱，妳沒拉肚子就證明妳跟蟑螂同類。妳看！牠們還呼朋引伴，全部爬到這裡來要和妳認親。」他話越講越毒辣。

「學長，求你快打牠！」她又慘叫一聲，雙手環上他的頸肩，赤腳跳啊跳地想爬上他的身。

「這是妳養出來的，自己打，限妳十分鐘把櫃子清理乾淨，別讓我看到一顆蟑螂屎！」當兵兩個星期，向予澈已被訓練得很好，口令徹底軍事化。

她死命搖頭，渾身嚇得微微顫抖。

向予澈知道她對蟲子有心理陰影，但是他不能讓她這樣下去，「尹瑄雨，妳根本不可能成爲畫家。」

尹瑄雨緩緩抬頭望向他氣苦的臉，不懂他爲什麼要提起畫家的夢想。

「泡麵、罐頭、過期吐司，我看妳還沒熬到成爲畫家，就先餓死了。」他抄起垃圾筒走到櫥櫃前，將櫃裡的東西統統丟進去。

水霧濛上她的雙眸，原來他故意找碴，是因爲她沒有好好照顧自己。

三天懇親假結束後，向予澈獨自搭車返回新訓中心。

新訓結訓後下部隊，他被分發到屏東營區，一等兵月薪只有幾千元，他回家一趟，來回車資要一千多元，爲節省開銷，他每個月只回來一兩次，不回家時就在當地網咖過夜。

有時向予澈放假回家，尹瑄雨卻忙於上課打工，兩人見面次數變少，隔閡也越來越深，漸漸地，他們就算碰面也無法像以前一樣自在相處

在那段期間，尹父也載著尹母北上和女兒相見。尹瑄雨才知道爸媽在果園工作的收入，每到月底幾乎都還給債權人，能留下來的錢不多。

看到媽媽手腕上錯縱的紅痕，昔日白皙美麗的面容變得瘦削黝黑，失去光彩，尹瑄雨心裡既不捨又無奈，於是塞了幾千元給父母貼補伙食。尹母強烈拒絕，但尹父認爲這是女兒的孝心，沒有推卻便收下了。

晚上記帳時，尹瑄雨突然有點後悔，打工的薪水除了應付平時的生活支出，還得存下一些，爲下學期的學費作準備，她這樣拿錢給父母似乎過於逞強。

然而，有些事一旦起了開端，就會變成習慣。之後，尹父每個月都會帶尹母北上看她，看到兩人氣色好多了，她也只好繼續塞錢給父母，存款簿的餘額始終無法增長。

她沒有告訴向予澈父母找上門的事。到了寒假，她再次陷進湊不足學費的窘境，情急之下動用了他的存摺。

向予澈發現存摺上記錄著大筆支出，覺得有異，便開口詢問尹瑄雨。

「拿去繳學費？妳的記帳本拿來給我看。」聽她解釋完那筆錢的用途後，他臉色一沉，馬上伸手跟她討記帳本。房租和水電雜項都是他在支付，依她過去的薪水和當省則省的消費習性，不太可能打工半年卻付不出學費。

「我沒在記帳了。」她不安地垂著臉。

「妳是不是交男友了？去約會吃飯，把薪水用掉了？」見她一臉心虛，他便知道她在說謊，眼神透著猜疑。

「我沒有男朋友。」她搖頭澄清。

「妳不用怕，我不會傷害妳或那個人。」

「真的沒有。」

「是嗎？我每次回家，都看妳忙到不見人影。」他自嘲地笑著，深深吸氣緩解心口的疼痛，「我只是要一句實話而已。不要讓我在軍營裡，一直想著妳現在在做什麼？在家嗎？上課嗎？打工嗎？是不是有人向妳告白？是不是愛上了誰？是不是和誰在一起了？有時候……想到我真的很想逃兵。」

他一字一句刀削般劃痛她的心，臉一垂，眼角又悄悄泛紅。

「拜託！我心情很差，不要再對著我哭。」他一臉煩躁地走回房間，用力踹上門。

再一次和他不歡而散。父母、課業、工作，現在連向予澈都變成她的壓力，她覺得自己好像小魚缸裡的金魚，困在一個四面沒有出口的地方，不停旋游打轉。

這樣的情況持續了一段時間，她的功課退步，身體也出現狀況，月事斷斷續續來了一個月，看醫生吃藥才停止出血。不久後，小腹卻又出現悶燒的灼熱感，不是很痛，但是每次發作都會伴隨著頭暈、熱汗和噁心感……

✦

八月初，向予澈終於結束十一個月的數饅頭生活。

退伍第二天，他去拜訪邱建平，升上小學三年級的小豪在餐館門口玩球，乍見到他的來訪，興奮地衝上前抱住他的腰。

「予澈哥哥頭上沒毛！」小豪仰望他的臉哈哈大笑。

「切！我當過兵是男人了，你小鬼頭才沒毛咧。」他伸指掐著小豪的臉頰。

小豪拖著他進門，向予澈挑了個位子坐下，林詠馨倒了杯麥茶給他，親切地微笑說：「時間過得眞快，還記得你帶瑄雨離開時，才專一而已，現在都當完兵回來了。」

「退伍後有什麼打算？」邱建平在他對面坐下。

向予澈啜了口麥茶，歛起笑容緩緩說道：「我在站哨時，常常想起媽媽，也想到媽媽生病時草草結束的咖啡館，心裡覺得遺憾，我……想把媽媽的店開回來。」

邱建平和妻子對視一眼，面帶懷念地說：「向姐生病時本來要我接下那家店，可是大叔只適合待在廚房，做不來人前迎合那一套，最後才會拒絕，這些年也覺得很遺憾。」

「對我來說，向姐的店意義不同，因爲到店裡當幫廚，我才會認識建平，才有可愛的小豪。」林詠馨溫柔地撫著小豪的頭。

「你已經有計畫了嗎？」邱建平認眞的眼神中帶著提攜的打算。

向予澈點點頭，「店地的所有權狀一直在我手上，不過目前沒有資金，也還要學習經營的方式，而瑄雨也還在讀書，就先預定兩年時間存錢和籌備。」

邱建平和林詠馨交換一記眼神，表示都贊同這個做法。

「等規畫好，你提個計畫書給我，如果我認爲可行，資金和技術部分我都可以先幫你，等你賺了錢，再把股份吃回去。」邱建平說。

向予澈聽了心裡一陣感動，眼角微微發酸。

三人又閒聊一陣，邱建平忽地想到什麼，突然問道：「我聽舍監說，瑄雨的父母來要過地址。」

向予澈愣住不動，拿著茶杯的手停在半空。

見向予澈一副不知情的模樣，邱建平又道：「難道他們只是問問，沒去找女兒？」

茶杯重重落在桌上，濺出了一些茶水，向予澈先前想不透的疑問全部得到解答。他咬牙切齒地罵道：「他們絕對有來找過她。她竟然敢瞞著我，她死定了！看我回去不宰了她！」

傍晚下班後，尹瑄雨拖著沉重的腳步回家。

這半年來，她下意識地躲著向予澈，現在他退伍了，她實在很不想回家面對他，偏偏她又無處可去。

才進到客廳裡，向予澈就橫身攔住她，語帶挖苦：「看妳忙得這麼累，事業好像做很大，那學業呢？被當了幾科？」

她沒力氣回話，心想被當了兩科，一科還是必修。

「妳爸媽一個月跟妳拿多少錢？」

她心頭一顫，睜大眼看著他，同時感覺小腹一陣灼燒，手腳也開始發冷無力。

「瑄雨，我不是要罵妳，只是想要一句實話而已。」向予澈溫柔卻堅定地看向她，「兩千？三千？還是五千？」

尹瑄雨頭一暈，眼前的畫面逐漸模糊，她蒼白著臉緩緩彎身蹲下，雙臂環抱膝蓋，將臉埋進雙臂間。

察覺她的異樣，他跟著蹲下，伸手輕輕扶住她的肩膀，沉聲問：「身體不舒服嗎？」

她輕輕喘息，側轉身子掙開他的手。

向予澈的眼底閃過一絲受傷情緒，話音一沉：「我知道妳不是很愛我，這沒關係。對我來說，妳是重要的家人，而妳卻連把我當哥哥都不願意。」

「不是的，學長，對不起。」她把頭從臂彎裡抬起來，他這番話讓她心痛到幾乎窒息。

「妳哪裡不舒服？」他嘆了口氣。

「小腹痛……期末考的時候……月事來了一個月……後來一直在痛。」她伸出雙手想向他求助，幾個月來的勉力逞強終於瓦解。

「我帶妳去看醫生。」見她終於敞開心扉，他傾身向前，讓她摟緊自己的肩頸，再一把將她打橫抱起。

尹瑄雨雙眸噙著淚水，突然被他輕易地抱起，臉上盡是驚詫。

「當兵時的引體向上，直上直下我可以撐到四十個，扛妳比扛我自己還容易。」看穿她的疑問，向予澈沒好氣地回上一句後，往玄關走去。

到診所掛完號，向予澈扶著尹瑄雨在候診椅上坐下，沒想到婦產科晚上看診的人這麼多，放眼望去滿滿是人。

「長那麼大第一次進這種地方。」他好奇地四處張望。

「你不也在這種地方出生？」她一手摀住小腹，虛弱地說。

「妳還有精神頂嘴？看來還不夠痛嘛。」

「是還可以忍，沒有到非常痛。」

「這樣嗎？早知道我剛就叫計程車司機慢慢開，讓妳更痛一點！」他眼角突然瞥見旁邊幾個婆婆媽媽偷偷瞄著自己，念頭一轉。

「瑄雨，妳確定只是不舒服？」他斜斜看她。

「嗯……」

「等一下檢查後，醫生會不會一臉開心跟我說，向先生，恭喜你要當爸爸了！」

「學長你……」她哭笑不得，用力搥向他的肩，「我沒有男友，哪來的小孩？」

「是嗎？妳長得又不差，氣質也還可以，學校那麼多男生，打工的地方那麼多客人，沒有人追妳嗎？」他口氣酸溜溜的。

「統統拒絕了，我才不想害人。」

「什麼叫害人？」

「你不要再問了……好痛！」她搖頭表示不想多談，一邊按著小腹蹙起眉頭。

向予澈馬上打住不問，伸手摟過她的肩，柔聲說：「先靠著休息，號碼到了我再叫妳。」

尹瑄雨強忍痛楚，將頭輕輕枕靠在向予澈肩頭，緩緩閉上雙眼。

當年火車上的初遇，辰晞學長的肩膀給了她對愛情的唯美憧憬，而今，在這間小小候診室裡，予澈學長的肩膀爲她分擔了現實的痛苦和悲傷。

全世界就予澈學長最好，但是，就是因爲他最好，所以她希望他能夠擁有幸福。

偏偏這種幸福，絕對不是現在的她所能給予的。

第十七章　那就結婚吧

「瑄雨，輪到妳了。」

向予澈溫柔的嗓音在尹瑄雨的耳畔響起，她迷迷糊糊地睜開眼，起身隨著護理師走進看診室。經過一連串的問診和超音波檢查，醫生開了藥，並叮囑一些注意事項後，她才駝著身子步出看診室。

向予澈連忙上前扶住她的腰，關心地問：「醫生怎麼說？」

「醫生說貧血、子宮發炎。」

「就這樣？」

「嗯。」

他拋了個大白眼給她，大步上前用力敲了敲看診室的門。

十分鐘後，兩人一前一後走出診所大門。

「學長，你太亂來了！」尹瑄雨氣紅臉，這人竟然直闖看診室盤問醫生。

「妳進去十幾分鐘，出來後只跟我說貧血和子宮發炎，我怎麼能接受？」他伸指掐住她的臉頰，「小姐，妳是嚴重貧血，隨時可能會昏倒在路上，子宮發炎到積液，要持續吃藥治療兩個星期，如果不好好治療以後可能會不孕。」

「好痛！」她揮開他的手，撫著被掐疼的臉頰。

「我去拿藥，妳在門口等我。」向予澈逕自走上二樓的藥局，領完藥又詢問藥劑師，「醫生說服用鐵劑可以改善貧血。」

「鐵劑健保沒有給付，要自費。」藥劑師答道。

「怎麼賣？」

藥劑師拿出兩罐藥，向予澈一看價格著實不低，一罐五百多元，另一罐要價一千多元。藥劑師隨後解釋兩者的成分和副作用，向予澈想買最好的藥給心愛的女孩，沒想到掏出皮夾一看，付了計程車錢和掛號費後，裡面只剩八百多元。

「小姐，我明天再來買。」他氣自己怎麼這麼窮，怎麼沒想到要多帶點錢出門。

兩人回到家，向予澈熬了粥給尹瑄雨吃。尹瑄雨洗完澡服過藥後，躺在床上休息，向予澈陪在床邊，兩人一問一答聊了一個小時，他才總算解開心裡的疑惑。

原來尹瑄雨這幾個月來，每次拿給父母的錢三千到六千元不等，尹父有時還一個月來找她兩次，這數字乍聽不多，但對一個課後打工自付生活費的學生來說，負擔極爲沉重。

「我爸說我媽要固定看病吃藥，爸媽也很努力在還錢，我只是想盡一點心力，可是越弄越糟。」她沮喪地說。每次看到母親手腕上的傷痕，她就無法拒絕父親的要求。

「妳要量力而爲。總之，工作先暫停，先把身體養好。」他不容她反對。

「可是停掉工作，學費就……」她的存款已經見底。

「我去跟建平叔周轉一下。」

「不要，不要去。」她馬上坐起，抓住他的手臂，捨不得他爲了自己再向別人折腰借錢。

「生活難免有比較困難的時候，我們並不是不還呀。」向予澈見她臉上流露出不捨的情緒，忍不住將她摟進懷裡輕聲哄著，「我不愛讀書，妳頭腦比我好，不如用功考個好成績去申請獎學金，妳說好不好？」

「好。」

「好就快睡！」他輕笑了聲，拉過被單抱著她躺下。十一個月沒被她夜襲，實在有點懷念呀。

她的床是單人床，兩人窩在一起稍嫌太擠，但她已經很久沒有好好睡上一覺，才閉上眼，便很快沉入夢中。

翌日清早，尹瑄雨醒過來後才發現，床太小，她整個身子被擠到牆角不說，她的腿還被他的右腿重重壓著，導致她完全不能翻身。

尹瑄雨輕輕移開他橫在她腰間的手臂，沒想到他馬上醒來。她屏息看著他緩緩睜開眼，氣氛寧靜美好。突然，他腰下貼著她大腿的某個東西動了下，她心中大驚，下意識地抬起膝蓋朝他腿間用力頂去——

「啊——」向予澈發出慘絕人寰的哀叫聲，身子向後一彈，滾到床下。

尹瑄雨揪著被單坐起，看著他彎著身體唉唉怪叫地摀住重點部位。好吧，那一踹……她承認力道確實不輕。

「尹瑄雨……枉費我昨晚帶妳看醫生，還因爲買不起鐵劑自責得要死！」他目露凶光咬牙切齒，右手顫抖地指向她，「竟敢恩將仇報，看我不掐死妳！」

語畢，他右手朝床墊上用力一拍，火爆地跳上床。

「哇嗚……」她揪著被單縮進牆角，急急辯解，「誰叫你要亂想？」

「妳是笨蛋啊！我才剛睡醒，腦袋空空的，最好是會對妳有什麼遐想啦！」他氣急敗壞地大吼。

「可是你突然有反應……」她伸手摀住被他吼到耳鳴的雙耳。

「妳白痴啊！健康護理零分啊！沒學過那是男生早上醒來的正常生理反應嗎？」越講越氣，他一把扯開她身上的被單。

「人家又沒碰過男生的……那裡，怎麼會知道？」她尖叫，抓起枕頭遮擋。

「妳如果害我不能生，要對我負責！」

「你確定不能生再說！」

「我現在就拿妳確定！」

「學長是大色狼！」

從那天起，尹瑄雨和向予澈吵吵鬧鬧的生活又開始了。

休養了一個月，尹瑄雨的身子逐漸康復，開學後改成假日打工，平時以課業爲重。

至於向予澈，有了開店的目標後，他決定先到知名連鎖西餐廳工作，擔任儲備店長，學習管理經營。

新的生活，新的開始。向予澈的頭髮慢慢留長，不再整頭染成金色，修了層次加微微燙捲，增添幾分成熟穩重。

尹瑄雨的父母親北上送貨時一樣會過來看她，但尹父相當忌憚向予澈，總是挑他不在家的時間上門。一家人分隔兩地，生活沒有共通點，話題除了基本的嘘寒問暖，只剩下尹父對於生活的訴苦和抱怨。

尹瑄雨聽了心裡難受，莫可奈何之下，又拿錢給他們貼補，以金錢維繫親情。

晚上吃飯時，她主動坦白這件事，但這次向予澈聽了並沒有生氣。

「他們對妳有養育之恩，當然能幫就幫，不過以妳現在的能力，每個月一兩千元還在允許範圍內，再多就不行。」他給了她一個最低限度，見她一臉感動，心中的小惡魔又樂了。

妳看看、妳看看！學長有成熟男人的胸襟吧？他們可是未來的岳父岳母大人，多少要賣個面子給他們，犯不著爲了一兩千元而撕破臉嘛！

望著不知在暗爽什麼的向予澈，尹瑄雨真心感謝生活有他相伴。因爲他，她的煩惱少了一點，笑容也開始多了一些。

那年年底，向予澈帶尹瑄雨來到一處休業中的庭園咖啡館。荒廢的庭院長滿雜草，後方座落著一棟樓高兩層、屋頂雙斜的歐風建築。經過多年的風吹雨淋，它的外觀黯淡陳舊。

向予澈默默地望著那棟屋子，眼中帶著淡淡哀傷。尹瑄雨靜靜陪伴，她看過他擺在書架上的相簿，原來照片中天眞可愛的小廚師，就是在這裡跟著母親學做餅乾。

「瑄雨，我想在咖啡館和庭園裡，加點比較藝術一點的裝飾，手繪的那種……」他很努力地形容，可還是無法將腦中所想具體地以言語清楚表達。

「要不要找專業美工或園藝設計師？」她建議。

「我的資金有限，每一塊錢都要花在刀口上，我想就由妳擔任咖啡館的美工，負責櫥窗和庭園擺飾的設計，把妳腦中那些不食人間煙火的想像全部搬出來。」

「什麼叫不食人間煙火？」她沒好氣地瞪著他。

「妳以前常在紙上塗鴉，畫那些帶點夢幻感的花草和動物。我想，如果把那些圖樣做成裝飾品，應該很不錯。」他滿臉肯定。

尹瑄雨眼眶微微發酸，他這是鼓勵她重拾畫筆的意思嗎？

「就這麼決定！妳給我認眞點，如果設計得太醜，我會退件喔。」

「店名呢？要是你名字取得太爛，我也畫不出什麼好東西。」她回嗆。

向予澈凝望著她的笑臉，想起和母親在這間店裡一起度過的美好回憶，想起母親去世後一人獨自生活的艱難困苦，想起和尹瑄雨相遇之後的風風雨雨，兩人從看不對眼、互生嫌隙，到現在的相依爲伴。

時光流轉，他很感謝她能出現在他的生命裡。

「就叫『流光咖啡館』吧。」他想以這間咖啡館，紀念過往所有的重要時光。

✦

轉眼又過了一年，向予澈在年初辭去西餐廳的工作，著手準備「流光咖啡館」的開幕作業。

十多年前，向母的店因病結束營業時，不少老主顧都深覺惋惜。邱建平和向予澈討論過後，決定讓向予澈以傳承母親志業的名義，寄出免費餐券，廣邀昔日老主顧回店賞味。

向予澈翻著從邱建平家取回的客戶名單，細讀母親留下的經營筆記：

身爲店長，對於時事和影視多少要了解，增加識人的敏銳度。如果客人裡面出現政商名流，這些人就是最佳的廣告代言人，要抓住接觸的機會。

好好把握每一次服務客人的機會，親身下場服務可以加深印象，只要客人滿意，回去和親朋好友分享，或在社群平台記上一筆，就是免費的宣傳……

就在向予澈忙著整修和籌備新店的期間，尹瑄雨也大學畢業了，進入一家貿易公司擔任助理祕書。

當她領到畢業後的第一份薪水，原本以爲終於可以開始還錢給向予澈，好讓他手邊多增加些開店資金，沒想到卻在領薪日接到父親的電話，要求她往後必須拿出一部分的薪水，幫忙家裡還債。

「爸！那欠學長的錢怎麼辦？」她無法接受，握著手機的手微微顫抖。

尹父沉默了一下，理直氣壯地說：「妳和他同居那麼久，他不娶妳嗎？」

「什麼？」

「他會娶妳吧？」

她聽了瞬間感到心寒。

「以前養妳，妳要什麼有什麼，我們都沒在計較。算了，我和妳媽就操勞到死！」尹父竟露出比她還委屈的神情。

聽到父親以養育之恩要脅，尹瑄雨的心已降至冰點之下，她已經可以預見自己往後人生，注定將背負父母的債務，看不到盡頭。

爲了債款的事，尹父尹母也因意見不合大吵一架，尹母認爲這幾年已經虧欠女兒太多，不該再向她要那麼多錢，吵到最後，尹母又開始失眠焦慮。尹瑄雨不想父母再爲錢爭吵下去，只好讓步，將大半的薪水轉帳給父親，平息這場戰火。

她轉完帳後，一個人呆呆站在提款機前，看著螢幕上顯示的餘額，對向予澈的愧疚再度加深。

那麼她欠他的，該怎麼還？

同年的八月初，歷經半年的時間籌備和整修的「流光咖啡館」正式開幕。開幕當天，尹瑄雨被分配到的工作是支援門口迎賓。她盤起一頭長髮，臉上施了淡妝，身穿淺紫上衣和黑色窄裙，領口斜紮著領巾。

她整裝完畢後走出房間，看見向予澈正站在客廳窗邊，低頭調整左手袖釦，幾束瀏海垂落在前額，一襲純白襯衫外搭黑色馬甲背心，勾勒出厚實胸膛和曲線優美的腰身，修長雙腿在黑褲包裹下更顯高䠷，儀態從容優雅。

聽見腳步聲，他看向她，溫聲問道：「如何？有沒有店長的風範？」

「有，店長……很帥！」她的心跳在他的凝視下亂了拍子。

聽到她的讚美，他得意極了，雙手扠腰仰頭大笑，「退伍兩年，這身材保持得不錯吧，腰就是腰！屁股就是屁股！」

「店長……」這人怎麼可以這麼白痴，她伸手掩面，眞心替他覺得不好意思，「拜託，你今天在客人面前只要微笑就好，一句話都不要說。」

兩人來到咖啡館，完成開幕剪綵儀式後，客人陸續進門。尹瑄雨陪著向予澈站在門口迎賓，忽然見他眼神鎖定一位年約五十多歲的婦人。

向予澈堆起燦笑迎上前，恭敬地說：「陳董事長，歡迎光臨，感謝您撥冗參加敝店開幕。」

「你是Cline的兒子？」那位婦人從皮包裡掏出邀請卡和餐券，眼神淡漠地瞄了他一眼。

「是的。」

「當年你才幾歲，這麼多年後還記得我？」

「過了這麼多年，董事長獨特的氣質仍然讓人印象深刻。」向予澈揚起熱忱微笑，禮貌地替她帶位，「爲您安排第一排最後面，那個靠窗的角落位子，可以嗎？」

「嗯，我只坐那個位子。」

「是。請問，主餐一樣是法式香草燒烤羊排嗎？還是要試試其他的料理？」

那位婦人面上閃過一絲詫異，終於正眼看向向予澈的臉，眼神添了幾分柔和。

客人陸陸續續進來，向予澈又眼尖地認出幾個老主顧，連忙熱情地前往帶位，並確認老主顧的口味是否有變。

「眞不簡單。」林詠馨走出櫃檯來到尹瑄雨身畔，滿臉不敢置信地笑道，「向姐曾經將一些老主顧的飲食習慣記在筆記本上，有的還會合影留念，予澈應該是把這些客人的長相特點，和用餐習慣全部背下來了。」

「學長……不！店長眞厲害。」尹瑄雨又對向予澈產生敬佩之意。

晚上十點，混亂的開幕日終於結束。送走所有員工後，向予澈鎖好門來到庭園，仰望夜空。滿月高掛天頂，他多年來的夢想終於實現，此刻有種醉酒微醺的感覺。

「學長，我下班後來你店裡打工，好不好？」她來到他的身側，陪他一起賞月。

「幹麼？妳那麼愛我，連工作都要和我膩在一起呀？」他忍不住調侃，語氣裡帶著關懷，「小心又把身體操壞掉。」

「不是，是我欠你那麼多人情和錢，總是該還了。」她誠實地說。

彷彿被澆了一桶冰水，向予澈全身發涼，意識到這麼多年來，她還是把他當外人。

「你不用付我薪水，我什麼都能做，洗餐盤、打掃、切菜……」

「好！妳想還債是不是？洗餐盤要還到什麼時候？不如乾脆就嫁給我。」他被她的話激怒了，轉身狠狠吻住她的唇，封緘住所有傷人話語。

突來的求婚讓尹瑄雨傻住了，他吻得毫不溫柔，挾著怒氣啃咬她的唇，讓她吃痛地驚叫。

她想起她上個月的薪水，在昨晚又被父親掏空了。

她的確愛向予澈，但學長的事業正要起步，資金上卡得很緊，按照她父親的個性，婚後一定會向他要錢，她怎麼能讓他面對這樣的無底洞？

反覆琢磨後，她實在不知道這樣的婚姻，能夠給向予澈帶來什麼美好景色，她只知道，唯有拒絕才能讓他無後顧之憂，全力衝刺事業。

「對不起，我不想嫁給你。」再一次，她狠下心推開他。

向予澈黯然呆立原地，無所適從，月光映入他的眼瞳，碎成盈盈閃爍的淚光。

兩人同居四年，經歷那麼多風風雨雨，她第一次看到向予澈如此脆弱委屈的模樣。

原來，在感情上，她才是大惡狼，而他是可憐的小綿羊，多年來一直是她在欺負他。

✦

韶光荏苒，流光咖啡館開幕已屆兩年。

九月初的現在，午後三點，向予澈手拿咖啡杯斜倚在廚房後門邊，靜靜望著草地上的光影出神。

「店長！你在哪裡？」後門突然被打開，小湘探出頭來找人。

「我在這裡。」他回過神轉頭望著她。

「我以爲你在抽菸。」瞥了他手上的咖啡杯一眼，她拎出一個紙袋，「這是手機店的店員送來的。」

「謝了。」他伸手接過紙袋，「抽菸會影響味覺，我和建平叔都不抽的。」

「嘻，店長好敬業。」小湘衝他一笑，縮回廚房。

後門剛闔上又被打開，邱建平挾著一身烤麵包香氣走出來，笑問：「剛剛看你發呆很久，在想什麼？」

向予澈啜了一口冰咖啡，嘴角浮起一抹苦笑，「突然想起開幕那夜，我跟瑄雨求婚，結果被她拒絕了。」

「你和瑄雨僵持太久，這樣虛耗下去不是辦法。」邱建平搖了搖頭。

「我最近會和她做個了結，不是她讓步嫁我，就是我讓步讓她離開。」儘管嘴上這麼說，但向予澈覺得後者的可能性更大。

邱建平心裡也明白，感情的事不能強求，只能拍拍他的肩給予打氣。

提前下班回家，向予澈推開玄關門，尹瑄雨側躺在客廳沙發上沉沉睡著。

「怎麼在這裡睡覺？萬一感冒了又要帶妳看醫生，我最討厭逼妳吃藥了。」他喃喃罵道，蹲下身拾起掉落在地面上的薄被，動作輕柔地爲她蓋上被子。

「對不起……對不起……」虛弱的啜泣聲傳來。

「瑄雨，作噩夢了嗎？」向予澈拂開她臉上的散髮，見她睫毛綴著淚珠，又一手探進她身下，連人帶被抱起，圈進懷裡，「沒事，我在呢。」

溫柔的嗓音將尹瑄雨從掙扎許久的夢境中拉出，她剛才在夢裡又經歷了一遍兩年前拒絕他求婚的夜晚。

這兩年來，她在夢境裡一次次推開他，一次次看著他無語含淚的臉，一次次心痛不已。

「怎麼會有那麼多噩夢啊？」他低頭輕吻她的額，低聲嘀咕著，「我每晚都好無聊，沉沉睡到天亮，妳要不要分幾隻鬼、幾隻蟲到我的夢裡？」

尹瑄雨閉著眼噗哧一笑，待胸口的疼痛感緩緩散去，才輕推開他，坐在沙發上，一邊拭去眼淚，一邊撫順睡得凌亂的長髮。

「剛才妳喊對不起，是夢到什麼？」他有些好奇。

「夢到把老闆的文件翻譯錯，害他丟了一筆生意，就被開除了。」

「最好是！」他才不信，伸指掐住她的臉頰。

「不要每次都掐我的臉。」她拍開他的手。

「不然，改成吻妳。」他的臉突然逼近，雙唇和她僅隔一指距離。

她的心跳瞬間加速，慌亂地別開臉。

向予澈自嘲地笑了一下，已經很習慣她無言的拒絕。他起身遞了一個紙袋給她，「妳手機壞了，修理應該不划算，這個送妳。」

她輕輕推開紙袋，不想再承他的情。

「笨蛋！我比妳還精打細算，這是用門號續約的零元機。」他伸指輕彈了她額頭一下，心裡再次為她的態度感到受傷。

「好痛！謝謝。」她捂著額頭，終於願意收下手機。

「妳手機是怎麼壞的？」他隨口問道。

「就當機，強制關機後就打不開了。」她抿了抿唇，其實是前天接到父親提醒匯錢的電話時，手機被她狠狠摔了。

回到房間，尹瑄雨將SIM卡換到新手機上，一開機就看到好幾通來自尹父的未接來電通知。她胸口一震馬上關機，就怕向予澈給的新手機馬上又被她摔了。

直到星期一上班，尹父又使出奪命連環call，甚至打到她的公司找人，尹瑄雨才不得不回電。

「瑄雨，昨天送貨和人相撞，要和解費和修車費……十萬。」尹父劈頭又是要錢。

「我每個月都轉那麼多錢給你，存摺裡還會有十萬元嗎？」她覺得自己在父親的眼裡，好像只是個賺錢的機器。

「能不能跟妳學長周轉？」

「爸，我不可能再跟學長借錢！」一股氣直沖上來，她只想趕快打發這個人，語氣裡盡是厭惡和不耐，「我有多少就給你多少，給了就沒了，這個月不要再打來了！」

看著自己省吃儉用、好不容易存下的幾萬元，再一次被父親掏空，尹瑄雨覺得自己這幾年下來，已漸漸變得冷血無情，她不但沒有關心父親是否在車禍中受了傷，還惡毒地想著他怎麼沒有被撞死。

再這樣下去，兩年、三年、五年後……尹瑄雨會變成什麼樣的怪物？

「學長……我覺得自己好像死了。」

傍晚，一通電話讓向予澈從咖啡館飆車回家。進門後，他看到茶几上幾個東倒西歪的啤酒罐，以及神情木然、癱坐在沙發上的尹瑄雨。

「妳竟然學會喝酒了，該不會眞的被開除了吧？」他擔心地在沙發前蹲下，認識她那麼久，這還是第一次見她喝酒。

「學長，要怎樣才能喝醉？爲什麼我還是什麼事都想得起來？我好痛苦……」她用力地搥著沙發，明明已經頭暈眼花，身體虛軟，但偏偏想忘的還是忘不了。

「借酒澆愁愁更愁，喝酒不能解決事情，到底發生什麼事？」他握住她的手，阻止她自虐。

「我好累……好想休息……不想還債……不想當尹瑄雨……什麼都不要想……」她開始哭泣發酒瘋，整個人倒在沙發上扭動。

「都說了，嫁給我就什麼都不用還了。」他隨口應付了一句，一手撫著她滾燙的臉。

「好……」她放棄掙扎般地閉上眼。

向予澈聞言，臉色大變。

「反正我欠你那麼多，根本還不完，那就結婚吧。」

一股怒氣上沖，向予澈霍然跳起，一腳踹開茶几。茶几上的空啤酒罐落到地面上，四散滾開。

「尹瑄雨，妳喝醉了。」他凜著一張臉。多年來，他等著盼著的就是這句應允，但是此刻的他一點都不開心，無法接受她嫁給他的理由，只是因爲無力償還他的債。

「我沒有醉……我是說眞的……」

「妳知道妳答應我什麼嗎？」他一把攫住她的雙肩，將她整個人從沙發上抓起來坐著。

「和你……結婚……」她眼神十分空洞。

瞧她像沒有靈魂的木偶，他簡直氣瘋了，低頭猛烈地吻住她的唇，蠻橫地扯開她的衣領，在她白皙的肩頸上吮咬。

他以爲她會像以前一樣推開他，但是這次不同，她安靜地承受他的怒氣，沒有絲毫反抗。

向予澈逼自己停下，不忍繼續傷害她，把頭從她頸間抬起，溫柔地將她的衣領掩上，苦澀地說：「好，我們結婚。」

縱使她不愛他，他還是想要她。

隔天酒醒後，尹瑄雨從鏡子裡看到頸上的吻痕，眼神帶著淡淡悲傷。

這天晚上，她剛走進咖啡館後門，廚房便響起一片道喜的掌聲。

「等了整整六年，終於等到妳和予澈的喜酒。」邱建平朗聲笑道。

「就說嘛……」小湘一臉心碎，含淚咬著餐巾，「店長那麼關心瑄雨姐，她上班遲到就緊張兮兮，怎麼可能只是學長關心學妹嘛。」

尹瑄雨沒有回話，連敷衍的笑容也擠不出來，默默走進更衣室。原先還鬧烘烘的氣氛瞬間降溫，每個人都看得出尹瑄雨的不對勁，不禁面面相覷。

晚上九點，廚房停止供應主餐後，邱建平和林詠馨把向予澈拉到外邊庭院深談。

「臭小子！你昨晚強要了瑄雨嗎？」邱建平一把揪住他的衣領質問。

「真想強要她，還會等上六年？」他沒好氣地說，接著將昨天求婚的過程敘述一遍。

「瑄雨好像受到什麼打擊一樣，剛才沙拉盤做得亂七八糟，所以我才調她去洗餐盤……」林詠馨話未說完，廚房內傳來餐盤摔破在地的聲響。

小湘宏亮的聲音接著傳來：「瑄雨姐！妳太不小心了。」

「你看。」林詠馨一臉擔心地看著向予澈，「她那麼隨便答應你的求婚，你就不想探究原因嗎？」

向予澈臉色沉了下來，口氣堅決地說：「原因八成和她的父母有關，我知道她心情不好，你們要罵我趁人之危也罷，但我還是想和她在一起，這個婚我非結不可，我不可能放手。」

「予澈……」林詠馨還想說些什麼。

見他一臉固執，邱建平拉住妻子的手，搖頭示意先別勸了。

三人談完話，向予澈帶著尹瑄雨提前下班，他們有不少婚禮細節必須討論。

兩人洗完澡後，向予澈進到她的房間裡，拿出行程表說明婚禮的初步規畫：

「日期定在月底，是庭園式的婚禮。喜餅就挑妳喜歡的口味和樣式，這星期日早上要試婚紗，宴客的菜單我會和建平叔研究。另外，我們也該買一輛車了，總不能讓妳一直跟著我騎車，妳看看喜歡哪一款？」

尹瑄雨背靠床頭坐在床上，接過厚厚一疊喜餅目錄和轎車型錄，面露煩躁地搖頭說：「學長，婚隨便結一結就好，喜餅不用了，婚紗照也不用了，不要貸款買車，拜託，不要再爲了我花錢。」

見她反感成這樣，向予澈當機立斷，將全部的事攬過來，輕哄道：「好，以省錢爲主，婚禮細節全部由我處理，妳只要配合我。」

尹瑄雨默默點頭。

「那妳想不想設計喜帖或謝卡？」他小心翼翼地問，想盡量迎合她的喜好。

尹瑄雨思索幾秒，終於點了下頭。

向予澈見她的表情是心甘情願的，心裡一片激動，終於有了她即將嫁給他的眞實感。

「那，早點睡，才能當最美的新娘。」他試探性地將她輕輕推倒在床上，見她臉上沒有一絲反抗，才低頭親吻她的唇，「晚安。」

「晚安。」見他小心翼翼的模樣，她閉上眼睛，在心裡暗暗嘆息。之所以會在被他親吻時推開他，不是因爲討厭他的吻，而是她怕自己把持不住。

向予澈見她情緒總算穩定，眼神漸漸轉成銳利的冰冷。

開店這兩年來，爲了打理咖啡館的事務，他事必躬親，每天早出晚歸，根本沒有多餘的心力處理她和她父母金錢往來的問題。

她堅持來店裡打工還他人情和債務，他也負氣地每月發給她薪水，而她領了薪水，晚上又原封不動地還給他。

每次看她抬不起頭面對他的樣子，他心裡就會很難受，接著又克制不住地生起她的氣。其實仔細想想，她的一部分自卑，也與他的強勢有關……但他眞的只是想對她好而已。

第十八章 雨的印記

突然決定的婚事打亂了向予澈原定的工作計畫，琴師的招聘事宜也順延到下週。

向予澈一個人張羅準備結婚用品、籌劃宴客和活動流程，多虧有邱建平和林詠馨的幫忙，加上過去兩年在店裡也受託辦過數十場庭園式婚禮、家族公司聚會，擬定賓客名單、宴客菜單、迎賓人員安排等瑣事都難不倒他。

經過幾天沉澱後，尹瑄雨的心情平復許多，她的父親沒再打電話來，這情形有點反常，但是她也不想自找麻煩主動關心他。

星期天早上，火紅色的重型機車駛至車站附近一家婚紗店前，低沉有力的引擎聲引起幾位女店員的注意，她們好奇地聚集在玻璃櫥窗前觀望。

向予澈熄火摘下安全帽，朝女店員們點頭打招呼，後座的尹瑄雨下車後，望向櫥窗裡穿著粉藍色禮服的人形模特兒，波浪狀的蓬裙在燈光照耀下非常華美夢幻。

「這家婚紗店的店長和我有合作關係。」向予澈牽起她的手走向店門，店員見客人上門，馬上拉開大門迎賓。

「向店長，終於等到你將終身獻給我。」一名三十多歲、妝容精緻、穿著時髦的美豔女子微笑走來。

「大姐，這是小弟的第一次，也是唯一一次，人家好怕痛，妳要小力一點。」

向予澈順著對方的語氣接話。

「呵呵呵，一生就痛這一次嘛，才能爲老婆留下美好回憶。」

「好吧，爲了老婆……」聽到「老婆」兩個字，向予澈已壓抑不住心中的狂喜，覺得婚紗再貴也不要緊，「那我就咬牙撐住，任大姐宰割吧！」

寒喧完，店長領著兩人來到牆邊的婚紗前，拉出幾件禮服開始介紹：「這三件是上星期新進的款式，由法國著名設計師設計，相當適合小姐。」

尹瑄雨挑好禮服走到鏡牆前，半圓形的電動布簾緩緩拉上，待她穿好後，店長進來幫她微調領口、腰線和裙褶。

向予澈站在簾外焦急等候，多年來，他想像過無數次她穿上白紗的模樣。當布簾終於拉開時，他的心口輕震，見她身著一襲純白平口禮服，蕾絲雕花的細肩帶，坦露雪白肩頸小展性感，纖瘦的腰身下是魚尾式紗裙，在燈光下閃著水晶般的光芒。

她完全超出他的所有想像，彷若是披著冰晶的雪天使。

見向予澈一臉傻樣，店長走到他身邊低聲說：「晚上脫衣服時，不要太過粗魯把肩上的花扯壞喔。」

向予澈感覺耳根一熱，緩步走上試衣臺摟住尹瑄雨的腰，低頭在她耳畔輕喃：「瑄雨，妳眞美。」

他熾熱的眼神灼得她雙頰泛紅，那嬌羞的模樣，又令他情不自禁在她額上印下一吻。

挑選完禮服後，離開婚紗店，向予澈騎車載著尹瑄雨來到車站旁的美術社。

「剛才租的婚紗要多少錢？」下車後尹瑄雨忍不住問，她試衣時看到牆上掛了幾幅偶像明星的婚紗簽名照，似乎是滿有名氣的婚紗公司。

向予澈才不會笨到老實跟她報價，只是微笑解釋：「這次在婚禮上穿她家的婚紗，是店裡的行銷策略之一。之前透過婚紗店店長介紹，這兩年來咖啡店接了不少婚紗外拍和庭園婚禮的案子，我們結婚當然要找她配合，這是生意上的回饋，這樣說，妳懂嗎？」

「我懂了。」她點點頭，相信了向予澈的話，以爲這麼做是爲了店裡的生意。

「要不要我陪妳逛？」他伸指比著美術社。

「不用。」

「那我先回店裡，妳不要太晚回家。」

看著火紅車影消失在街角，尹瑄雨轉身走進美術社，和老闆娘打了聲招呼後，一個人在層架間漫步，看看最近進了什麼新貨，最後來到紙牆前，忍不住又伸手輕撫每層紙面。

她挑好裝飾櫥窗用的美術材料後，走到櫃檯結帳，結完帳便提起袋子要走向門口。

「尹小姐！」

「嗯？」她停下腳步。

老闆娘一臉欲言又止地望著她。

「算錯價格嗎？」

「不是，其實……當初會對妳特別有印象，是因爲妳高中第一次來店裡，是和杜家小少爺一起來的。」

「嗯，的確是和他一起來的，他後來去英國讀書。」尹瑄雨轉頭望向放置炭筆的層架，當年她和杜易杰就是站在那裡，她聽他侃侃聊著不同廠牌炭筆的使用心得。

「後來有次去畫室送貨，我和他媽媽聊過妳的事。」老闆娘一臉和善地說。她還記得初見這女孩的那天，杜易杰頂著寒風在門口等了一個小時，叫他進來也不肯，可見這女孩在他的心中是特別的。

尹瑄雨聽了有些尷尬，原來老闆娘知道當年的事。

「杜家小少爺有藝術天分，學習力也很強，做家長的都希望孩子好，才會堅持把他送出國。」老闆娘望著她的眼神多了點憐憫。

「我懂。」

「會覺得遺憾嗎？」

「這麼多年過去，很多感覺早就淡了。」

老闆娘接著又說：「聽說，小少爺出國讀書後，多次在校際比賽中獲得好成績，高中畢業就進入英國倫敦藝術大學，這幾年除了參加海外聯展，去年更入選法國巴黎秋季沙龍展。」

杜易杰，果眞已經飛到她遠遠望不到的地方。尹瑄雨心口微微悶痛，以爲年少的情愛已經被時間的沙流淹沒，沒想到不曾忘卻，只是鎖進心房裡的小角落。

「他眞強。」她輕輕嘆息，決定不再聽下去，「老闆娘，我有事先走了。」

「尹小姐，這是小少爺歸國的個人畫展。」老闆娘聽到她要走，急忙遞上一份畫展簡介，「我只是覺得應該讓妳知道這件事，知道他沒有辜負妳的期許，畫展去或不去都沒關係。」

尹瑄雨靜靜地望著那份簡介，上面印著「杜易杰水彩油畫個展」，猶豫好久終於伸手接過，道謝後將簡介收進皮包裡。

當天夜裡，她坐在床緣看著畫展簡介，只要翻開折頁，或許就可以看見杜易杰八年後的模樣，但是猶豫了半晌，她終究沒有勇氣翻開。

擱下簡介，她蹲下身從床底下拖出一個紙箱打開，裡面收著昔日的畫具。炭筆受潮了、素描紙也泛黃了，八年的時間過去，她和杜易杰已是兩個不同世界的人。

「瑄雨。」向予澈突然開門進來。

尹瑄雨瞥見畫展簡介還擺在床上，急忙伸手去拿，沒想到被向予澈搶先拿走。

向予澈面無表情地看著畫展簡介，瞥了眼紙箱裡的畫具，再看向她緊張到快哭出來的臉，突然噗哧笑開，「哈哈，妳以爲我這麼沒肚量，會阻止妳去參觀優等生的畫展？」

「我沒有要去。」她急忙解釋。

「不就是畫展而已，想看就去呀。」他故作輕鬆地說。

「去了以後，可能會遇到高中同學，他們有些是美術老師，有些在設計公司工作，而我……」什麼成就都沒有，家裡還負債，她光想到同學見面比較工作、薪水的場面，就覺得想逃開，「學長還記得，第一次見到我的樣子嗎？」

「當然，拉開窗戶，看到一隻笨蟑螂學妹。」

「那時候的我，和現在的我，是不是差很多？」

向予澈在她面前蹲下，皺著眉頭將她從頭到腳打量一遍，正經地總結：「的確差很多，依我目測，妳的胸圍比那時候多了一個罩杯，腰粗了一吋，長高三公分。」

「不是那個！」她又氣得搥他一拳，「我是指……是指……」

向予澈抓住她的手，將她拉到自己身邊，凝視她的眼睛說道：「瑄雨，我不知道杜易杰對妳的想法，但是我可以告訴妳我的想法，妳只是長大了，提早進入大人的世界，走的路比別人不同一點。」

沒有變得很糟，只是長大了。

尹瑄雨心裡湧起一陣強烈的感動，雙手笨拙地攀上他的肩，主動吻向他的唇。

向予澈卻眼神微冷，輕輕推開她，只說了一句：「我去洗澡，全身都是油煙味臭死了！」

尹瑄雨傻住了，這是她第一次主動獻吻，他怎麼拒絕了？

✦

星期一下午，尹瑄雨請假坐車前往市立藝文展演中心。她故意挑上班日前往參觀，避開人潮和可能的相遇。

展覽室門邊擺放許多恭賀畫展開幕的花籃，她大略掃過卡片上的祝詞和署名，大多是衝著杜易杰父親的面子而來，最後她發現一個署名松岡高中的大花籃，以及一小盆署名范詩綺的桌花。

乍見到昔日母校和同學的名字，無數往事掠過心頭，那些誰喜歡誰、誰不愛誰，以及流言、中傷的種種回憶……當時的他們，怎麼會有那麼多的愛恨情仇？

尹瑄雨帶著感慨走向展覽室入口，進門處擺著一個畫架，畫板上釘著宣傳海報，底圖是一幅漂亮的歐洲街景油畫，一名女導覽員坐在門邊的高桌後。

在平常日參觀的民眾不多，展覽室靜到可以聽見自己高跟鞋輕叩大理石地面的迴響。來到右牆前，第一幅畫是雨後的英國街景，雄偉典雅的古老建築，拱型門窗綴飾著精美浮雕，長街上立著藝術街燈，處處透著歷史的風霜，一名身穿灰衣的老婆婆駝著身子穿越馬路中央。

近距離看來，畫刀刮疊色塊的筆觸沉穩俐落，一如杜易杰過去內斂而冷靜的個性，但是某些東西距離太近是看不清的，她後退幾步，和畫布拉開距離，所有大小色塊瞬間交融，在光影的匯聚下情境立刻顯現，畫中陰沉的天際灑落一束陽光，在老婆婆腳下的溼濛地面渲染開來。

她一幅接一幅看過，透過畫，看見杜易杰眼裡的世界。他的畫裡，總是有幾個一般人不會在意的小東西被擺放在不起眼的角落，他畫的是城市裡的一小點寂寞，而畫是畫家心裡的投映。

八年裡，他把自己的寂寞濃縮到那麼小，藏在孤單老婆婆蹣跚的腳步下，藏在被風遺忘獨留枝頭的枯葉上，藏在街角被人遺棄的鋁罐上……這些年來，有沒有人能理解？

她緩緩挪移腳步，突然，一幅畫映進眼底，使她整個人呆立在畫框前。

那是記憶裡曾經熟悉的場景，松岡高中校園的一角。朦朧晨光穿過相思樹葉隙，一束束斜灑在爬著青苔的灰牆上，樹下綴著晶亮露珠的草叢間，被人踩出一道小徑延伸到牆角，有種微妙的感覺在心頭漫開，彷彿草葉深處藏著什麼事物。

她看向貼在右側牆面的小卡，作品名稱寫著：**雨的印記　入選法國巴黎秋季沙龍展**

卡片下貼了一小張記者訪問杜易杰的新聞稿，上面有他的得獎感言和創作理念。

「這幅畫和你以往的畫風不同，感覺比較溫暖，草叢裡好像藏著什麼？」

杜易杰笑答：「大概藏著棒棒糖吧。」

尹瑄雨心口像被重擊一拳，淚眼模糊中，展覽室的牆像積木般崩解了，融進四面八方的油彩，重新疊砌成八年前的初夏。

「留下來，別走。」她回應了杜易杰的告白，決定自私一次。

他靦腆地笑開，在夕霞中親吻了她，不管父母反對，堅持和她成為戀人。之後兩人一起參加術科考試考上美術系，相互扶持朝著共同目標前進。

八年後，在這間展覽室門口，海報上貼著「杜易杰和尹瑄雨聯合畫展」……

多麼美麗的夢！

不知在畫框前呆站了多久，尹瑄雨從皮包裡取出面紙拭去頰上的淚水，夢境般的景象也瞬間消融，她從雲端墜回現實，她的人生還是一無所有。

她抽出手機想拍下這張畫做紀念，畫框玻璃上卻突然多出一個人的倒影，靜靜佇立在她的身後。

尹瑄雨的心跳瞬間加速，望著玻璃上的人影遲遲不走，雙腿也開始顫抖起來。她深深吸了口氣，緩緩轉過頭……

杜易杰臉上多了幾分成熟，清爽短髮不再，現在改為中長髮造型，似笑非笑的表情和八年前如出一轍，只是眉宇間多了抹過去不曾有的淡淡憂鬱。

他穿著黑色亞麻襯衫，領口敞開兩顆鈕扣，站姿帶點慵懶，穿著打扮不再像高中時期那麼拘謹，渾身散發藝術家獨特的隨性。

「同學，好久不見。」杜易杰淡淡一笑，眼神沉靜地望著她，印證回憶裡的曾經。

「班長……」她眼中的淚水盈盈欲墜，雙手無助地揪緊皮包背帶。

「我跟導覽小姐說，如果有女生站在這幅畫前面超過五分鐘，一定要打電話通知我。」雖然臉上平靜，但是杜易杰微啞的嗓音透露出再次相見的緊張。

「你怎麼肯定我會來？」

「就……念力吧。」

「還眞的被你召喚來了。」尹瑄雨赧然輕笑。經過這麼多年，他還將她記在心上，令她深深感動。

「畫得怎樣？」杜易杰細細打量她的眉眼，除去十六歲的青澀和柔弱，她一身襯衫窄裙，氣質清新，讓人移不開眼。

「我的自信心又被你打擊到了，你畫得很好，但是……」眼睛掃了四周的畫作一眼，她微微嘆息，下了個短評，「不要畫得那麼哀怨嘛。」

「哀怨？妳覺得誰該爲此負責？」他沒好氣地笑，一抹壓抑的激動閃過眼底，她果眞一眼就能讀懂他的心。

尹瑄雨一時不知道該如何回應。

「我們去休息室談吧。」

杜易杰領著她來到展覽室旁的小休息室，裡面擺著簡約的沙發和茶几，整片落地窗採光很好，可以望見外面的花圃、綠樹和遠方行走的遊客。

接過他遞來的咖啡後，尹瑄雨站在窗前低頭啜飲，突然嘆了口氣，「我看到范詩綺送的花了，當年你出國後，她也跟著轉學，後來想想，總覺得對不起她。」

杜易杰定定望著她被窗外天光映亮的側臉，回道：「詩綺大學畢業就結婚了，現在是一個孩子的媽。」

「結婚了？還有一個小孩？」她一時不敢相信，當初對杜易杰那麼執著的范詩綺，竟然會這麼早婚。

「兩年前的八月，我從英國專程回來參加詩綺的婚禮。」他也面向窗外，臉上的笑容淡了，「她幾個姐妹淘搞什麼慶祝單身的最後一夜，詩綺喝多了發酒瘋，指著我大罵負心漢，哭鬧很久，無意間也說出一些事。」

尹瑄雨心口一緊，說的是機場送行之事？還是信裡的事？

「我隔天打電話給高中老師，本來只是想問問妳後來考上哪裡，結果她告訴我，妳畢業時家裡出了事。」

「那些事就別再提了。」握著咖啡杯的手抖了一下，她尷尬地別過臉，雖然早有心理準備，但她還是相當在意他的想法。

杜易杰見她眼神突然怯縮，心裡湧起一股複雜情緒，停頓了一下才繼續說：「婚禮結束後，我去了一趟松岡高中，想起很多事，也拍了一些照片，回英國後花了三個月的時間作畫，等這次畫展結束，有幾幅會送給學校收藏。」

「包括得獎的那一幅？」

他深深望著她，搖了搖頭，「那幅畫國內國外都有買家在問，不過它是非賣品，要送……我也只送妳。」

「這太貴重了，我收不起。」淚水瞬間盈滿眼眶，她用力咬牙忍住。

杜易杰靠到她身側，柔聲問：「瑄雨，學長待妳好嗎？」

「他對我很好。」她點頭，哽咽著，「我月底……要和他結婚了。」

他神色微黯，雙唇無言緊抿。

「班長呢？有沒有女朋友？」

「有，交往一年了。知道妳和學長在一起後，也覺得自己該前進了。」

八年之後，她和他的身邊都各有一個重要的人。

不是沒有心動過，只是他們相遇的時間點不對，雖然遺憾，但是就讓過去的一切埋在記憶深處，記得曾經擁有過就好。

杜易杰望著玻璃窗外搖曳的葉影，沉默半晌才緩緩說道：「我剛出國的時候非常不適應，整座城市的氣味，眼前看到的景色，吃的用的都和臺灣不同，那時候覺得自己快要瘋掉。」

她靜靜聽著。

「所以有滿長的一段日子，我每天瘋狂畫畫，畫到我媽以爲我生病了。但是不畫不行，只要一停下來，腦袋裡全是妳的影子。原來犧牲掉最想要的東西以後，就算成績拿到第一，心裡也沒有開心的感覺。」

「當時你是不是很氣我？」明知道他的個性不容易和人打成一片，她卻把他推向人生地不熟的英國。

「曾經氣過。」他的口氣帶點責怪，「誰叫妳要當我媽的幫凶，明知道我拒絕不了妳的要求，這筆帳不跟妳算，要跟誰算？」

「杜易杰，你以爲我情願讓你走嗎？」她心口一陣絞痛，聽到「幫凶」兩字，委屈到眼淚大把滾落，「你以爲我在臺灣不難過嗎？你以爲我都沒有想你嗎？你以爲我都沒有哭嗎？你以爲我都沒有後悔過嗎？你以爲我現在見到你不心痛嗎？」

杜易杰突然攫住她的手臂，將她扯進懷裡緊緊抱住。

「瑄雨，妳願意和我交往嗎？」

那一霎，時光眞的倒流了，回到八年前的初夏。

「我願意。」她毫不猶豫地回抱他，閉上眼，聆聽他微亂的心音，感受頻率契合的幸福，彷彿終結了漫長的等待，尋回生命中空缺的一塊拼圖。

兩人緊緊相擁，臂彎間是實實在在的軀體，他和她不再是虛幻的想像，那是跨越海洋的思慕，八年時光無法消融的最初心動，所有愛戀掙開了時間和空間的束縛，她在他懷間望見所謂的天長地久。

然而他和她……不再是十六歲了。

當年的不勇敢，讓錯過即是錯過，永遠不可能再回到從前。

這個體悟又將兩人拉回現實，尹瑄雨的腦海中浮現向予澈的面容，她相信，杜易杰此刻心裡一定也牽掛著另一個女孩的身影。她微微鬆了手，在淚光中仰望他泛著柔情的臉，兩人眼底都有成全彼此當下所愛的相同抉擇。

「瑄雨，我佩服學長，妳要好好愛他。」他眼眶微微泛紅，伸手輕撫她的臉，抹去她眼角淚水。

「是，班長。」她點點頭，心情又是激動又是豁然開朗。

然後，兩人慢慢放開彼此的手，回到剛剛相見的合適距離。

杜易杰深吸一口氣，平復情緒後，眉頭一舒，「還有……謝謝妳的小天使翅膀，八年來，讓我在繪畫上看到一個截然不同的領域。」

「不客氣。」她也朝他綻出一抹最美的微笑，「好想趕快跳到十年後，那時候的你一定又不同了，絕對比現在更有成就，一定會飛到我完全碰觸不到的地方。」

「我們相隔不遠的。」他無法認同她的話，搖了搖頭，眼裡透著堅毅，語氣決然，「一日小主人，終身爲小主人。雖然現在無法告訴妳，這條繪畫路的盡頭有什麼，但是主人我會帶著妳的夢想，邊看邊走。」直到人生的盡頭，我在哪裡，妳就在哪裡。

「謝謝。」她感動得不能自己，聽見他這麼說，她好像也沒那麼遺憾了。

「記得發喜帖給我，我一定會去參加妳的婚禮。」

「好。」腦海閃過向予澈想殺人的臉，她一臉爲難地笑著，「不過學長很討厭你，說不定會叫你蹲到廁所旁邊吃飯。」

「哦？那我更要會會他。」杜易杰雙手環胸，挑釁地挑著眉。

「哈——啾！」心頭閃過一抹惡寒，向予澈坐在咖啡館後院的藤椅上，一手揉著鼻尖，銳利眼神橫掃四周，「誰？誰在講我壞話？」

此時，邱建平推門而出，手捧一盤法式巧克力慕斯蛋糕，「予澈，這是婚宴的甜點，試吃看看。」

向予澈接過盤子試吃一口，評論道：「下層的布朗尼甜中帶苦，味道相當濃郁，再融進巧克力慕絲和果泥，吃起來很有層次感。」

邱建平見他臉色有些鬱悶，便在他身畔坐下，關心地問：「你又在煩惱什麼？」

「沒什麼，只是在想瑄雨下午去看畫展，不知道看得怎樣？」他很想打電話給她，又覺得自己既然答應讓她去，就該給她個人空間，不該再問東問西。

「大叔好奇問一下，你和瑄雨同居這麼多年，平常在家都怎麼相處？」

向予澈仔細回想，說道：「剛開始生活很拮据，我和她都是半工半讀，回到家兩個人都累翻了，往往講沒幾句話就上床休息。休假時還好，一起打掃，逛超市買菜，還有研究薪水要怎麼分配，該繳什麼費用，檢討開銷如何……」

「停。」邱建平比了個暫停手勢，皺著眉問，「你們沒有其他玩樂嗎？例如逛街、看電影、吃大餐？」

「她說逛街看電影要花錢，能省則省，吃大餐嘛……她說我煮的最好吃！」他一臉得意。

「她生日呢？」邱建平莞爾一笑，他的廚藝能持續進步，看來是受到了尹瑄雨的鼓勵和影響。

「當然是親手做蛋糕，煮一頓好料的請她吃。」

「禮物呢？有沒有送過花？」

「她說存錢比較有意義，買花太浪費了，花枯死就等於燒掉錢。」

「那你和她……不會連接吻都沒有吧？」

「當然有！她的初吻是我的，要接吻還不簡單，把人抓過來親下去……」

「哇啊啊啊！」一陣慘叫聲響起，廚房後門突然被推開，林詠馨、小湘和幾個服務生一起摔了出來，一屁股跌坐在庭院草地上。

向予澈回頭狠狠一瞪，罵道：「全部人的薪水都得扣一千元！竟敢躲在那裡偷聽，那店裡的下午茶豈不是沒人負責了？」

「扣你的頭！」邱建平沒好氣地搖頭，一掌朝他後腦打下去，「瑄雨對愛情的憧憬全被你毀啦！」

「好痛！」他撫著後腦。

林詠馨也嘆氣，「予澈，你這麼沒情調，怪不得瑄雨無法愛上你。小湘，妳給店長打幾分？」

「呃……外表滿分，浪漫零分。」小湘尷尬地衝向予澈一笑。

第十九章　來自雲端的訊息

浪漫零分！

小湘這句話將向予澈瞬間打入地獄，他隨即傳了封訊息給尹瑄雨：畫展看完直接回家，有要事討論。

傍晚，他特意提前回家，做了幾道精緻小菜，在餐桌上布置了玫瑰花，擺上燭台，隨後熄去大燈，點起蠟燭，感受所謂的浪漫。他簡單下了個很向予澈式的結論：「浪漫，就是點三盞蠟燭，讓瑄雨不要看得太清楚，這樣我才有朦朧美，這就叫情調。」

自從母親去世後，向予澈的生活就只允許他顧慮現實層面，他每天都忙著讀書和打工，思考該怎麼填飽肚子活下去。後來，尹瑄雨闖進他的世界，當時柔弱的她需要依靠，他必須讓自己在最短的時間裡堅強起來，哪有心思研究怎麼討好一個女生。

「好暗……我好想開燈，把她看得更清楚一點。」微弱的光線容易讓人曝露出心裡的脆弱，他不想在任何人面前示弱。

林詠馨爲他分析過，杜易杰的畫、何辰晞的琴，能滿足一個女孩對於愛情的浪漫憧憬。

但是，他能滿足她的實質生活，這樣不好嗎？

林詠馨的話在他腦中響起：「不是不好，只是經營愛情就像做菜，要適時添加不同調味料，讓味道變得不同，否則同樣口味的菜吃久了，再好吃的菜也會變得平淡。」

原來，在外人眼中，他和她這些年的生活就像結婚三十年的夫妻，如此貧乏無趣。

等到晚上七點，餐桌上的菜都涼了，向予澈開始昏昏欲睡，手機突然響了起來，來電顯示是尹瑄雨，他趕緊接起。

「學長，我可以……和杜易杰吃個飯再回家嗎？」她吶吶地問。

原來他的「重要事」還是比不上杜易杰！彷彿喝下一整杯檸檬原汁，他喉頭瞬間酸澀起來，但還是故作瀟灑地說：「去呀，不過是吃頓飯，不要太晚回家就好，叫他也慢慢吃，不要噎到了。」噎到最好。

結束通話後，向予澈望著滿桌精心布置的燭光晚餐，雙手扯住桌巾，差點掀了桌，心悶悶地發痛。

晚上九點，杜易杰開車載尹瑄雨回家。

兩人簡單話別，目送他的車燈消失在巷角後，她打開大門走進客廳，看見向予澈低頭坐在沙發上，手拿小尖刀在紅蘿蔔上刻著果雕練刀工。茶几上已經擺著一條龍、一隻天鵝和三朵玫瑰花了，可是他渾身還是散發出一股宇宙無敵濃厚的怨氣。

「學長？」心跳被他嚇得停掉一拍，客廳瀰漫山雨欲來的緊繃。

「大畫家送妳回來？」向予澈要笑不笑地抬頭，見她雙眼有些紅腫，想必剛剛一定和優等生上演久別重逢的世紀戲碼，他整顆心又浸到醋桶裡去了。

尹瑄雨點了下頭，想到多虧他大方鼓勵她去看畫展，她才能了卻多年的心事。她滿心感動來到茶几前，柔聲說：「學長，謝謝你讓我去畫展，杜易杰畫得很棒，和我想的一樣厲害，而且他現在有個服裝設計系畢業的漂亮女友。」

聽到杜易杰有女朋友時，向予澈手裡的尖刀瞬間停住。

「我告訴他，我和你要結婚了，他說要送我畫當結婚賀禮，但是那畫太貴重了。」

「收啊，那更要收！」向予澈一秒變臉，朝她笑得百般溫柔又帥氣滿點，「說不定十年、二十年後，他成了世界級的大畫家，那畫的價值會翻到上千萬，那我們豈不是賺爆了！」

「你眞是錢鬼！」滿心感動瞬間煙消雲散，她微惱地瞪他一眼，回房拿了衣服走進浴室。

沐浴完出來，向予澈不在客廳裡了，茶几上的紅蘿蔔屑被收拾得乾乾淨淨。突然，一雙手從她的身後環上她的腰，隨後一記冰冷的吻印上她剛洗完澡還微微發熱的頸窩。

「學長……」尹瑄雨的心臟劇烈地狂跳，渾身疙瘩也全部豎立。

她僵立的身子被他扳轉，他的吻落向她的唇，某個冰涼硬物被他的舌尖送入她的口中。

尹瑄雨大驚失色，疑惑地問：「爲什麼要餵我冰塊？」

向予澈神色古怪地盯著她，心裡嘀咕著：說他不浪漫，但她也不解風情呀。

「這樣餵冰塊，好像大色狼。」

「囉唆！吐出來還我！」他低罵了聲，心裡滿是疑惑，「爲什麼建平叔對詠馨姨做就是浪漫，我做就像色狼？」

建平叔教的？尹瑄雨啞然失笑，見他滿臉懊惱，她雙手攀住他的肩勾下他的臉，踮起腳尖吻上他的唇，輕輕將冰塊餵還給他，「這樣眞的浪漫嗎？」

一見他雙頰發紅，眼底的渴望湧現，她心慌地轉身想逃，又被他攔腰一把抱起朝著房門大步走去。

「學、學長……」尹瑄雨被嚇得嗓音發顫，這時，手機鈴聲響起，她連忙推著他的胸膛，「手機、手機在響，你快接，說不定咖啡館有急事！」

向予澈將她輕輕放在床上，右手抽出褲袋裡的手機一看，上頭未接來電顯示著：瑄雨爸。

「是誰？」見他神情微微冰冷，她小聲地問。

「是廠商，等一下再回電。」向予澈將手機拋到床頭，高漲的渴望也被尹父的電話澆滅了，理智瞬間回歸，「對不起，剛剛是我太衝動，嚇到妳了，我會耐心等到新婚夜，我保證會溫柔……」

尹瑄雨雙頰緋紅，羞得埋進他溫暖的胸懷間，剛剛實在太突然了，她都沒有任何心理準備，畢竟同居了那麼多年，兩人熟到不能熟，一下子要跨過那條線，似乎……還要再醞釀一下。

向予澈懷抱著她，兩人靜靜相擁，氛圍恬靜而美好，但似乎覺得哪裡不對勁，他又困惑地蹙起眉頭，低頭看向懷裡的她。

「瑄雨？」他有點不適應，怎麼沒被她推開。

「嗯……」她調整了一下姿勢，依然和他依偎著。

「我以爲妳睡著了。」

「差一點……」

「被我抱著……有那麼好睡嗎？」他又忍不住試探。

尹瑄雨閉著眼沒有答話，心裡想到每次作噩夢時，有他在身邊眞的很好睡。

「那以後……我天天抱著妳睡。」

「嗯。」她唇角微勾。

聽到她應好，向予澈壓抑不住滿心的歡喜，再抱緊她一點，揚起唇角提議：「我們明晚去逛街。」

「要買什麼？」聽到要花錢，她仰起臉望著他。

「買新的床單，再幫妳買幾套內衣和睡衣。」他鬆開抱著她的手，上下打量她身上的衣服，「睡衣要黑色的，低胸馬甲款式，配上薄紗、蕾絲吊帶網襪，性感指數爆表！啊，還要丁字小褲褲……」

「向予澈！你大色狼！」她小臉窘紅，又抓起枕頭甩向他的臉。

「喂！新婚本來就要穿新衣。」他伸手擋住枕頭，滿臉無辜，「爲什麼建平叔帶詠馨姨挑內衣和睡衣都不會被打，我說要帶妳去買就會被打？」

「因爲你的表情就跟史萊姆一樣欠打！」說也奇怪，明明情人間討論睡衣也不是什麼奇怪的事，但是那些話從他口中說出來，氣氛完全變調，讓她就是想揍他。

✦

接連四天，向予澈和尹瑄雨完全陷進忙亂中，離婚期只剩兩週，婚紗照的拍攝作業也如火如荼進行中，其中一個外景拍攝場地就在流光咖啡館。

向予澈不愛拍照，面對鏡頭渾身僵硬，被攝影師要求擺出各種姿勢，四周圍觀的服務生也忍不住一邊憋笑，一邊指點。

忙碌之餘，店裡正事還是要做，向予澈抓緊時間，重新規劃一樓大廳的陳設，騰出空間擺下一臺平台鋼琴。

工作和婚事籌備讓他絲毫不得空閒，但是他忙碌得相當開心，員工們也都被他的喜悅感染。

週五傍晚，尹瑄雨下班來到咖啡館，一進廚房準備打卡時，卻發現卡匣裡已經沒有她的出勤卡。

「卡被予澈抽掉嘍。」林詠馨解釋。

「瑄雨姐都要嫁給店長了，還打什麼卡？」小湘滿臉不甘地咬著餐巾。

邱建平也加入揶揄兩句：「不妙！這代表妳以後要走責任制，任店長壓榨喔。」

此時廚房門被推開，向予澈領著一名年約二十出頭、長相斯文、身穿白襯衫的年輕大男孩進來，向大家介紹，這個男孩將擔任店裡的琴師工作。

「這琴師……不會還是學生吧？」邱建平語帶質疑，擔心這孩子琴技差或耐性不定，會毀了向予澈兩年來的心血。

「我叫陳書愷，現在是音樂系碩一。」大男孩對眾人禮貌問好。

「比起其他應徵者，書愷的確在學也沒有工作資歷，不過……」向予澈轉頭望著尹瑄雨，微笑道，「我想這就是緣分吧。瑄雨，妳知道他是誰嗎？」

「我猜不出。」她細細望著他的臉。會彈琴，第一個想到的當然是辰晞學長，但是學長只有妹妹，並沒有弟弟。

陳書愷被尹瑄雨看得微微臉紅，羞赧地說：「我姊姊是短跑國手，陳可芳。」

「可芳學姐！」尹瑄雨心裡一陣激動。

「就是念在你姊姊曾經照顧過我未婚妻，所以才把琴師的機會給你。」向予澈嘴角微勾，別有深意地睨著他，「不然另外幾位應徵者的資歷和條件都相當好，你的機會根本是零，所以要好好爲我效勞！」

「是！店長。」

晚上八點多，流光咖啡館的庭園裡，空氣中飄散著清甜的桂花香。

陳可芳坐在庭園椅上，一身運動Polo衫，長髮在腦後紮成馬尾，渾身散發健康的自然美，右側座位坐著剛從演奏臺下工的弟弟陳書愷。

向予澈和尹瑄雨手捧托盤來到圓桌旁，陳可芳斜斜地看向予澈，只見他面帶無懈可擊的親和微笑，擱下兩壺伯爵紅茶和焦糖薰香奶茶後，再動作優雅地端過尹瑄雨托盤上的覆盆子千層派、香草舒芙蕾和馬卡龍，將它們一一擺上桌。

「請慢用。」上完茶點，兩人收起托盤拉開對面的空椅坐下。

「這是最可怕的噩夢，你們竟然要結婚？」陳可芳一臉不敢置信地打了個冷顫。

「親愛的可芳同學……」向予澈微微瞇起眼睛，衝著她溫柔一笑。

「喂，不准加『親愛的』！」陳可芳雙手搓著手臂上瞬間起立的疙瘩。

「可芳同學。」他越笑越燦爛。

「去掉『同學』！」我和你沒那麼好。

「可芳……」

「向予澈！連名帶姓叫。」

「陳可芳！」向予澈瞬間斂起笑容，雙手環胸冷冷地注視她，「我和瑄雨結婚，妳有什麼意見？」

「妳確定要嫁給他嗎？」陳可芳立刻轉頭問尹瑄雨，「他有暴力傾向耶！這種男人婚後都會變本加厲打老婆。」

「竟然敢離間我們的感情，陳可芳妳皮在癢呀？」他擰起眉毛，狠狠地瞪向她。

「瑄雨，妳看妳看！就是那張瘋狗臉。」陳可芳不甘示弱地指著他。

「妳聽聽妳聽聽，」向予澈伸手將尹瑄雨的臉轉了過來，濃眉輕蹙，可憐兮兮地望著她的眼睛，「妳學姐又凶又沒氣質，以前我住對窗就是天天被她當狗罵！」

「姊……」陳書愷聽得臉都綠了，連忙伸手扯住老姊的衣角。

看著一臉撒嬌裝萌的學長，又斜瞥一眼盛氣凌人的學姐，尹瑄雨嘆了口氣，「學長，你先喝茶，我和學姐聊一下。」

向予澈冷哼一聲，閉上嘴不再說話。

陳可芳竊笑，一副勝利者的模樣，轉頭看向好久不見的小學妹，她看起來多了小女人的嫵媚，美麗得讓人移不開眼，只是以前的天真眼神不再，多了幾分老成與滄桑。

陳可芳的嗓音微微激動：「瑄雨，我下午剛從左訓中心回來，聽到書愷提到應徵的事，巴不得立刻過來見妳。」

「我也是，聽到學姐成爲國手眞的很開心。」她眼眶微微發酸，想起和學姐在宿舍一起吃泡麵、抬腿美容、路跑練習等點滴回憶。多年未見，最高興的，莫過於看到昔日的知心朋友，生活安好、夢想成真。

「當年妳和何辰晞交往，全宿舍都覺得你們非常相配，一個人帥有才氣，一個人美又會畫畫，沒想到多年後……真是世事難料呀！」陳可芳感慨地嘆氣。

「學姐，大家都誤會了，我和辰晞學長……」一小匙舒芙蕾從旁遞到唇邊，尹瑄雨只得張口吞下，「不是情人，我們其實沒有交往過……」再一顆馬卡龍遞來，她又咬了一口，「而且辰晞學長畢業後，我們也沒聯絡……」又一杯紅茶遞來，杯緣輕碰她的唇，她轉頭望著身畔的向予澈，哭笑不得，「學長，不要再餵我了。」

向予澈慵懶地單手撐著臉，口氣微酸：「那妳不要講何辰晞。」

聽他醋勁頗大，陳可芳眼底閃過一絲戲弄，故意提高聲量：「何辰晞呀，年初高中同學會時，聽說他大學畢業後進了一家船務代理公司，而且那間公司似乎是他媽媽的家族企業。」

突然聽到何辰晞的消息，尹瑄雨心裡微微一動。以前聽他聊過爸爸是海運公司的輪機長，沒想到媽媽的背景更顯赫，家族竟是開船務代理公司的。

「陳可芳，妳吵死了！」向予澈一臉不耐煩地掏著耳朵。

「唷……向予澈，你怕瑄雨想起舊愛然後逃婚嗎？我告訴你，不用出動何辰晞，我自己來就行了。」陳可芳立刻含情脈脈地望著尹瑄雨，柔聲哄著：「瑄雨，跟學姐走好嗎？學姐最近買了間小公寓，不要和他同居了，來我的小窩，我們繼續延續高中的情分。」

「好呀，我跟學姐私奔。」尹瑄雨掩唇一笑，拉著椅子挪坐到陳可芳身邊。

陳可芳又一臉得意地看著向予澈，陳書愷見姊姊不斷挑釁店長，一張臉紅了又青，青了又紅，只顧埋頭喝茶，吭都不敢吭一聲。

向予澈氣定神閒地啜了口紅茶，不在意地說：「陳可芳，妳帶走瑄雨時，記得把妳弟弟拎回家。」

「噗！」陳書愷一口奶茶全噴回杯內，左腳用力踩上姊姊的腳背。

「向予澈你……」陳可芳氣鼓著臉說不出話，右腳快被弟弟踩廢了。向予澈開出的薪水不錯，爲了保住弟弟的工作，她只能含恨吞下這場敗仗，「瑄雨，學姐勾引不起妳。」

尹瑄雨又拖著椅子坐回向予澈身邊，偷偷看了眼似笑非笑的他，他的眼睛裡露出誰也別想跟他搶的決心。

伴著星光佐著茶香，尹瑄雨和陳可芳暢聊，像是哪位松岡高中的老師請調走了，哪位教官退休後成立鄉村合唱團。有感慨，有不可思議，有意想不到，再加上向予澈不時加入吐槽，三個人又笑又鬧又罵，重拾當年的青春歡樂。

直到晚上十點，陳可芳和尹瑄雨才依依不捨相擁話別。

「瑄雨，以後要罩一下我弟，不然我怕向予澈瘋起來會挾怨亂咬人。」臨走前，陳可芳拉著陳書愷，慎重地對尹瑄雨叮嚀。

「放心，我會把店長綁住。」她微笑點頭。

「妳們兩人竟然串通一氣，不過啊……」向予澈低頭在尹瑄雨耳畔輕聲低語，「我求之不得，妳要把我綑緊一點，越緊越好。」

尹瑄雨被他的曖昧語氣一逗，耳根微微發熱。

陳可芳離開後，所有員工也陸續下班。在等待向予澈收拾東西時，尹瑄雨來到大廳的鋼琴演奏區，那裡擺著一架外型典雅的純白色三角平台鋼琴，後方音箱較短，看起來精巧可愛。

她掀開琴蓋，指尖撫過白玉般的琴鍵，輕輕敲下其中一鍵，清脆的琴音在靜謐大廳裡迴蕩，腦海中閃過一幕景象——漫天相思樹的花球飛灑，一道幾乎褪色的天藍身影瀟灑遠去……

「怎麼了？」向予澈關懷的話語從身後傳來。

「呃，琴鍵彈起來好輕。」

「在想何辰晞？」他緩步走到她身側，試探地問。

「的確想到很多高中的事，辰晞學長只是這些回憶的一部分，當然，回憶裡也有你專屬的一部分。」她搖頭對他解釋，一股悵然湧上眼底。

剛剛和陳可芳暢聊時那麼愉快，短短兩個小時就讓她忘卻現實煩惱，彷彿重新回到高中時代，彷彿還能懷抱夢想、憧憬未來，渾身充滿蓄勢待發的力量；但是陳可芳走後，客人散場，員工一個個離開，燈也一盞盞熄去，空虛感如潮水般湧來。

「好想回到人生沒有變調的從前。」她轉身依偎在他的懷中，「學長，帶我回家，我想回家。」

「好，回我們的家。」向予澈輕吻她的額，眼神卻微微黯下。他才不想回到從前，因爲高中的她不可能屬於他。如果時光眞的可以倒流，那麼他會不顧一切阻止她回到過去。

那夜，尹瑄雨失眠了，在床上翻騰到凌晨三點。

陳可芳無意間捎來何辰晞的消息，也勾起她無數回憶。在離家住宿的那段日子裡，辰晞學長一直是她心靈上的寄託，用廣播和音樂撫慰她的孤寂，在她陷入低潮時鼓勵她，甚至伴她走過那段，因杜易杰的離開而傷心的時期。

之後舞會上的共舞，夕陽下並肩走回宿舍，兩手聯彈……對她而言，他是生命裡最獨特的存在。

夜太靜，思念來得凶狠，一口吞噬她。她突然好想再見何辰晞一面，想知道他現在過得好不好？是不是和陳可芳、杜易杰一樣實現了夢想？

尹瑄雨翻身爬起，坐到書桌前，打開筆電，在網頁的搜尋欄打上「何辰晞」，按下「搜尋」鍵。

她一筆一筆過濾資料，最後找到一篇名爲「臺灣船務代理業實務問題探討」的文章，作者名字是「何辰晞」，文章下方留有一個E-mail地址。

尹瑄雨開啟電子郵件，迅速打下幾行字。

何先生您好：

很冒昧打擾您，請問您是否讀過松岡高中？

我認識一位學長的名字和你一樣，如果我弄錯人，煩請見諒。

尹小姐留

寫畢，她移動滑鼠，按下「傳送」鍵。

三萬八千英呎的高空上。

淡白日光映亮機艙靠窗的座位，一位身穿筆挺西裝，相貌俊雅的年輕男子一手撐著臉，遙望窗外雲層出神。

桌面上的手機突然震動一下，跳出一則收到新郵件的通知。

他回過神拿起手機，點開郵件閱讀內容，微微愣住幾秒，而後唇角微彎，迅速回了一封信過去。

我是松岡高中的何辰晞。
小雨學妹，好久不見！

經過十七個小時的飛行時間，班機抵達臺灣時已經下午五點。

何辰晞拖著行李通關後，步伐悠然地走出航廈大門，整座機場被霞光籠罩，朵朵浮雲像浪花般翻湧，在天頂氾濫成一片橘澄色海洋。腳步一停，他被那景色深深迷惑住，思緒放空了幾秒，才又拖著行李搭上計程車，回到位於市中心的大廈。

下車後，天色已黑，大廈一格格窗口亮起溫暖燈光，他的臉上透露出些許渴望，加快腳步來到警衛室窗口。

「何先生，這次出差比較久喔。」滿頭灰髮的警衛伯伯從鐵櫃裡取出一疊信，再抱起地上的紙箱，擺上櫃檯。

「嗯，被總經理外派到紐約港分部三個月。」何辰晞面露溫雅淺笑，提筆在信件簽收欄簽下名字。

「看你那麼認真打拚，真想把孫女介紹給你。」

「伯伯的孫女多大？」

「我孫女十五歲，上次送東西過來時看到你，回家後一直問我你的名字。」警衛伯伯呵呵笑道。

「小我十歲，這年紀青春無敵呀。」他抿笑輕輕搖頭，表示消受不起。

「哈哈哈，再怎麼青春無敵，也比不上你漂亮的模特兒女友。」

何辰晞笑而不語，一手抱起紙箱，拖著行李搭乘電梯來到十八樓，打開大門，走進三個月不見的家。熟悉氣息撲面而來，瞬間放鬆了他的心情。

將信件、包裹擱到茶几上，他脫下西裝、扯開領帶拋向沙發椅背，一邊解開襯衫上的鈕扣，一邊走進房間拿出換洗衣服，再褪下襯衫拋疊到西裝外套上，裸著上身走進浴室。

沐浴完，他套了件薄棉襯衫，懶得扣釦子，就這麼微微露出胸膛、赤著雙足來到廚房，取下杯架上的高腳杯斟了杯紅酒。

何辰晞如貓兒般慵懶地斜倚在沙發上，溼髮微翹，神情怡然自得，輕輕搖晃夾在指間的酒杯，冰塊敲擊玻璃的清脆聲響起。

飲下最後一口酒，他擱下酒杯，起身拆開紙箱，箱子裡果然如他所料，髮飾、項鍊等物品全部被拆解成碎屍，他的照片也全部被剪碎，裝了滿滿一大箱。

輕嘆口氣，他拿起手機點開訊息，發訊時間是一個月前，傳來訊息的人，是他的女友。他們是大學不同系所的同學，兩人一路走來也交往了四年，但是……

辰晞，不要分手好嗎？我只是希望你多多陪我，偏偏你畢業後總是那麼忙，心不在我身上，我一直求你不要接受外派，可是你完全不顧及我的感受。

這次會這樣，都是我的錯，可以嗎？但是你有沒有想過，會發生這樣的事，全是因爲你不在我身邊，我只是很寂寞，沒有安全感。

和你交往以來，越靠近你，就越覺得你冷漠，若即若離，好像隨時會不見，我常常不知道你在想什麼，四年來，我發覺我根本不了解你。

何辰晞！追我的人多得很，當初要不是看在你的家世背景，我根本不會答應和你交往！告訴你，我從來沒有愛過你！

訊息內容越後面越失控，侮辱漫罵的字眼一一出籠，當不成情人便成了仇人。何辰晞一臉平靜，無所謂地撇了下唇，點選全部訊息，刪除。

再點開手機相簿，曾經被同學們視爲才貌登對的兩人，四年來共同出遊、用餐、共度生日……所有曾經的甜蜜最後終結在數張不堪的照片上。在他被外派一個月後，朋友傳訊告訴他，他的美麗女友夜生活精彩，時常和別的男人在夜店裡熱情擁吻，還有照片爲證。

他決絕地刪除所有的照片，將紙箱重新封好，丟到垃圾筒旁，結束這段四年的感情。

何辰晞走進房間，將自己埋進棉被裡，長途飛行的疲累逐漸襲來，意識模糊間，他聽到手機響起收到郵件的提示音。怕漏掉工作上的重要信件，他又強撐起精神，一手探上床頭抓下手機。看到螢幕上的寄件人名字時，他愣了一下，才點開郵件內容。

辰晞學長，眞的讓我找到你了！

沒想到你還記得我，這心情實在難以言喻，最近好嗎？

他微微一哂，喃喃低語：「小雨學妹，我很不好啊，學長最近失戀了。」腦海中浮起一個高中小學妹的身影，她總是以愛慕的眼神仰望他。

和她初次相見是在火車上，她打盹睡倒在他肩頭上，本來想推開，卻見她沒有父母陪伴，獨自一個人帶著大包小包坐車，睡著的模樣還挺可愛的，既然沒有流口水，那就繼續把肩膀借給她，直到火車到站，才喚醒她。

其實下車後，他並沒有特別記住她。

第二次相遇，他在禮堂布幕後彈琴，沒想到她竟碰巧聽見，兩人就此相識。他見她因爲素描表現不好而掉淚，覺得這學妹認眞到近乎傻氣，讓人無法放手不理，便答應她以後可以常來禮堂聽他彈琴。其實他當天回去以後，有些後悔，怕她會就此纏著他不放，或是四處宣揚他給她的特別待遇。

但是她沒有。她不曾刻意跑來教室找他，也不像某些女生那樣對他窮追不捨，只是放學時一個人過來安安靜靜地聽他彈琴，從來沒有更進一步的要求。

之後她捲入夜校紅人向予澈的是非裡，校園裡的流言傳來傳去，說她如何不檢點，如何周旋在他和向予澈之間。

但是，他絕對相信她。因爲他知道，她愛慕的人一直是自己，何辰晞。

漸漸的，他開始喜歡和她的相處模式，非常自由自在，可以天南地北亂聊，沒有束縛和壓力。

在聖誕舞會上，或許是因爲那時的氣氛太美，他差點脫口告白，然而理智告訴自己，他即將升上大學，而她還只是高中生，兩人未來還有很多選擇，他無法保證自己可以專情。

當時，愛情和自由，他選擇了自由。

經過了這麼多年，不知道小學妹變得怎麼樣？他點下郵件回覆，在內容寫道：

小雨學妹，當然還記得妳。
很驚訝妳會找我，要不要出來吃個飯？

第二十章　困境的抉擇

星期日的下午茶時間，尹瑄雨手拿巧克力擠花袋，在蛋糕盤上勾勒出一幅魔幻的花草盤飾，突然，有一隻大掌從旁伸過來握住她的手。

向予澈口氣帶點崇拜，彎身在她耳邊輕語：「畫得眞美，做盤飾我就是不如妳。眞奇怪，以前看妳畫那些瓶罐水果，還有鬼一樣的石膏像，一點都不覺得美，可是看妳畫的盤飾，就覺得眞的很漂亮。」

眾目睽睽之下，他帶點薄繭的指腹輕輕摩娑尹瑄雨的手，明明他是在誇讚她做盤飾的畫功，羨慕她有一雙靈巧的手，但是這種感覺好像……好像……

「店長，別性騷擾員工呀。」站在對面的林詠馨蹙眉笑道。

就是性騷擾！尹瑄雨努力憋著笑意。

「我眼睛有問題嗎？怎麼看出去一片黃。」小湘夾起兩個檸檬片擋在雙眼前。

「店長中午也是這樣貼近書愷，誇他鋼琴彈得還不賴。」邱建平冷不防地爆出一句。

「噗！」剛下工坐在角落吃點心的陳書愷又噴蛋糕了，一張臉紅到可以榨出血，他氣急敗壞地澄清，「建、建平叔，店長和我……沒有沒有！瑄雨姐，妳不要誤會。」

「你們跟我有仇呀，怎麼一個比一個多話？」向予澈不懂怎麼每個員工都這麼愛吐槽他，他邊罵邊拉著尹瑄雨走向後門，一走出門外就將她抱個滿懷。

「學長，現在是工作中，突然拉走我，會造成其他人的困擾。」她嚴重抗議。

「還有七天，簡直度日如年。」他輕輕捧起她的臉，溫柔地吻向她的唇，「妳也不要學長長、學長短，該改口叫名字了。」

再過七天，她的人生將會走上下一段旅程，年少時的所有其他念想也應該到此爲止。她的心情突然變得有些複雜，輕輕推開他，小小聲地說：「有件事必須跟你坦承，不過說了以後，你一定會生氣。」

「我保證不生氣，什麼事？」他一臉豪氣。

「星期五那晚，聽可芳學姐聊起辰晞學長，晚上我……上網找到學長的信箱。」話才說到這裡，果眞見他臉色大變，但她還是硬著頭皮說出今晚要和何辰晞吃飯的事。

向予澈眼神陰沉，好半晌才說：「妳找都找了，飯局也定了，我要妳別去見他，妳就不去嗎？」

她沉默了，不管他如何阻止，都無法改變她想見何辰晞一面的心意。

向予澈頓時覺得心灰意冷，笑著自嘲地說：「瑄雨，我覺得妳很花心，前面有個優等生班長，後面又來個何辰晞，我無權阻止妳去見誰，只是……妳不要都看著別人，偶爾也得回頭看我一眼。」

她不知所措地看著他轉身走進店內，明知道他在生氣，卻也莫可奈何。

一直到下午三點多她離開咖啡館時，向予澈都沒再進到廚房一次。

回家洗澡換完衣服，尹瑄雨來到一間知名的義式餐廳。

她一眼就認出何辰晞的背影，他正站在餐廳的大片玻璃窗前，靜靜遙望外面的風景出神。

她一步一步走向他，不時深呼吸，藉此緩和胸口的急促心跳。

「學長。」來到他身後，她輕輕喚了聲。

何辰晞緩緩轉過身，昔日俊雅面容變得成熟，眼神深邃穩重，搭上純白襯衫，英挺貴氣。

四目靜靜相望，各自搜尋腦海裡的彼此，時間在回憶裡暫停流動，定格在相思花雨灑落的那個夏天。

何辰晞微微一笑，來到桌邊爲她拉開椅子，「學妹，請坐。」

尹瑄雨有些受寵若驚，道謝後在椅子上坐下，隨後見他在對面位子坐下，熟練地伸手招喚服務生過來點餐。點完餐，餐桌上突然變得安靜，她視線一時不知道該擺在哪裡，心裡有好多話想說，卻不知從何開口。

「妳在網路上看到我哪一篇文章？」他體貼地主動開口。

「船務的實務問題，內容太深奧，我看不懂。」她皺眉回想標題。

「妳還認眞讀它啊？」

「想看看學長腦袋裡裝些什麼，眞沒想到你畢業後會從事船務的工作。」

「我高中和大學已經盡力投入自己的興趣了，可惜還是逃不過家裡的安排。老實說一家企業全部用自家人，這情況未必好。」他不認同地搖頭，又接著問，「妳呢？現在是美術老師？還是在哪個藝術工作室工作？」

尹瑄雨臉色一黯，輕輕嘆息：「我和學長一樣，做的也不是自己喜歡的工作。」

「怎麼說？」他好奇地問。

沙拉、濃湯、麵包陸續上桌，尹瑄雨將高中畢業後的事簡短說明一遍，何辰晞靜靜聽著，偶爾提問幾句，但是挖探得並不深。說完她有些尷尬，不敢看他，心裡忐忑不安。

「世事變幻無常，這就是人生吧。」何辰晞臉上沒有多餘的同情或驚訝，只是溫柔地望著她的臉，舉起紅酒杯微笑，「敬妳。很高興看到妳堅強熬過，現在一切安好。」

「謝謝學長。」她很是感動。她不要他同情，也不要他安慰，只要他以普通目光看待她，當她是永遠的小學妹，這樣就好。

「不過沒想到向予澈會和妳走在一起。」何辰晞開始在腦中搜尋有關這個人的記憶，對他的了解僅止於夜間進修部的問題紅人，還有尹瑄雨曾受他牽連，一度鬧得滿校風雨。

「予澈學長，總給我一種宿命的感覺，如果不是發生了這麼多事，我又怎麼會和他這樣走在一起？」這些年來，尹瑄雨心裡常有這樣的感觸。

「宿命？」他不以爲然，「這是妳說服自己結婚的理由？」

「什麼意思？」

「在我聽來，妳結婚的動機等於是自我放棄。」

彷彿一拳擊中心口，她臉上笑容漸漸逸去。

「老實說，向予澈的付出已經變成妳的壓力之一，而妳宣洩這股壓力的出口是選擇結婚。或許妳現在覺得解脫了，但是結婚以後呢？如果舊有的問題沒有解決，兩人婚後摩擦增加，更會加速感情的崩解，就怕最後反而造成更大的傷害。」

聽何辰晞這麼分析，尹瑄雨又煩悶起來。薪水一再被掏空的疲累，父親伸手要錢的行徑，加上對向予澈不斷加深的愧疚，種種壓力再次襲來，她眞的無法思考未來，只想遠遠逃開。

見她臉色突然蒼白，何辰晞意識到自己的話說重了，連忙握住她置於桌面顫抖的手，輕聲道歉：「抱歉，我不該插手妳的私事，畢竟我對你們了解不深，再說……我自己的感情也是一團糟，最近才和交往四年的女朋友分手，沒資格給妳建議。」

「爲什麼會分手？」她微愣了一下，輕輕抽回被他緊握的手。

「她認爲我大學畢業後變了，每天埋首工作，不再像以前一樣陪她逛街夜唱，讓她感覺寂寞。」何辰晞想不透，到底是因爲寂寞而變心，還是只是濃情轉淡，寂寞成了變心的藉口。

這樣的分手理由讓尹瑄雨無法接受，忍不住替何辰晞抱不平：「其實每天打卡上班，面對永遠做不完的工作，還要應付上司、廠商、同事間的勾心鬥角，下班後眞的很累，很想休息。予澈學長也常忙到三更半夜，有時候被客訴了，回到家就臭著一張臉癱倒在沙發上。」

「那妳會怎麼做？」他突然插話。

「不理他呀，讓他自己在沙發上窩著。」她忍不住噗哧笑出，想到疲累的向予澈像條死魚在沙發上翻著肚子的模樣，「累極的他就像失去戰鬥力的獅子，有時也不愛說話，那就給他安靜的空間，通常隔天一覺醒來，他又會生龍活虎了。」

何辰晞見她提及向予澈時眼神一亮，心裡升起一股說不清的情緒，感慨地嘆氣，「我前女友和妳不同，常常在我工作的時候打電話給我，問我愛不愛她？下班後又問我，不說話是不是對她哪裡不滿？質問我爲什麼要接受外派？交往四年了，她卻說她完全不了解我，不懂我在想什麼。」

「能束縛住喜歡自由的學長四年，就代表你一定很愛她。」一如過往，她像個小粉絲般忠實地護衛著他，「工作出差或外派，有時候也不是自己能決定的，再說下班累了，也只是不想說話，在放空而已吧。」

「妳又知道我什麼都沒想？」他眉毛一挑，對她的回答感到驚奇。

「因爲你是辰晞學長呀。」她輕笑，她就是篤定他什麼也沒想。

何辰晞手中刀叉一頓，望著她的眼睛，萌生一股未曾有過的興味，「眞有趣，以前都沒發現學妹的心思這麼細，這麼了解我。」

「哈哈哈……哪裡哪裡。」她不好意思地搔搔頭髮。

「妳太客氣了。」

「好說好說。」

「學妹這樣有點假喔。」

「這還不是跟學長學的。」

和高中一樣，轉眼三個小時過去，兩人總有聊不完的話題，相處的時間永遠不夠。只是，惦記著向予澈可能還在生氣，尹瑄雨不敢太晚回家，兩人互留手機號碼後一同走出餐廳。

「畢業後還能和學長聯繫上，眞是一件幸運又美好的事。」她仰望天頂稀疏的星光，這世界因爲何辰晞的出現，刹那間又變得不同了。

就像高中的她，只要想到和何辰晞身處同一座校園，期待和他在某個轉角相遇，每天就有了起床上學的動力。現在雖然兩人身處不同公司，但是看到他努力工作，她也有了工作的動力。

「我開車送妳回家。」何辰晞掏出車鑰匙。

「不用，我坐車就好。」尹瑄雨連忙搖手，家裡蹲了個大醋桶，她哪敢再給人送第二次。

微笑道了再見，尹瑄雨步伐輕盈地走向公車站，留下何辰晞站在原地，若有所思地望著她的背影。

坐車回家的路途中，尹瑄雨望著窗外流瀉的夜景。

靜下心想想，何辰晞的分析的確一針見血，點中了她和向予澈之間一個尚未解決的問題。

自從月初和父親為了錢的事鬧翻，如何辰晞所言，她在自暴自棄的情況下答應了婚事，成全向予澈的期望，也讓自己獲得了終於解脫的輕鬆感。

可是說也奇怪，父親這十多天來一通電話都沒有，這情況有些反常。

她連忙掏出手機查閱來電紀錄，確定沒有漏接任何一通父母的來電，這才稍稍放心。接著又想到月底要結婚了，她瞞著父母這麼重要的事，這算不孝吧，但是她眞的不想他們出席這個場合，就怕父親屆時又生出其他事端。

無論如何，婚後她必須和向予澈約法三章，兩人的金錢收入要劃分清楚，絕不允許父母向他伸手要錢。

公車到站後，尹瑄雨下車走進社區小巷，猜想著向予澈會不會又拿蘿蔔、水果出氣，沒想到一進門卻見他趴倒在廚房小吧台上，桌上擱著半瓶威士忌。

聽見開門聲，他半撐起身子看著她，嘴角揚起一抹嘲弄，「這麼早回來？何辰晞……怎麼不進來？」

「我自己坐車回來的。」她感到有些難受，沒想到她在和何辰晞吃飯的時候，他獨自在家喝悶酒。明明之前還笑過她藉酒澆愁愁更愁，結果他竟也選擇這種方式折磨自己。

「他人呢？」向予澈掙扎站起，身子一陣搖晃，幾乎快要跌倒。

「他沒有來。」她趕緊上前攙住他。

「何辰晞……進來呀……喵的咧！我給你『按』……一萬個讚！」說完，他用力推開她，蹣跚地走向大門。

「學長，按什麼讚啦？」她趕緊追上前，張臂抱住他的腰，將他拖回客廳。

「何辰晞！我按按按按按……按你個讚！」他不死心，指著大門罵道。

「學長，別這樣！」

「按按按……」

尹瑄雨又哄又騙的，才好不容易把向予澈弄上床。望著眉頭深鎖的他，她心中很是歉疚，只要她肯早點向前一步，一切似乎就能海闊天空，偏偏她之前就是很難心甘情願地跨出那一步，才導致他對自己沒信心。

這一次，尹瑄雨真的把向予澈惹毛了。

隔天酒醒後，向予澈把她當成透明人，兩人冷戰了幾天。整間咖啡館的員工都被他的低氣壓波及到，人人精神緊繃，小湘和林詠馨還亂出主意想幫兩人和好。

拍好的婚紗照送來了，兩人下班回家後，尹瑄雨坐在沙發上翻看相本，指尖描繪著照片上向予澈的眉眼。兩人拍照時沒什麼默契，全部姿勢都是在攝影師的指點下硬擺出來的，直到她看到照片，才發現他凝視她的每個眼神都藏著深深情意。

「學長，你一直生我的氣，讓我很難過。」她垂著臉小聲撒嬌。

「那，最近肩膀有點痠。」向予澈抱著衣服揉了揉右肩，其實早就不氣了，只是拉不下臉。

「等你洗好澡，我幫你搥搥。」

「不要用麵棍。」

「是用手搥。」她掄起雙拳表示誠意，心裡暗鬆口氣，總算和他和好了。

見他滿意一笑走進浴室，尹瑄雨繼續翻看相本，此時，手機鈴聲突然響起，她循聲找到向予澈的手機，拿起來一看，來電顯示竟然是：瑄雨爸。

一個念頭閃過她的腦海，她按下接聽鍵。

「予澈啊，我今天才有空去郵局刷簿子，大小聘已經入帳了。我家瑄雨能嫁給你，眞是她的福氣。」尹父語帶討好的聲音在手機彼端響起。

聘金？尹瑄雨腦中轟然一響，思緒瞬間炸空。

「不過……我就這麼一個寶貝女兒，現在要出嫁了，如果女方父母沒出席，一定會被賓客講閒話，要不要再勸勸瑄雨，眞的不讓我們出席嗎？」

一股怒氣在胸口攀升，尹瑄雨瞬間紅了眼眶，哽咽地說：「沒錯！是我不要你們參加婚禮。爸，你跟學長要了多少聘金？」

「瑄雨？怎……怎麼是妳？」突然聽到女兒的聲音，尹父一時不知該如何反應。

「多少？」她加重語氣逼問。

「就大聘……六十六，小聘十六……」

聽到那數字，一股前所未有的怒氣瞬間爆發，尹瑄雨失去理智，發了瘋似地一手揮開吧台上的杯杯罐罐，用力推倒旁邊的高腳椅，對著手機又哭又吼：「你怎麼做得出這種事？我限你明天把全部的錢還給學長，否則就沒有婚禮！」

浴室門猛然打開，向予澈僅著長褲，上身溼淋淋地走出來，一把抱住激動不已的她，搶下手機看了眼通話對象後，全身發涼。

「向予澈！你解釋啊？」她滿面淚痕，伸手用力推開他的胸膛。

「是我主動聯繫妳父母的，聘金是結婚的禮俗之一。」他沉聲解釋，上前握住她的雙肩。

「他憑什麼再跟你要錢？」她打斷他的話，再一次推開他，「你為什麼不叫他先把之前的債還清？」

「妳冷靜點！瞞著妳是我不對，我只是希望結婚後，妳所有的壓力由我承擔。」

「不要！我不要！」尹瑄雨抱著頭尖叫，「你在做這件事時，有沒有問過我的意思？你一點都不尊重我！那男人……他憑什麼再跟你要錢？你為什麼要給？你們當我是什麼？私下交易的貨品嗎？你們這樣做，是要逼死我嗎？」

「瑄雨，對不起！」他扯住她的手軟聲道歉，見她精神瀕臨崩潰，他慌了手腳。

「走開！你走開！」用力掙開他的手，她決絕地推開他，抓起沙發上的皮包衝出大門，「這婚……我不要結了！」

半夜兩點，一通電話吵醒了陳可芳，她迷迷糊糊抓起手機。

看到來電顯示時，她立即醒來暴怒大叫：「向予澈！你睡飽太閒呀，半夜吵人……」

「陳可芳，瑄雨有去找妳嗎？」向予澈異常消沉的聲調打斷她的話。

「瑄雨？沒呀，爲了我弟弟的工作，我哪敢偷拐她。」

「你……有何辰晞的手機號碼嗎？」

「我怎麼可能有？」陳可芳滿臉莫名其妙，她和何辰晞從高中就沒什麼交集，怎麼可能會有他的電話。聽見向予澈不太對勁的口氣，她還是意思意思關心一下，「你和瑄雨怎麼了？」

向予澈沉默了好幾秒才說：「我再去繞一圈，如果她有和妳聯絡，麻煩妳通知我。」

掛上電話，陳可芳的睡意全消，決定打給尹瑄雨，卻怎麼也打不通。直到半夜三點，她才總算接到尹瑄雨的來電，問明她所在的地點後，陳可芳趕緊駕車將流浪小貓般的學妹，從路邊一條暗巷撿回自家小公寓。

「妳和向予澈在吵些什麼？」倒了杯茶給尹瑄雨，陳可芳在她身旁坐下。再過兩天就要結婚的人了，竟會和未婚夫吵架吵到離家出走，這婚還結不結？

一句關心惹得尹瑄雨淚水狂掉，抽抽噎噎地話都說不清楚，陳可芳聽了半晌才拼湊出事情大概。爭吵原因和父母及家中債務有關，向予澈似乎多事地做了什麼，踩中她的地雷。

但是這家務事陳可芳實在幫不上忙，只能抱著她，勉力安撫她激動的情緒。

隔天早上醒來，尹瑄雨看著鏡子裡跟鬼沒什麼兩樣的自己，長髮凌亂、臉色慘白、雙眼紅腫到幾乎睜不開，這樣子的她完全無法上班，只能跟公司請假。

陳可芳留了字條說去體育場訓練，尹瑄雨一打開手機，便跳出十幾則向予澈的未接來電通知。她心痛難忍，爲什麼同居那麼久了，他還是不懂她想要的是什麼？

向予澈的付出，她全看在眼裡，所以才不准父母再向他拿錢。一想到這裡，她又氣急敗壞地打電話給尹父，口氣強硬，要他把錢全數還給向予澈。

「瑄雨，妳用這種態度跟我說話，有當我是妳爸爸嗎？」聽她口氣不敬，尹父脾氣也上來了，「那些錢，是予澈在有條件的約定下給的，妳以爲我拿了錢會自己獨吞嗎？還不是爲了……」

「我不管你們談了什麼條件！反正你不該再跟學長要錢，這婚我不結了，那些錢你馬上還給學長！」她不想聽父親囉唆一堆藉口，直接掛斷電話。

想到這些年父親所做的一切，尹瑄雨覺得自己的內心又變得更加醜陋，變得更加消沉。

到了下午，尹瑄雨突然接到何辰晞的來電。

聽見尹瑄雨的聲音帶著濃厚鼻音，何辰晞柔聲問：「昨天好好的，怎麼現在哭成這樣？」

「我和予澈學長吵架，現在在可芳學姐家。」

「地址給我，我們見面聊一下吧。」

下樓來到公寓旁邊的小公園裡，尹瑄雨垂著臉坐在秋千上，何辰晞遞給她一杯冰咖啡，隨後在旁邊的花臺上坐下，靜靜聽她敘說和向予澈大吵一架的原因。

「學長說得對，我自己家裡的債務問題一直沒解決，就這樣嫁給予澈學長，只會爲他帶來更多麻煩。我根本阻止不了我爸跟予澈學長拿錢，我眞的不知道該怎麼辦。」她有種被逼到絕境的窒息感。

「學妹想聽我的意見嗎？」停了一下，他又補充，「不過，不是很中聽喔。」

「什麼意見？」

何辰晞淺淺一笑，「現在的妳，真正需要的是時間和休息，我建議妳先暫緩婚事。其實，在妳用這種心態答應這樁婚事時，就已經傷害到向予澈了。」

她的心口受到重重一擊，回想起她當初答應嫁給向予澈時，他確實氣到把茶几一腳踹歪。

見她神情微變，何辰晞也停了下來，留給她一點思考時間後，才又繼續說：「妳可以和向予澈暫時分開一陣子，讓自己好好冷靜，這樣才能看清楚自己想要的究竟是什麼。」

「這麼多年來，我一直很清楚自己想要什麼。」

「學妹最想要的是什麼？」

「我想要錢！最大的希望，就是把欠予澈學長的錢全部還清。」這些年來，她真的被錢逼怕了，她好想趕快結束這樣的生活，讓她可以抬頭挺胸迎視他，而不是每次一觸及他的關愛眼神，只會愧疚地想低下頭。

何辰晞望著她，眼神深沉，思忖了半晌，微微一笑，「那我可以給妳另一個選擇——妳馬上辭職，來我家的船務公司上班。」

她震驚地朝他看去。

「妳的英日語能力在溝通書寫上沒問題，又在貿易公司的總經理身邊待了兩年，熟悉國貿和會計。明年初，我會正式外調到美國紐約港的分公司，正好需要一個助理祕書。」

「外調？」

「沒錯。宿舍、車子、醫療保險、搬遷費、生活津貼……這些公司福利都有，重點是可以遠離臺灣讓妳煩心的一切，讓妳專心在工作上，得到妳最想要的東西——錢。」他起身在她面前蹲下，輕輕執起她的手，在她的掌心寫了一個數字。

尹瑄雨再次愣住，學長開給她的薪水足足是現在的三倍，那個數字一瞬間打動了她，只要三餐自己料理，生活省吃儉用，她將會有更多能力還清債務。

「可是我到那裡人生地不熟……」一想到陌生的環境和人事，她開始惴惴不安。

「有我在，妳怕什麼？」他定定地望著她，一臉笑意。

他的笑，讓她的思緒更加混亂，她並沒有找到想要的解答。如果選擇和向予澈結婚，他絕對不會答應讓她和何辰晞共事，甚至外調到紐約港；可是，如果不結婚，她就必須放向予澈自由，不能再束縛住他的感情。

「那……予澈學長……怎麼辦？」她不知如何是好。

何辰晞緩緩站起，遙望天頂遊走的浮雲，嘴角輕揚，「人生，本來就是一次又一次的選擇，我無從爲妳決定什麼，就看妳怎麼取捨。」

尹瑄雨心緒大亂，要拋下一切跟辰晞學長離開，或爲了予澈學長留下，她該如何選擇？

又一夜過去，尹瑄雨還是沒有回家，向予澈連續兩夜沒睡好，失去了平日的活力與笑容，勉強來到咖啡館處理一些事務後，一個人坐在後院裡落寞地喝咖啡。

林詠馨在他身邊坐下，柔聲關心：「予澈，瑄雨在她學姐家吧，要不要我陪你去找她談談？」都已經到了結婚前一天，小倆口還沒和好，她和邱建平簡直快急死了。

沉默了幾秒，向予澈擱下咖啡輕輕嘆息，「我有點累了，很想休息，也不該再勉強瑄雨了。幸好宴請的賓客不多，下午我會一一打電話道歉，取消婚禮。」

「予澈你……」

他勉強撐起一個笑容，「詠馨姨，我會再跟建平叔詢問法國藍帶學校的報名程序，記得是要提前半年報名，剛好我可以趁這段等待開學的期間，去惡補一下法文。」

「你想去藍帶上課？」

「這是我從小的願望，想去看看爸爸和媽媽相遇的地方。」

林詠馨聽了眼睛一酸，點點頭，「你去吧，我和建平會幫你照顧這間店。」

他微微振作起精神，朗聲笑道：「好！就這麼決定，說不定在課堂上還能和女同學譜出異國戀曲，不錯不錯。」

此時，小湘突然開門探出頭叫道：「店長，二十號桌的客人找你，他說他叫何辰晞。」

向予澈臉色一沉，起身撫平制服上的皺褶，轉身大步走進店內，來到第二十號桌，拉開何辰晞正前方的座椅坐下。兩人眼神對峙，互不相讓。

半晌，向予澈揚起無懈可擊的職業性禮貌微笑，「請問何先生，對於今日的餐點和服務還滿意嗎？」

何辰晞擱下手中刀叉，禮貌地回以一笑，「餐點的口味不錯，用餐環境乾淨，氣氛佳，上菜速度適中，服務生訓練得宜，果真是部落格評價五顆星的咖啡館。」

「不知何先生對本店還有什麼建議？」這麼大方的稱讚，莫非先禮後兵？向予澈在心裡揣測他的來意，伸手請來一個服務生撤下桌面用過的餐盤。

何辰晞轉頭觀察店內的擺飾，恍然大悟地微笑，「這店內的陳列擺設，櫥窗上的花飾，富有設計感的漂亮菜單，甚至庭園裡的小造景，都是出自小雨學妹之手吧。」

「沒錯，瑄雨負責店內的美工陳列。」

向予澈自認沒什麼藝術細胞，也不浪漫，店內的櫥窗擺設全部出自尹瑄雨的巧手，他給她自由發揮的空間，愛怎麼弄就怎麼弄。

她聖誕節吵著要擺聖誕樹，情人節吵著要擺許願樹，就連中秋節也吵著要掛金色月亮。他對那些花束、蝴蝶結或坐在沙發上的小貓小熊布偶很無感，但是客人都很喜歡，常常會拿著相機在店裡東拍西照。

何辰晞修長的五指輕敲桌面，接著說：「我剛才數了一下，這店裡大約有四十張桌子，每桌四個座位，加起來是一百六十個座位，人多時外面的庭園也可以擺桌。剛才問了服務生，一天的翻桌率大約四次，一個客人隨便抓個兩百元的低消，這家店一個月的營業額，應該至少超過三百萬吧。」

向予澈沉下臉，對他起了更深的防備。

何辰晞雙手交握拄著下巴，沉吟片刻後，定定看著向予澈，「經營第一年是打基礎，第二年就有這種來客數和穩定度，我預測……你第三年應該可以完全還本和獲利吧？」

「何辰晞，你到底想說什麼？」向予澈的火氣在眼底泛現。

「你有這樣的經濟實力，還和學妹斤斤計較那幾百萬的債款？」

「從以前到現在，我都不曾和瑄雨計較過那些錢！」

「既然如此，她現在考慮去我公司上班，你能大方放手嗎？或許是因爲她心裡放不下你，所以才遲遲沒有答應我的邀約。你的愛已經造成她的壓力，你應該知道她一直不快樂，何不趁現在放手，讓彼此自由？」何辰晞身子微微前傾，平靜無波的眼睛緊緊盯著他，輕聲說，「或者……你再抓緊一點，讓她直接瘋掉。」

「何辰晞你——」向予澈憤怒地站起，右手朝桌面重重一拍。

「向店長。」何辰晞臉上仍然保持一貫溫文淺笑，「還有客人在用餐，請注意形象。」

咖啡館裡的笑語戛然而止，客人和服務生的疑惑目光自四面八方投來，向予澈咬牙抑下怒火，苦笑著說：「有時候，眞覺得老天爺很不公平，什麼好事都給你這種人占盡。瑄雨如果選擇跟著你，那你就帶她走吧。」

當天夜裡，向予澈在法國藍帶學校的網頁，完成線上報名程序，接著拿起手機，打電話給陳可芳，請她將手機轉交給尹瑄雨接聽。

向予澈站在書桌前，一頁又一頁翻看兩人的婚紗照，輕撫照片上她的笑臉，溫柔地說：「瑄雨，我想……我們從來都不適合，明天的婚事取消，我們到此爲止。」

電話彼端的她倒抽口氣，卻還是沉默著。

「就當我作了一個很美的夢，和妳拍婚紗、討論婚宴……幸福到不切實際，總是害怕下一秒幸福就會消失……而現在的確消失了。從現在起，妳想去哪兒就去哪兒，不用再看我臉色，也不用替我擔心。」

說完，掛上電話，他熄了燈，將自己沉進沒人看見的黑暗絕望裡。

最終章　星光裡的愛情

晨光自陽臺外斜斜灑進，尹瑄雨抱著雙膝坐在落地門邊，神色迷惘而蒼白，抵靠在玻璃門上，淚光在眼角盈閃。

昨晚向予澈來電取消婚禮，讓她心痛不已，也讓她對於下一步該怎麼走更搖擺不定。

陳可芳晨跑完，拎著一袋蛋餅、奶茶回來，見她失魂落魄地坐在地上，無奈地嘆氣，「瑄雨，暫停妳的煩惱，先來吃早餐吧。」

「對不起，打擾學姐那麼多天。」雖然沒有食慾，但她不忍拒絕陳可芳的好意，還是提振精神坐到茶几旁。

「哎呀！有什麼關係？我都說要拐妳過來同住了。」陳可芳爽朗地擺了擺手。

她感激地道了聲謝，一邊啜飲奶茶，一邊轉頭看向擺在牆邊木櫃內，大大小小的獎盃獎牌，隨口問道：「學姐，妳從國小練田徑到現在，有沒有過想要放棄跑步的念頭？」

「當然有啊，訓練那麼辛苦，想放棄的念頭不下一百次。」

「那妳怎麼堅持下來？」

望著木櫃裡的獎盃和獎牌，陳可芳回想起從小到大血淚交織的訓練生活，神情滿是複雜地說：「心裡迷惘的時候，我會回到國小的操場，蹲在六十公尺的起跑線上，抬頭望著終點線，回想小學第一次跑步的感覺，哨聲一響，剛衝出去三步就跌倒……」

「跌倒？」尹瑄雨很詫異。

「嗯，當時我趴在地上看著同學們跑遠，身體突然湧起一股不服輸的爆發力，整個人跳起，像要討債似地追著同學的背影跑，沒想到我竟然得到第一名。領獎的時候，小小的自己對著天空許了個大大的願望——我要當全國跑最快的女生。然後，不知不覺就走到這裡了。」

尹瑄雨聽了好感動，看著陳可芳透著自信的臉龐，渾身閃爍著耀眼光芒。

陳可芳接著問她：「瑄雨呢？沒有畫畫後會不會遺憾？」

「現在不會了，因爲我已經把成爲畫家的夢想託付給別人。」她想起杜易杰，心情又漸漸沉重，他本來要來參加她的婚宴，現在是不是已經接到向予澈取消婚事的通知？

杜易杰，對她會怎麼想？

吃完早餐後，陳可芳和朋友有約外出，尹瑄雨獨自留在家沉澱心情。十點多，突然接到何辰晞的電話，說他人在樓下。

下樓後，她看見何辰晞悠閒地靠坐在轎車車頭上。

何辰晞一見到她，立即起身拉開車門，微笑地說：「上車吧，不要一個人悶在房裡，我帶妳四處走走，換個地方發呆。」

「發呆？」她馬上被他的話逗笑。

兩人相視輕笑，九月底的秋風卷起幾片黃葉，勾起一縷愁意。

陳可芳的聲音突然在她的腦中響起：「覺得迷惘的時候，就回到國小的操場……」

尹瑄雨低頭望著腳邊打轉的落葉，心間掠過一絲感觸——辰晞學長、予澈學長，還有杜易杰，她和他們的緣分都始於松岡高中。

如果覺得迷惘，不如效法可芳學姐，回到原點。

「學長，要不要回松岡高中看看？」她主動提議。

「松岡高中？」何辰晞也起了興致，「好，走！」

不到一個小時的車程，何辰晞的車在松岡高中校門口停下。

兩人前後下了車，尹瑄雨望著熟悉的校門，激動地大叫：「好懷念啊！畢業後就沒有回來過了。」

「我也是第一次回來，去跟警衛打個招呼吧，希望還是以前那位老伯伯。」見她總算有了笑容，他神情一柔，輕輕握住她的手，拉著她走向警衛室。

幸好警衛伯伯沒換人，只是頭上有了更多白髮。他還記得何辰晞，兩人就站在警衛室前聊了起來。

尹瑄雨細細看著四周的校景，那些樓舍、樹木、花圃……記憶中好像是這樣，又好像不是，明明才畢業六年，感覺卻像已經過了十多年。

「小雨學妹，妳想先看哪裡？」

「當然是禮堂呀。」

警衛伯伯打開禮堂側門的鎖，尹瑄雨迫不及待推開門，走進一室涼冷的靜謐裡。禮堂的牆面重新粉刷過，角落依然堆著成疊的椅子和體育器材，仰頭望向二樓，她想起自己曾經坐在那裡參加學長姐們的畢業典禮。

鞋尖輕擊地面，聽見熟悉的回聲傳來，笑意在她唇畔漾開，隨後快步走上舞臺，來到左側角落一看，卻發現鋼琴居然不見了。

「那臺鋼琴太過老舊，某次颱風禮堂漏水，琴弦生鏽，就被學校報廢了，後來學校改買電子琴，好收好帶又不占空間。」警衛伯伯解釋。

聽到昔日最愛的鋼琴被報廢了，尹瑄雨心裡湧起一股強烈不捨，失去鋼琴，那段聽何辰晞彈琴的回憶好像也跟著遺落。

何辰晞雖然理解警衛的話，但心裡也有些在意，「突然有點懷念當年彈琴給妳聽的時光，其實我高中畢業後就沒再碰過琴了，現在叫我彈，應該已經生疏很多。」

尹瑄雨心裡一震，呆了幾秒才問：「高中畢業後，學長就沒再彈琴？」

「嗯，連我前女友都沒聽過我的琴聲。」

「爲什麼不再彈琴？」

何辰晞愣了一下，第一次有人問他這個問題。他口氣平淡地表示：「不爲什麼，高中畢業後一直住在外面，大學的禮堂不像高中可以隨便進出，場地、器材和鋼琴都是論時間租借的，畢業以後，我又一直忙著工作，也無心再彈了。」

尹瑄雨覺得相當惋惜，何辰晞明明那麼有才氣。

「學長還記得畢業前，我和你在這裡一起兩手聯彈嗎？」她一臉焦急，好像想要求證些什麼。

「當然記得，怎麼會忘呢？」他微笑點頭。

尹瑄雨鬆了口氣，她曾經被父母無情拋棄過，她很害怕再度被人遺忘、被人丟下，這讓她總是想要確認自己在他人生命中，是存有價值的。

聽到何辰晞的回答，她安心了，只要他能永遠記住那段過往，那麼鋼琴在不在也無所謂了。

見她相當在意彈琴的事，何辰晞的笑容隱去，輕聲問：「我不再彈琴，妳覺得很糟糕，很失望嗎？」

她搖搖頭，想起向予澈曾經說過的話，微微一笑，「沒有變糟，只是長大了。」

「長大呀……」他一臉意味深長。

「接下來，我想看一年級的教室。」

兩人走出禮堂來到昔日教室的所在地，尹瑄雨隔著玻璃窗望進裡面，沒想到當年的教室現在成了福利社，心裡一陣傷感。不知道兩年前的杜易杰，在參加完范詩綺的婚禮後，獨自一個人回到這裡，看著此景，心情又是如何？

接著，她又循著以前的足跡，和何辰晞一一走過廣播室、美術教室、工科大樓、林蔭大道……回憶一幕又一幕湧現，最後兩人穿過操場來到宿舍前的相思樹下。

「學長畢業時送我兩份琴譜，我記得你曾經說過，鋼琴沒有人彈會很寂寞，所以我每天放學都到禮堂彈琴，就練〈Moonrise〉這首曲子，花了一個月練左手，又花了一個半月才把兩手合起來彈。」她輕哼旋律，雙手在半空彈奏。

看著她的指法和拍子頓點，就知道她確實練過這首曲子，何辰晞眼裡滿是複雜，心頭隱隱傳來一陣悸動。

當年雖然送她琴譜，但他其實不信她會眞的去彈奏，畢竟她沒有鋼琴基礎，雙手彈奏對她而言太難了。沒想到她竟眞的堅持學完這首曲子，而且從她娓娓道來的過往回憶裡，很容易就能發現，她把他曾經說過的話、做過的事全部珍藏在心裡，久久不忘。

「小雨學妹，當年……妳很喜歡我吧。」他的心被她打動了，忍不住上前握住她的手。

突然被他點破，她雙頰微微緋紅。

「其實我知道妳的心意，很早就感覺出來了。」

「學長知道？」

「嗯，當時我在舞會上跟妳說過，我喜歡一個相處起來很自在的女生，那個女生就是妳。只是那時候我還不想被愛情束縛，所以才沒向妳告白。」他握緊她的手坦白，以溫柔目光深深望著她，「不過我現在和那時候的心境已經不一樣了，既然我們還能相遇，我想，緣分應該不僅這樣。」

尹瑄雨靜靜地望著他，原來，辰晞學長當年早已察覺她對他的愛慕，卻總是裝做不知道。

當時旁人都認定她和他已經是情侶，但是他從來不會對外澄清，也不給她承諾，就這麼讓她一顆心懸著。

每次兩人從禮堂走回宿舍之後，他也總是輕易轉身離去，不曾回頭看她一眼。聖誕舞會上，他們親密共舞，他欲言又止，最後還是放開她的手。

畢業當天，他在相思樹下贈譜給她，無視她眼中不捨的淚水，瀟灑轉身。

就在此時，尹瑄雨皮包內的手機突然響起，她抽回被他緊握的手，取出手機一看，是杜易杰來電。

該來的終究躲不過，她繃緊神經拿起手機走到旁邊接聽。

杜易杰沉靜的嗓音在耳畔響起：「瑄雨，我接到予澈學長取消婚禮的通知。」

「你要罵我嗎？」她有些害怕。

「我不會罵妳，只是有幾句話想跟妳說。」

「什麼話？」

「妳忘記當年的我們了嗎？」他的嗓音很柔和，柔和到讓人聽了心裡發毛，「相愛需要勇氣，這麼多年來，在妳身邊，一直有個人始終爲妳奮不顧身，妳難道不能爲他勇敢一次嗎？」

相愛的勇氣！她心口一震。

「我和妳曾經因爲不勇敢而錯過，妳還要再錯過第二次嗎？」

「我……」

「妳匆促決定和辰晞學長去國外，在我看來，是在逃避問題。」

「可是當時決定和予澈學長結婚，也是一樣的……」尹瑄雨用力咬著下唇。

「好，既然都是逃避，那兩者有什麼區別？」杜易杰頓了一下，再加重語氣，「應該說，難道這兩者在妳心裡都沒有差別嗎？」

有！有差別。尹瑄雨在心中吶喊。

「妳藏頭縮尾的，又怎麼看得見出口？依我看，妳會一路撞壁撞到死。」

「杜易杰你……」還說不罵她。

「小天使，我現在把天使翅膀還給妳，該妳飛了。」杜易杰不等她回答，便掛上電話。

把翅膀還給她……她收起手機，望著女生宿舍的八寢，腦海掠過和向予澈初見的情景，還有他們同居時的點點滴滴。都不是美麗浪漫的畫面，但是每一幕畫面裡都有她的眼淚、她的悲傷、她的痛苦……還有他的包容、他的保護、他的愛情。

對她來說，和何辰晞相比，向予澈不是最完美的人；和杜易杰相比，向予澈也不是最適合她的人。但是當她的人生陷入種種困境危機時，他卻是唯一始終陪在她身邊的人。

沒有向予澈，就沒有現在的尹瑄雨。

她仰望相思樹葉隙間的微光，明明滅滅聚聚散散，像是人間聚散的緣分。最適合的人，不一定能在一起。

如果人生能夠重來，她會勇敢走向杜易杰，絕對不會再顧忌范詩綺，也不會因杜母的阻撓而退縮，她會更勇於做出承諾，不怕緣分被一座海洋的距離沖淡。

心靈相契的人，未必懂得珍惜對方。何辰晞總是輕易地就能讀懂她的一切，他是她生命中最美好的相遇，可是他永遠不會主動走近。

至於向予澈……他對她的愛從來不曾消減，伴著她一路走過流光輾轉，度過她生命中最難挨的日子，他是她生命中最珍貴的存在。

這就是他們的差別。

尹瑄雨拭去眼淚，轉身走向何辰晞，抬起頭朝他微笑，「辰晞學長，謝謝你陪我走這一趟，我想……我不去紐約了，我決定勇敢一次。」

「考慮清楚了？」何辰晞溫柔問道。

「杜易杰去英國留學時，我因爲害怕不確定的未來，也怕給他帶來負擔，所以沒有對他表白，直到他回來了，我才明白距離在我們之間，從來都不是阻礙。」阻礙他們的，是其他的問題，而這個問題的答案，歷經八年，直到她和杜易杰再次相見後才得以解開，「是當時的我不夠勇敢。」

「那向予澈呢？」

「我一直覺得他和我在一起，不會有好的未來，所以一直在推開他。」她用力咬了下下唇，「但他一直希望我能堂堂站在他的身邊，去面對問題，去解決問題，可是我還是一直在退縮，不曾提起勇氣。」

「所以，我搶輸他了？」他一臉促狹地問。

「學長又沒有搶過，哪來的輸？」她不禁失笑。

「說得也是。」何辰晞神祕一笑，腦海中閃過和向予澈在咖啡館裡的對談，似乎有小搶一下呢，「既然決定了，那我送妳回家吧。」

「謝謝學長陪我走這一趟。」她眉頭一舒。

「客氣了。」

「沒有客氣。」

「哈哈。」

「學長笑得好假。」

「哪裡哪裡。」

兩人並肩一起走出校門，一陣輕風吹來，周圍的校樹枝葉搖曳，閃著明明滅滅的微光。

午後三點多，何辰晞開車載著尹瑄雨回到流光咖啡館。

「學妹，下車嘍。」何辰晞雙手握著方向盤，微笑望著面露傷感的她，「不然，我就要載妳飛去紐約。」

兩人下車後來到門口，她抬頭望著咖啡館的招牌，輕笑，「那年我在火車上睡著了，當時學長好心叫醒我，我才沒坐過站；現在我像是迷路了好久，又是學長開車載我回來。」

「既然選擇留下，妳就要有更多的勇氣和毅力，不然類似的逃婚事件還會一再上演。」他伸手輕拍了一下她的髮頂，「面對向予澈那種直腦筋的人，臉皮要厚一點，把事情一件件攤開來講，不要怕丟臉或場面難堪，妳不妨說得直接點，否則他會搞不清妳的用意。」

「謝謝，我會記住你的話。」尹瑄雨心裡滿是溫暖。

「其實和妳聊天時，我早發現妳對向予澈用情已深，妳聊著聊著總是不自覺地提起他。」

尹瑄雨愣了一下，她倒是沒發現，只是覺得向予澈本就在她的生活裡占了很大一部分，不聊他要聊誰？

何辰晞看著流光咖啡館的庭園，由她一手設計的種種造景小物，神情嚮往，「我好像有點被妳的認眞給激勵到了，改天把老家的鋼琴搬來，以後晚上沒事，彈彈琴好像不錯。」

「眞的？」她眼神一亮，「很期待再聽到學長的琴聲。」

「嗯，快去找他吧。」他朝她眨了下眼。幸好他才剛剛動心，還沒有求而不得的心痛，只是有些不捨罷了。

目送尹瑄雨走進咖啡館，何辰晞仰望著湛藍天空，過了好一會兒，便瀟灑轉身離開。

尹瑄雨繞到後院，探頭偷瞄了一眼，只見向予澈坐在藤椅上發呆。他看起來明顯沒睡好，臉色黯沉，無精打采。

「勇氣勇氣！」她拍拍自己的臉頰，爲自己打氣，硬著頭皮走到他身畔坐下。

向予澈對她的出現完全視若無睹。

「學長，婚禮的事，真的很對不起。」她小聲道歉，好怕他會脾氣火爆地起身離開。見他沒有反應，她才又繼續說：「早上，我和辰晞學長去了松岡高中，發現很多事都變了，禮堂的鋼琴報廢了，教室變成福利社。」

向予澈身子一動突然站起，尹瑄雨趕緊抱住他的手臂，急叫：「還有，警衛伯伯說體育班三年前停招了。」

「妳去跟陳可芳說啊！跟我說這些幹麼？」向予澈粗聲粗氣地回道，用力抽回手，大步走向後門。

她衝上前自他身後抱住他，繼續說：「還有還有，宿舍因爲過於老舊，加上近幾年學生人數減少，所以預訂明年要拆除。」

「宿舍拆除關我屁事！」

「畢業後六年，好多人事都改變了，只有學長的心一直沒變！」

向予澈愣住幾秒，眼底閃過一抹痛楚，他使力掰開她的手，緊緊握住門把。

「別走！」尹瑄雨從旁擠進來抱住他，將他用力推回庭院裡。她仰起臉問：「我問你，你跟我爸媽做了什麼約定？」

向予澈神情複雜地看著她，沉默好半晌才說：「只是約定以後他們有事找我談，不准再煩妳。妳爸媽和果園主人有債權關係，所以多年來一直寄人籬下。我能做的，是給他們一個可以安身立命的地方……所以我請他們來照顧咖啡館的庭園，給他們一份環境和薪水更好的工作。」

「你叫我爸媽來店裡工作？」她滿臉震驚。

「反正庭園裡的花草樹木請人修剪維護，季節性更換盆景，一樣都要花錢。只是，如果妳爸媽想要離開果園，就必須先處理掉債務問題，所以妳爸媽才會要求聘金，關於這點，是我沒跟妳商量，對不起。」

尹瑄雨眼中的淚水潸然落下，她明白他總是在用他的方式盡力愛她。

不管父母來店裡工作後，會不會繼續向他們開口要錢，會不會再遇到其他問題或困難，這一場長期抗戰，她絕對不會再逃避了。

「學長，我……我要賴著你一輩子！纏著你一輩子！」她緊緊地抱住他，她這輩子是不打算鬆開手了。

「妳鬼啊？纏著我幹麼？」他瞪大眼睛看著她，像是在看什麼外星怪物。

「我就算變成鬼也要纏著你！」

「哇靠！我找道士收了妳。反正婚我不結了，我要去藍帶學校！我要自由！」

「那我等你，就在這裡等你回來！」

「不要！妳那麼花心，左一個杜易杰，右一個何辰晞，我也要去追身材比妳火辣的美眉。」

「學長！我一直很愛你，這是在你去當兵時發現的，你不在我每天都很想你，只是沒有告訴你！我會等你和別的女生分手，我只要嫁給你！」她急到胡言亂語。

兩人一陣拉扯後，竟雙雙跌坐草地，她什麼形象都不顧了，雙手雙腳全部往他身上纏。

「尹瑄雨！妳吃錯藥還是被鬼附身？怎麼變得這麼不要臉？」他一臉驚嚇，掙開她的手想逃。

「向予澈，我愛你！」她不死心，雙手勾住他的肩，將他用力按倒，低頭吻住他的唇。

向予澈眼眶微微紅了，雙手環上她的腰，一個側翻將她壓於身下，化被動爲主動，兩唇深情纏綿。

她喜歡他溫暖的懷抱，喜歡他做的菜，喜歡他認眞工作的模樣，喜歡他下班騎車載她兜風，喜歡和他一起打掃，喜歡在他說瘋話時狠揍他一拳，更喜歡他在她傷心或作噩夢的時候，輕輕親吻她的額頭說：沒關係，有我在。

原來有這麼多像星光一樣微小的喜歡，藏在日常生活細節裡，一點一點滲進她的心房。

有句話說，上帝關了一道門，必定會再開另一扇窗。

那麼尹瑄雨的那扇窗，就是向予澈。

九年來，上天安排那麼多人在她身邊來來去去，所有難解的疑問，最後時間都會給出答案。

這一刻，尹瑄雨勇敢地抬起頭，她終於找到眞愛的答案。

全書完

番外　調色盤上的約定

母親節合唱比賽結束，緊接著是第二次段考。

中午十二點的鐘聲一響，學生們停筆，交出考卷，紛紛放學回家。杜易杰在教室裡檢查門窗，尹瑄雨來到他身側，問道：「班長，可以借我術科教室的鑰匙嗎？」

「段考結束，大家都想放鬆，妳還要畫呀？」杜易杰皺著眉頭問道。

「有時間就想再練習一下，多練習總是會進步。」尹瑄雨面色微黯，她的繪畫能力還是落後同學一截。

「好吧，反正下午沒事，我陪妳一起畫。」

兩人走到術科教室，中央展示臺上，擺著米基奇石膏像。

他們放下書包架好畫架，尹瑄雨拿出量棒和炭筆開始作畫，杜易杰擔心影響她的心情，特地將畫架擺到她的對面，不讓她看見自己的圖面。

他邊畫，邊見她眉心越蹙越緊，最後他決定放下炭筆，走到她身後。

尹瑄雨畫紙上的石膏像五官比例不對，而她還過度執著在頭髮的細部描繪上，忽略了整體光線，讓圖像顯得扁平。

「瑄雨，停筆，不要畫了。」他抓住她握筆的手，「妳把頭髮刻成這樣，再畫下去只是浪費時間！」

「浪費時間也是我的事，你看不下去可以先回家！」她聽了心裡一陣難受，用力掙開他的手，堅持要繼續畫。

見她又開始鑽牛角尖，杜易杰沉下臉將她推離畫架，狠心抓起紗布朝紙面用力擦下，來回四五次，就抹去她兩個多小時的心血。

「杜易杰！你太過分了。」她傻眼地望著被擦掉的畫，氣得眼眶微微泛紅，「你都不懂……這種無論怎麼畫，都追不上大家的心情。」

「我懂，但妳冷靜點，聽我說……」他柔聲想解釋自己的用意。

「你別再說了，說再多也沒用。」她雙眸噙著淚水，負氣地收起畫紙和畫筆，背起書包轉身跑出美術教室。

沒用的，是自己！

即使杜易杰教她再多，即使她可以理解他的畫法，即使她拚命練習，但畫出來的成果就是不如她的意。

現實是殘酷的，逼得她不得不承認自己的天分不足，好不甘心！

後來連著兩天，尹瑄雨和杜易杰都沒再說話。

直到星期五放學，杜易杰突然攔住她，一臉挑釁地說：「小天使，妳就這點能耐？連重畫的勇氣都沒有嗎？星期日下午一點，我在術科教室等妳。」

星期日下午，尹瑄雨依約來到術科教室，站在門邊偷偷朝裡面望去。

杜易杰靠坐在窗前的課桌上，手捧著一本書，綠色窗簾隨風翻飛。

「還不進來？」瞥見門口有動靜，他迅速闔上書本。

尹瑄雨硬著頭皮走進教室，一臉疑惑看向展示臺，原來的米基奇被換成維納斯角面石膏像。

角面，是將複雜的石膏像簡化成塊面，是素描最基礎的練習。

「今天就畫這個，妳仔細想想角面的畫法。」語畢，他回到窗邊繼續看書。

尹瑄雨站到畫板前，拿起炭筆望著石膏像，除去複雜形狀在視覺上的干擾，角面石膏像藉由塊面與塊面的光影明暗對比，呈現出立體感……

兩個小時過去，杜易杰看她畫得差不多，便擱下書本來到畫板前替她修改細節，並仔細說明：「面對石膏像，不要被表面的小東西迷惑了，第一眼，要在腦中將石膏像想成角面，定下最亮點和最暗點，再從中一層層描繪細部的層次，懂嗎？」

「懂，是我忘了。」她沮喪地垂頭，想起小學初上素描課時，老師擺給大家畫的靜物，就是簡單的圓柱體、球體和圓錐體。

「石膏像最重要的立體感沒做出來，其他的東西處理得再細緻也失去意義。」

「你每次落筆前，都會先望著靜物，腦中就是在思考這個？」

「我會把石膏像切成大塊面，模擬作畫的順序。」他伸手點了點額角，「再從大塊面切成小塊面，越切越細……」

「好魔幻的畫面。」她一臉微妙，很難想像他腦中的活動，「我上次的畫……你擦得好。」

「妳快把米基奇的頭髮雕成蛇髮，我怕蛇。」他眼底閃過一絲促狹。

尹瑄雨噗哧一笑，那天確實雕頭髮雕到走火入魔了。

「妳呀……這樣子，叫我怎麼放心去英國？」見她總算笑了，他忍不住伸手撫上她的臉，頓了頓，又忍俊不禁地道歉，「對不起，我的手……」

「杜易杰！」尹瑄雨瞪著他的手，他的指尖沾著黑色炭粉，那她的臉肯定花了，於是她也伸手朝他的臉一抹，畫了兩小時，她的手絕對比他更黑。

杜易杰沒有躲開，任她雙手胡亂抹上他的臉，兩人四目相視，兩張花貓臉一起笑開……

✦

八年後，灰雲在天頂飄移，細雨灑下，秋意正濃。

流光咖啡館滿園的花草被雨水洗滌得更加鮮豔，綠葉的葉尖綴著晶瑩剔透的水珠，微光輕閃，幾片黃葉不時被細雨打落。

輕柔的鋼琴樂音融進咖啡香氣，氣氛溫馨舒適，可惜適逢雨天，店裡客人並不多。

叮鈴！

風鈴輕響，門邊的服務生馬上展露笑容，「歡迎光臨！先生，請問幾位？」

杜易杰拂去髮上和肩頭的雨珠，朝服務生微笑說道：「兩位。一位是你們店長的未婚妻，尹瑄雨。給我們一個安靜的位子。」

服務生愣了一下，隨即帶他來到最裡側的角落座位，遞上菜單後，低頭朝夾在衣領上的麥克風小聲稟報：「店長，有客人要找瑄雨姐。」

「收到。」向予澈的聲音自耳機裡傳來。

杜易杰拉開椅子坐下，望著掛在牆上的一幅畫，運用乾燥花草的色差，層層疊疊拼貼出秋天的原野景色，再以不同大小的葉片，從近到遠，由大貼到小，呈現前後的空間感，是非常有意境的作品，再細看右下角，以草莖拼貼了個「雨」字。

「還不錯嘛，給妳八十分。」他輕哼了聲，轉頭觀察咖啡館內的裝潢設計。配合秋天到來，店裡有擺滿松果球的鄉村風竹籃、中央結著小熊布偶的花圈、纏繞新娘草的白色鳥籠，以及用英文報紙包裝的各式乾燥花束……

論畫技，尹瑄雨或許無法成為大師級的人物，但是論創意，她絕對可以走出自己的風格，成為小眾藝術的創作者。

此時，尹瑄雨已來到桌邊，驚喜叫道：「班長！你怎麼來了？」

「都說要來會會予澈學長了。」杜易杰滿臉正經，見她穿著一身有模有樣的白色廚師制服。

「你速度真快。」她噗哧一笑，拉開他正前方的椅子坐下。

向予澈悠然走來，從口袋裡掏出點餐單和筆，笑得親切迷人，「老同學相聚，要吃什麼儘量點，學長免費招待。」

「學長，我想點瑄雨，和我出去寫生一天。」杜易杰對上向予澈的視線，神情堅決。

尹瑄雨嚇了一跳，差點從椅子上摔下來，這也太突然、太直接了吧？

筆尖停頓在點餐單上，向予澈笑容不變，輕挑了下眉毛說：「我從來沒有同意或拒絕權，一直是瑄雨愛去哪就去哪，我攔不住她的，你不妨直接問她。」

簡直灌了一整瓶的醋……尹瑄雨心裡一抖，一會兒瞥著左邊笑裡帶怨的向予澈，一會兒看向前面冷眼威逼的杜易杰，猶豫了幾秒，決定順從心裡的渴望。

「什麼時候去？」話剛說完，她感覺左側刷地罩下一片陰影。

「下星期日，同樣畫板和畫紙我會準備，下午一點開車來接妳。」杜易杰毫不客氣地定下日期。

後來回到廚房，尹瑄雨馬上被向予澈拉進更衣室裡，壓在牆上熱切地索吻。

一吻結束，她依偎在他懷裡輕輕喘息，吶吶問道：「你……生氣了？不願意我和杜易杰去寫生？」

「沒有不願意，妳和他一起寫生肯定會開心。」他低下臉，將下巴抵在她的髮頂上，意思是只要她開心就好，「雖然有點懊惱，那份開心是我不能給予的。」

「雖然學長不能陪我畫畫，但你給了我畫板，讓我可以自由揮灑，這也是很難得的。」她回想起布置咖啡館時，每一刻都是開心的。

「是嗎？」他有些不敢置信。

「嗯。」尹瑄雨張開雙臂抱住他，「最愛你了。」

向予澈感覺耳根一熱，心情激動不已，還不太習慣聽見她坦白說愛。

雨斷斷續續地下了幾天，天氣也越來越涼。

星期日下午，杜易杰開車載著尹瑄雨回到高中一起寫生的紀念公園。下車後，他打開後車廂取出兩個畫板和畫袋，以及一籃向予澈精心準備的咖啡點心，一件一件掛到尹瑄雨的肩頭。

「杜易杰，你是找我寫生，還是找我當畫僮？」她手忙腳亂接過全部的東西。

「哼！除了小天使，妳什麼都不是。」他嘴角一揚，像個王子昂首走向公園入口的小徑。

她認命地背著畫板提著畫袋和野餐籃跟上他，兩人一前一後走了幾步，杜易杰才忍不住轉過身來，眼裡閃著促狹和不忍，接過畫板畫袋背到自己肩上，留下野餐籃讓她提。

穿過兩側種植櫻樹的石板步道，秋日陽光自葉隙灑落。兩人來到公園裡面，和八年前不同，中央草坪上多了個小睡蓮池，池邊種著一棵柳樹，中間架了座木製的小拱橋，澄澈水面映著拱橋和垂柳的倒影。

「好像莫內畫裡的睡蓮池。」尹瑄雨將野餐籃擱在池邊的石椅上，隨後走上小橋中央，望著水面上的蓮葉。

「差那麼多。」杜易杰不客氣地吐槽，走到她的身側，「去年暑假我到法國自助旅行，一個人從巴黎坐火車到維農（Vernon），參觀位在吉維尼（Giverny）小鎮的莫內花園。」

「莫內的家？」

「嗯，走進花園，就像走進莫內的畫裡。莫內非常喜歡日本藝術，花園的建造也採用日式風格，裡面種了垂柳和竹子，還有很多我沒見過的花草，一坐下來就不想離開了。」

「你有看到畫裡的橋嗎？」

「有，綠色的日本橋，站在橋上，就想到莫內也曾經站在那裡。」

「你有進到屋裡嗎？」她滿臉羨慕。

「當然。莫內的家大致保持他生前的模樣，一樓有客廳、廚房和書房，二樓有臥房，屋裡掛了很多日本的浮世繪，還有莫內使用過的桌椅沙發。」

「我好想摸一下。」她雙手捧頰，一臉嚮往。

「莫內生前把穀倉改成大畫室，雖然現在變成紀念品販售部，不過能站在大師曾經作畫的地方，心裡還是很感動。」

「我……我也好想去啊！」她仰望著半空，想像著那種感動。

「哼！」杜易杰冷漠地撇著唇角，「妳又不是我的誰，想去哪裡，幹麼跟我說？」

一句話把她滿心的嚮往全部澆熄，她尷尬地小聲嘟噥：「又沒有叫你帶我去，我自己存錢去……」話雖這麼說，但她要存到民國哪年才能出國？

「學長明年要去法國藍帶學校，叫他帶妳去啊。」

「他啊……絕對無法體會站在大師家裡的感動。」說不定還會邊逛邊喊著無聊，催促她陪他去逛麵包店。

杜易杰微微一哂，「好吧，看在妳是我的小天使分上，如果主人我明年有空，羅浮宮、莫內花園、卡納瓦雷博物館，我可以當妳和學長的導遊，帶妳來個藝術之旅。」

「好啊！」她聽了心裡一暖。

決定畫睡蓮池，並勘好景後，兩人找了組大理石桌椅坐下，尹瑄雨慢慢打稿上色，重新感覺握著畫筆的感動，期間不時看向杜易杰的圖面。

八年後，她的畫技進步不多，而他行筆瀟灑自在，水分控制和色彩調和也更加精準，沒有一筆是多下的，作畫過程幾乎是一氣呵成。

直到傍晚，她才完成這幅有點崩壞的畫，而杜易杰早早就畫完第一幅，正在畫限時速寫。

她起身來到他身側，拿起第一幅畫欣賞，畫中筆觸細緻乾淨，水面光影極美。她忍不住央求：「這幅畫可以送我嗎？」

「可以。」

「幫我簽個名。」

「簽名落款後，它的身價就不同了。」

「小氣鬼！我再怎麼缺錢，也不會拿你的畫去拍賣。」

杜易杰輕笑了聲，提筆在右下角簽名。

她滿面歡喜地接過畫，眼底盡是對他的崇拜，感慨地嘆息：「杜易杰，我眞的好喜歡畫畫，等還完家裡的債，我一定要回到畫室學畫，只是那時候，我可能已經三四十歲了。」

「不管幾年，不管妳幾歲，只要妳來，我都無條件收妳這個學生。」從高中到現在，他喜歡和她一起作畫的感覺，他想把繪畫上的心得和成就與她分享。尹瑄雨讓他有了前進的動力，她的身上彷彿眞有一雙小天使翅膀。

「一言爲定。」望著他，她的眼眶微微泛紅。

他溫柔一笑，伸手撫過她的臉龐，指尖輕掃過她的唇，像輕吻，像承諾。

他們錯過了愛情，可緣分卻在彼此最喜歡的事物上延續，一輩子不散，即使只能是好朋友，也足夠了。

紀念版番外　十年

孩子放暑假，父母的「修行」正式開始。

裝潢簡約的客廳裡，陽臺落地門掛著白色窗紗，地面鋪著花草圖騰的編織地毯，上面擺著復古造型的實木茶几和沙發椅。緹花抱枕整齊地放在沙發上，後方牆上懸掛著一個相框，是一家四口的合照，氣氛溫馨而美好。

但是鏡頭一轉，移到客廳內側的開放式廚房裡，麵粉像下雪般灑在中島檯面上，左半邊有水，變得一片泥濘，一雙小手用筷子描出一幅鬼畫符，右半邊比較有模有樣，加了雞蛋和奶油，攪拌成軟QQ的麵糊，但比例一看就不對！

鏡頭再往下移，攪拌刮刀和打蛋器在地面依偎著，旁邊是殘破的雞蛋殼，還有幾個小小的麵粉腳印。

青筋在向予澈的額角跳動，他只是回家拿點東西，就撞見這幅差點爆腦血管的畫面。

「誰搞的？」他咬牙壓下怒火，廚房可是他神聖的領域。

「不是我。」

「不是我。」

就讀小二的大兒子和就讀幼稚園大班的小兒子，兩人面露無辜，異口同聲回道。

向予澈深邃的眉宇降下一層陰影，微微瞇眸打量眼前的兩個小鬼頭。他們雙手都黏糊糊的，衣服和頭髮上沾著麵粉，兩人的臉頰上也印著麵粉小手印，大概是做到一半，開始玩起你摸我、我糊你的遊戲。

「不是你們，那是誰弄的？」他兩手扠在腰上，居高臨下俯視著兩人。

兩個小鬼抱成一團，睜著無辜的大眼，默契十足地一同伸手指向右側。

「她。」

「她。」

向予澈扭頭，看向兩人所指的方向，尹瑄雨蜷縮在櫥櫃下，手裡拿著抹布輕輕擦拭櫃門，一聽見兩個小孩把錯賴在自己身上，差點想一頭磕在櫃門上。

「所以媽媽該打？」向予澈開始在心裡甩鞭子。

「該！」

「該！」

「好！」向予澈一個箭步過去，「我揍你們屁股。」

兩個孩子哇哇大叫，手拉手轉身向後跑。

「停停停！」尹瑄雨見狀急忙起身，張開雙臂攔下兩個小鬼，阻止他們進客廳，「我昨天才清掃過，你們滿身麵粉，不能過去！」

兩個小孩迅速躲到尹瑄雨背後，拿她當擋箭牌。

「我……就早起收個訂單，收完就睡了個回籠覺，誰知道一起床，就變成這樣……」尹瑄雨一臉抱歉地解釋，像母雞護著小雞般，兩手往後一伸，護著兩個孩子，閉上眼睛任他處置，「是我沒管好孩子，不然，我給你揍。」

僵持了三秒，他的懲罰終於降下，在她的唇上溫柔吮咬。

尹瑄雨緩緩睜開眼睛，望進向予澈淺棕色的眼瞳裡。他的眼眸宛如琥珀般清透，這是不生氣了吧？

一吻結束，他的嘴角果眞微微勾起，看來是眞的熄火了。

此時，身後傳來兩個小鬼的討論聲。

「推給媽媽就沒事……」大兒子小小聲地竊笑。

「可是不公平。」小兒子年紀還小，稚嫩的嗓音飽含委屈，「爲什麼爸爸媽媽可以玩，我們卻不能玩？」

聽到小兒子的疑問，尹瑄雨整張臉迅速染上緋紅。

上個月，大兒子的小學舉辦園遊會，她想做點小餅乾給孩子帶去學校賣，而製作的時候，向予澈剛好回來了，看見她的作品就嫌東嫌西，她不爽，便伸手拿沾著麵粉的手抹他的臉，當然，他也很幼稚地抹回來。

兩人抹著抹著，莫名就吻在一起，越吻越火熱，接著她就被他推倒在檯面上。豈料，就在他解開襯衫的鈕扣時，尹母剛好帶著孩子回來，一看到那個兒童不宜的畫面，又急忙把孩子帶出去。

尹瑄雨尷尬地伸手掩面，向予澈卻低低笑了起來，隨手推了一下小兒子的頭，笑道：「因爲麵粉和雞蛋是我買的，等你長大賺錢自己買，想怎麼玩隨你高興。」

「喔……」小兒子天眞地點頭。

「這裡我來整理。」向予澈擺擺手催他們閃開，「妳帶他們去洗洗，小豪等一下要來接他們上課。」

「走走走！去洗澡。」尹瑄雨隨即將孩子帶進浴室。

幫兩個孩子洗完澡、吹乾頭髮後，尹瑄雨走出浴室。此時向予澈已經將檯面清理乾淨，正彎下身子平視檯面。他伸指往白色桌面抹了一下，看著指尖滿意地點點頭。

第一個孩子出生時，他們貸款買了這棟新房子，家裡的裝潢、布置等，全都由尹瑄雨處理，唯有廚房的設計，是他從頭監工到結束。

總之，廚房是他的領域，她決定以後還是離他的王國遠一點。

此時門鈴聲突然響起，向予澈走到玄關開門，尹瑄雨馬上到書房拿出兩個畫袋，一人一個掛在孩子的肩上。

大門一開，門外站著一名二十多歲氣質清新的青年，他斯文的五官遺傳到林詠馨。

「予澈哥怎麼在家？」小豪乍見到他有點驚訝，這個時間點，向予澈一般都在咖啡館裡。

「回家揍小孩。」向予澈沒好氣地說。

「小豪，他們在畫室裡會不會很皮？」尹瑄雨帶著兩個孩子走來。

「大的比較活潑，小的比較有定性，但老師目前都能掌控，瑄雨姐不必擔心。」小豪伸手摸了摸兩個孩子的頭。

「活潑好，你的老師個性那麼悶，需要來點歡笑調劑。」向予澈只要想到杜易杰被自己的孩子煩，心中的小惡魔就開始仰天狂笑。

小豪低頭一笑，想起他和杜易杰認識的經過。

杜易杰歸國的時候，他正就讀國中，喜歡看漫畫和畫漫畫，而他的父母誤以爲這樣就是喜歡繪畫，之後在尹瑄雨的引薦下，成了杜易杰畫室的第一批學生，從此一路學畫到大學畢業。

現在的他從事文創設計，假日在杜易杰的畫室兼職當老師。

「你們要乖乖聽杜老師的話，不可以在畫室裡吵鬧。」尹瑄雨彎身對兩個孩子慎重叮嚀。

「好。」兩個孩子同聲應道。

小豪接走兩個孩子後，向予澈便開車載尹瑄雨來到咖啡館。

兩人下車後沒有直接進店，而是走向加蓋在咖啡館後面的「烘豆工坊」，裡面有烘豆、研磨和包裝設備。

一走進工坊，就見小湘正在打包網購的商品。

「店長，你不是回家拿東西，怎麼那麼久才來？」小湘一見到兩人馬上露出笑臉，「你早上烘的豆子都涼了，我也把壞豆都挑掉了。」

「謝了，我回家順便揍小孩！」向予澈冷哼一聲，逕自走到冷卻盤前，檢視裡頭烘好的豆子。

「我來幫妳打包。」尹瑄雨在小湘身邊坐下，幫忙對照訂單揀貨。

「是大的還小的惹店長生氣？」小湘好奇地問。

「大的帶小的一起幹壞事。」尹瑄雨簡單描述早上的情況。

「希望我的小肉圓長大不會那麼皮。」小湘聽完哈哈大笑。她前年結婚，女兒才八個月大，「不過，這是像店長吧？瑄雨姐小時候一定很乖。」

「確實，尤其是老大，建平叔認證過的，說是予澈小時候的翻版。」她想起大兒子出生時是小捲毛，眼睛是琥珀色。

「這叫那個啥……」小湘掩唇小聲笑。

「惡人自有惡人磨。」尹瑄雨用氣音回答。

兩人一陣竊笑，尹瑄雨笑完瞥了一眼向予澈，他拿著平板檢視烘豆機的溫度數據，日光自窗外斜灑在他身上，一身筆挺的白襯衫搭窄版背心，渾身散發成熟穩重的假象。

小湘拿出手機，拍下店長帥氣的身影。

「小湘，妳在幹麼？」向予澈聽見快門聲，側頭睨著她。

「當然是上傳社群叫賣呀。」小湘笑著說，「只要加一句『店長親手烘的豆子』，訂購單一定會像雪片般飛來。」

「麻煩妳加個濾鏡，把我拍得年輕一點。」向予澈皮笑肉不笑地說。

「店長又沒什麼變，一直都這麼年輕。」小湘狗腿地巴結，衝他笑了笑，隨即又想起另一件事，「對了，店長要不要開個烘豆體驗活動？我都想好了，體驗價一個人收五百……」

「沒空。」向予澈打斷她的話。

「好可惜。」小湘蹙眉望著尹瑄雨。

尹瑄雨笑而不語，她不想讓向予澈拋頭露面。

身為咖啡職人，向予澈的沖煮技術已相當嫻熟。開業四年後，他不甘於停留現狀，開始鑽研烘豆技巧，想要烘焙出屬於自己個性的咖啡豆。

起初他先去租借烘豆機，烘出來的咖啡豆只在店內少量販售，對咖啡館而言，只是多了一項「店長自烘咖啡豆」的手沖咖啡選項。

原以為只要用心經營，咖啡館就能穩穩立足於這座城市，沒想到三年前突然爆發疫情，嚴重衝擊到餐飲業。疫情期間只能外帶不能內用，加上人事成本及水電，咖啡館每個月都在虧損。

那時候，尹瑄雨總見他靜靜坐在店內的角落，望著玻璃窗外發呆。邱建平還建議他先暫時歇業，待疫情結束再重新開張。

半年後，疫情越來越嚴重，人心惶惶，沒人敢出門，可向予澈卻在這麼艱難的情況下，突然招來一批工人，在咖啡館後園加蓋了一間小工坊。

「予澈，你會不會太衝動？」邱建平看到運進工坊裡的是大型烘豆設備時，整個人都傻了。

「我也覺得自己瘋了。」向予澈大笑，隨即說起這件事的前因後果。

咖啡館剛開幕時，向予澈曾經邀請母親的一位老客戶前來用餐，那位客戶身價不凡，是國內某大企業的董事長。

前一陣子，董事長的兒子想學烘豆，上網向國外訂了一批咖啡生豆，他原本只想訂一點，但因爲看不懂外文的單位詞，直到接到海運的到貨通知，他才知道他訂的咖啡生豆，足足有一個貨櫃的量。

咖啡生豆的量太大，董事長的兒子一時之間不知該如何處理，後來是由董事長打電話給向予澈求助。

因爲這通電話，他萌生了加蓋烘豆工坊的念頭，心想疫情期間大家不能出門購物，那麼網購的頻率勢必會增加，或許這是一個拓展新領域的好時機。

邱建平聽完向予澈的說明後，覺得挺有道理，況且現在設備都買了，他也只能給予支持。

烘豆工坊落成後，向予澈開始大量烘焙咖啡豆以及販售濾掛咖啡。

濾掛咖啡的包裝，自然是由尹瑄雨設計。小湘大學畢業後一直留在咖啡館工作，昔日向予澈總嫌她少根筋又太吵，沒想到將她調來負責網拍銷售後，她居然做得有聲有色。

這也驗證了，將人擺在對的地方，效果果眞不一樣。

爲了打開品牌的知名度，向予澈參加了全國咖啡烘焙賽，幸運地奪得冠軍。

於是這座工坊，在不知不覺中，幫咖啡館度過疫情，現在交由尹瑄雨掌管。

向予澈巡視完工坊，便回到咖啡館工作。

下午五點，快遞收走全部的貨件後，尹瑄雨來到咖啡館裡休息。

點了杯飲料，她在角落的位子坐下，一轉頭就看見杜易杰帶著三個孩子穿過庭園大門，走了進來。

跟向予澈工作時那一絲不苟的穿著相反，杜易杰穿得越來越隨興，衣服的材質以舒適的棉麻爲主，這幾年多了點散漫的氣質。

他們進門後，尹瑄雨連忙起身，招呼他和孩子們坐下。

「小豪去約會，我就把孩子帶過來了。」杜易杰說道，在桌子的左側坐下，將女兒輕輕抱上內側的座位。

「你可以打電話叫我去接。」尹瑄雨也安頓兩個兒子坐在右側。

「沒關係，我女兒也吵著要散步。」

杜易杰在五年前結婚，女兒剛滿四歲。他的太太是服裝設計系的學妹，回國後在國內一家知名服飾公司工作，不過去年年初，她說想去日本進修兩年，杜易杰也支持，不久後，她便出國了。

「你太太明年三月回來？」尹瑄雨在靠走道的位子坐下，伸手招了一位服務生過來。

「是啊。」他一邊翻閱菜單，一邊溫柔地詢問女兒想吃什麼。

「我沒想到你毫不猶豫就答應讓她去。」畢竟一般人都會考慮到孩子。

「會走就會走，強留也留不住。」

「也是。」她心裡窘了一下。

點完餐，服務生轉身走向櫃檯時，拉起夾在衣領上的麥克風，小聲稟報：「店長店長，外場三號桌，ＳＳＲ級。」

「他們今天沒有搗蛋吧？」尹瑄雨比了比自家的兩小隻。

「沒有，都挺乖的，小的比較像妳。」杜易杰微笑說道。他看看尹瑄雨，再看看她的小兒子，眼眉如出一轍，就連個性也很相像，畫不好時會鑽牛角尖。

「他早上拿麵粉作畫，差點被他爸爸打。」

「喔？這可得好好栽培。」

「我本來看不懂他在畫什麼，現在懂了。」尹瑄雨看向杜易杰的女兒，她身上穿了一件粉紅色T恤，上面印著幾何圖形。

「他們兩個常常玩在一起。」杜易杰抿唇，露出似笑非笑的笑容。

「啊！妹妹眞可愛，我也好想要一個女兒。」尹瑄雨望著小女孩，臉上盡是喜愛之情。小女孩長得嬌小可愛，臉頰紅冬冬的，彷彿自帶腮紅，瀏海上還有杜易杰幫她夾上的草莓髮夾。

「別被她的外表騙了，她個性很倔的。」杜易杰淡淡地瞥向自己的女兒。

「當初我也被我小兒子騙了，滿心期待是女兒，直到懷孕八個月，才看出是男孩。」尹瑄雨嘆了口氣。

此時，一道頎長身影端著餐盤走來，將餐點一道道擺上桌。尹瑄雨一看到那隻手，就感覺待會可能會頭痛。

「爸爸！」兩個男孩興奮地叫道。

「乖，今天畫畫有沒有搗蛋？」向予澈臉上掛著專業的微笑。

「沒有。」

「那太可惜了。」

「喂！」尹瑄雨哭笑不得地制止。

「我也沒什麼管，都是我女兒在控場。」杜易杰溫和的眼神一沉，很故意地問坐在對面的兩個小男孩，「你們都喜歡妹妹吧？」

「喜歡！」兩個男孩皮在癢。

「蛤？」向予澈額角的青筋跳動一下。

「喜歡叫媽媽生一個妹妹給你們。」杜易杰摸摸女兒的頭，好像在獻寶。

「我前世沒情人。」向予澈冷聲說道。

「你前世是和尚？」杜易杰眉毛一挑。

「女兒是前世情人，那前世的老婆擺哪裡？」向予澈始終不認同那句話。

「說得也對。」杜易杰點頭附和，隨即看向兩個男孩，「否則你老婆等於帶了兩個情人過來。」

尹瑄雨聽完臉都綠了，兩個大男人鬥嘴歸鬥嘴，幹麼鬥到自己身上？

她和杜易杰各自有了另一半，生活各有重心，昔日的情意被時光越推越遠，猶如夢一場，她和他早已回歸朋友的關係。

倒是向予澈和杜易杰的關係變得一言難盡，每次一見面就鬥嘴。

此時，小湘的聲音傳來：「瑄雨姐，我要下班了！」

「路上小心。」向予澈回頭應道。

小湘一見到杜易杰，馬上快步走來，露出巴結的笑臉，「杜老師，我前陣子去看小豪的個人畫展，那畫得真好呀！我真希望我家的小肉圓長大後，也可以跟小豪一樣，畫出美美的畫作。」

「小、湘。」向予澈輕咳一聲。

「等小肉圓長大，妳直接送來我畫室。」杜易杰眉開眼笑。

「謝謝杜老師！」小湘的雙眼瞬間放光。

「小湘，妳該回家幫小肉圓換尿布了。」向予澈咬牙打斷兩人。

「對了！店長店長，我剛剛又想到了。」小湘這才把注意力轉到自家老闆身上，一臉興奮地提出建議，「我們可以跟超商聯名，把你的臉印在甜點的包裝袋上，旁邊寫上『法國藍帶主廚向予澈的私房甜品』。」

「俗氣。」

「真土。」

杜易杰和向予澈同聲說道，語畢又對視一眼，難得意見一致。

「俗氣嗎？」小湘一臉錯愕地看向杜易杰，既然藝術家說土，「那就算了。」

「妳店長我的盛世美顏，只屬於我老婆。」向予澈一把摟過尹瑄雨的肩頭。

「行了行了，你還是回去忙吧。」尹瑄雨連忙擺手催他離開。

向予澈離開後，杜易杰低頭喝了一口果茶，據他說，他在英國喝茶比喝咖啡多，所以每次來店裡總是點果茶，但尹瑄雨明明看過他在畫室裡也會喝咖啡。

「抱歉。」尹瑄雨一手按著額頭。

「別介意。」杜易杰淡淡轉開話題，「妳爸去世有一年了吧？」

「嗯，婚後這幾年，他也沒少給予澈添麻煩。」尹瑄雨不禁嘆氣。擁有一個開咖啡館的女婿後，她的父親三不五時就會帶朋友來店裡「捧場」。

「妳媽身體還好嗎？」

「孩子出生後，我媽的注意力也轉移了，漸漸被孩子治癒。」

「那就好。」杜易杰點點頭，「看到妳和學長結婚十年後，他還待妳如初，妳沒嫁錯人。」

「謝謝你。」尹瑄雨抿唇一笑，眼眶有點泛酸。

轉頭望著窗外漸暗的天色，她忽然想起遠在國外的何辰晞。

她和向予澈結婚後，何辰晞也回國外工作了，兩人的交集只剩高中回憶在支撐，隨著時光推移，漸漸變成只有節日或生日時的祝賀。

三年前，何辰晞結婚時，傳了訊息給她，說等他回國時再補請婚宴。

然而三年過去，或許是受到疫情干擾，直到現在他仍沒有回國的打算。

她想，他一定是最先淡忘過去的人。

即使這樣，他在她的心裡依舊是最美好的人。

一切就隨緣吧。

✦

用完晚餐，送走杜易杰後，尹瑄雨帶著兩個孩子先回家。

將兩個孩子弄上床睡覺後，她回到房間裡，坐在桌前打開筆電，點進咖啡館的官方網站，檢視今天收到的訂購單。

直到晚上十一點，她才聽見向予澈回家的腳步聲。

衣服早就備在浴室裡，她豎著耳朵仔細聆聽他的腳步聲，恍然憶起以前住在小公寓裡的時光，當時她沒聽到他的腳步聲就無法入睡。

心安地笑了笑，她繼續統計明天要出貨的量。

向予澈洗完澡打開房門，見尹瑄雨還坐在電腦前，便走到她身旁，「該睡了，明天再弄。」他雙手擱在她的肩上，彎身看向筆電螢幕。

「怎麼不吹乾？」她轉頭看他。

向予澈頭上披著一條毛巾，「我累了，妳幫我吹。」

尹瑄雨馬上關閉筆電，牽著他的手，讓他坐在床邊，自己則站在一旁，拿出吹風機幫他吹頭髮。

向予澈微低著頭閉目養神，眉宇間透著一點疲憊。吹到半乾時，他突然開口說：「妳明天跟那兩個小鬼講，叫他們別纏著杜易杰的女兒。」

「你生的，你自己去講。」她噗哧一笑，才不想蹚這個渾水。

「沒有妳，我一個人能生嗎？」他張開眼睛瞪向她。

「好好好，我明天講。」她輕哄道，怕他會爆出一連串讓人感到羞澀的話。

「不然……」向予澈嘴角勾起一抹笑，「我們再生一個妹妹給兒子。」

「你不是說你前世沒情人？」她心裡一驚，看樣子她好像沒止住他的崩壞。

「前前世應該有。」他伸手扣住她的腰，將她拉向自己，「我可以比生兒子時更努力，把前前世情人生出來。」邊說邊撩起她的衣襬，大掌探了進去，摩挲著她後腰的凹陷處。

「不用，不用了，你不用更努力。」她急忙捉住他緩緩上移的手。他這種帶著醋意的引誘，她可消受不起，「我不要女兒，一打二就夠累了。」

「沒那麼累吧？」

「你是不是少算了你自己？」她用力揉亂他的頭髮，自己又不是只有照顧小小孩，還要應付一個更難纏的大小孩。

「原來我也算一個。」他的另一隻手又探了進來，貼著她的腹部往上爬。

「你別動，還沒吹乾。」尹瑄雨滿面緋紅，胸前覆上一層炙熱，不禁跌坐在他腿上。

「惡人自有惡人磨呀。」他笑笑地凝視她的臉，抽走吹風機丟到床頭櫃上，修長的手指撫上她睡衣的鈕扣，「我記得妳以前說過，學長不壞的。」

「我跟小湘在說笑……」胸前一涼，她羞得把臉埋在他的肩頭，「你不要跟我計較那種小事。」

「那講點大事，今天看妳對小湘的提議，沒什麼反應呢。」他抱起她，將她輕輕放在床上，一把扯開自己身上的衣服。

「她前幾天有跟我提過，但……」眼前的畫面太刺激，她嚥了一口口水。

「但是怎樣？」

「這樣會增加你的工作量，我不想讓你太累。」她話才說完，他身體就壓了下來。

「還有呢？」他低頭吮咬她的脖頸。

「你自己都講了，你的盛世美顏……」她氣息不穩。

「用妳的話講。」

「就……不想讓你的臉，隨便被人看見。」

「瑄雨。」他在她耳邊輕笑，「要妳在床上說句我愛你眞難。」

「不是難。」她伸手抵住他的肩頭，用力推開一些距離，「是每次講了，你都會暴動，隔天起床……會很累。」

「哪有？」

「有。」

「沒有。」

「我愛你。」

「這……還眞的是。」計謀得逞，他嘴角一勾，眼底燃起一片火熱。

「不是，予澈……向予澈！學長！」她止不住地笑，居然被他耍了。

她感覺他的腰部一沉，推著他肩頭的十指驟然抓緊，輕喘了一口氣。

「我也愛妳。」他喟嘆一聲，低頭吻向她的唇，兩道身影繾綣纏綿……

十年後，他們依然相愛著。

後記　重新溫習十六歲的自己

關於寫這故事的緣由，起初是聽到一位國中妹妹的話，她說，好想趕快跳過國中上高中，感覺高中好像有什麼事在等著。

讓我回憶起國中畢業典禮結束後，和兩位同學騎著腳踏車來到海邊，三個人光著腳丫踩著浪潮，望著廣闊大海聊起對高中生活和愛情的嚮往。當時覺得人生像要起飛，未來有著無限可能。

轉眼好多年過去了，我們三個人無論在工作和感情上都有不同的際遇。

高中的我就讀美術班，夢想長大後成為美術老師，但現在卻從事裝潢建材的工作；而同學在感情上跌跌撞撞，經過多年磨難後，終於找到幸福的歸屬。

現在的我們和十六歲的想像，沒有一件事是相符的，心裡有所感慨，我翻出高中的日記本，溫習當年的自己。

日記裡記錄了一段寂寞的住宿生活，就讀美術班，為了大學考試，每天拿著畫筆和時間賽跑，敵人不是別人，正是自己，遇到瓶頸時總有流不完的眼淚。除此之外，還有一位我非常仰慕的夢幻學長。如果讀者們有興趣，歡迎來POPO看網路版的後記。

就這樣一個靈感閃過，我想寫一個帶點回憶和歲月感的故事，以及一份讓人意想不到的愛情。多年來，生活頗有感觸，身邊的人來來去去那麼多，以前不懂的，最後時間都會告訴你，什麼才是最珍貴的，因而連載時才會取名爲《流光的喁語》。

當接到可能出版的訊息時，我的心非常慌亂，很怕寫壞了，有股沉重壓力襲來，適應了好幾天才恢復正常，直到完結，眞的有種好不容易的感覺。

我沒有寫過校園故事，畢業太久，所以寫起來一直覺得生疏，感謝幾位文友在噗浪上爲我解答一些高中制度問題。

也謝謝小編阿南在寫作過程中，耐心地給予一些建議，容忍我這個很盧又很倔的作者，有時候掛上電話我都很想打昏我自己。而在連載的過程中，非常感謝文友和許多讀者的打氣，分享了很多心得和想法，讓我受益很多。

還有謝謝POPO原創網和總編輯馥蔓願意給我這個機會，我沒有在其他文學網站或部落格寫過小說，當初無意間闖進這裡，一眼就愛上這乾淨舒服的閱讀頁面，衝動下就開始落筆敲了第一個字，很幸運第一次在網路上寫小說，能遇到這麼優質的文學網站。

最後要謝謝我摯愛的家人，還有同事，其實剛開始，家人不太贊同我花時間在網路上寫作，但也沒有特別阻止。直到後來，我因爲寫作而心情沮喪時，反而受到家人鼓勵，甚至還可以互相討論劇情和對話，我自己也蠻訝異會發生這樣的改變。

想說的東西很多，但後記太短，這是第一本書寶寶，對我而言，是集結了很多讀者的念力而成，能和大家藉由這個故事相遇，也是我人生中最美的一段回憶。

謝謝大家，謝謝POPO。

琉影，二〇一三

紀念版後記　願大家都能遇見生命中最珍貴的人

這是十年前，不敢寫進後記裡的事。

二〇〇九年的三月，我的國中同學在生意上跳票了。

票是他母親借他的戶頭開的，他母親也在一夜間離家出走，因此我的同學很無辜地背上幾百萬的債務。

在調解過程中，我先生決定出資幫助他家的店，讓我辭去當時的工作，到同學的店裡工作。在沒有開店經驗的情況下，可謂是初生之犢不畏虎。

於是，我和同學就組成一個奇妙的搭檔關係，我每個月發給他的薪水，晚上就會有人上門收走，而我也因爲資金有限，遇到客戶拖款時，月底時常被錢追著跑。

這樣的開場，大家看了是不是覺得很熟悉？

（予澈和瑄雨的原型XD……讀者看了不會崩壞吧？）

隔年六月底，我上網無意間逛進POPO原創，參加了第一屆華文創作大賽，之後就利用顧店的時間寫作。

隔不久，店內出了一些狀況，臨到月底籌不出五十萬的貨款，爲此我先生又緊急解約他的定存，讓我隔天去銀行提領。

深刻記得，那天外頭的陽光正烈，我坐在銀行的等候椅上，內心像墜入冰雪之中，不懂爲什麼相識很多年，我們以長輩相稱的客人，會惡意倒債傷害三個晚輩？

忽然間，腦海裡閃過許多人的臉，有家人、朋友、老師、同學，最後一張臉，停留在高中夢幻學長身上。

無論這些人在記憶裡有多閃亮，但是當我們陷入困境時，他們全都與我無關，也沒有義務幫忙，若有人願意伸出援手，那麼這個人絕對是最珍貴的人。

那天走出銀行時，我想起「白首不相離」這句話，接著一個念頭閃過，我突然很想寫一個故事，以三位男角來呈現三種不同的愛情——

杜易杰：在追求夢想和工作上最適合的人。

何辰晞：無話不談、心靈契合的人。

向予澈：在困境中能夠給予依靠的人。

其中何辰晞這個角色，是以我的高中夢幻學長爲原型，他是一位很優秀的人，不但成績好，彈得一手好琴，還當過校刊社編輯、合唱團伴奏，且彈琴只靠聽音抓譜。

學長家位在我家的上一站，僅僅一站之隔，國小國中的學區便不同，我和他直到高中才相遇。

第一次遇見他，就是在公車上，他下車時問了我一句——學妹，妳住下一站嗎？

他的聲線很特別，像廣播人那種磁性嗓調，所以聽過一次就記憶深刻。

第二次跟他相遇，是我高二申請住宿，某天放學去禮堂尋找遺落的外套，恰巧聽見布幕後傳出琴聲。

那天小考沒考好，圖也畫不好，心情非常糟，當下就被學長的琴聲療癒，後來他下臺時，我也無處可躲，兩人才正式相識，而且我一聽他開口說話，馬上就認出他是車上的學長。

之後我和學長就展開一段放學後的聽琴之約，宿舍的聖誕舞會上，也有幸與他共舞一曲，而他畢業時還送了我兩份琴譜。

總之，他包辦了女生心中對於學長的所有夢幻想像（但身家和愛情觀是杜撰的）。

儘管這樣，我對學長就只是校園偶像的仰慕而已。那個年代沒有社群，學長畢業後，我們就斷了聯繫，直到我開始寫這個故事，某天寫到很懷念，就上網搜他的名字，竟找到一份論文，上面留了一個中研院的電子信箱。

我寫了一封信過去，問他是不是學長，當他回信說是時，我的心情真是激動不已。

後來，我在MSN上和他連上線，他當時已離開中研院半年，到美國紐約工作，早已結婚。

多年過去，MSN上的學長說話的感覺很像我記憶裡的他，但又有一點不太像，唯一能證明他確實是他的，就是我們共同擁有的回憶——聽琴。

得知他在美國生活得很好，我心裡也十分開心，所以故事的結論才會是：最美的人，就應該讓他留在回憶裡，永遠美麗，而最珍貴的，是現在伴在身邊一起同甘共苦的人。

這個包裝在愛情之下的故事，其實也包含了我、我先生和我同學三人的奮鬥心情。

前幾個月，責編說要再版這本書，在重新修稿的過程中，我彷彿又一次走過高中的青春時光，想起在術科教室作畫，想起福利社後的小黑狗，還有小偷事件，心中眞是無限感慨。

謝謝當年的讀者，在連載中分成三小隊力挺三位男角，每天都將我的版面炒得火熱，才讓這部作品有幸出版。雖然十年之後，你們都長大了、出社會了、結婚了，幾乎都不在站上，但我永遠記得你們。

還有謝謝當年的前責編以及馥蔓在寫作上的相助，以及謝謝現任責編給了這本書再版的機會，如妳所言，在重修的過程中，我眞的得到很多不同的感觸。

十多年來，也謝謝家人的陪伴，以及同學在工作上的相幫，讓我可以持續地一直寫作。

最後祝福我的讀者們，在人生路上，都能遇見最珍貴也最珍惜你們的人。

琉影

國家圖書館出版品預行編目資料

流光咖啡館／琉影著. -- 二版. -- 臺北市：POPO原創出版，城邦原創股份有限公司出版：英屬蓋曼群島商家庭傳媒股份有限公司城邦分公司發行, 2025.02
面； 公分. --

ISBN 978-626-7455-77-7（平裝）

863.57 113020211

流光咖啡館

作　　者／琉影
責任編輯／鄭啟樺　行銷業務／林政杰　版　　權／李婷雯

內容運營組長／李曉芳
副總經理／陳靜芬
總 經 理／黃淑貞
發 行 人／何飛鵬
法律顧問／元禾法律事務所　王子文律師
出　　版／POPO原創出版
城邦原創股份有限公司
台北市南港區昆陽街 16 號 4 樓
電話：(02) 2509-5506　傳眞：(02) 2500-1933
email：service@popo.tw
發　　行／英屬蓋曼群島商家庭傳媒股份有限公司城邦分公司
聯絡地址：台北市南港區昆陽街 16 號 8 樓
書虫客服服務專線：(02) 25007718・(02) 25007719
24小時傳眞服務：(02) 25001990・(02) 25001991
服務時間：週一至週五09:30-12:00・13:30-17:00
郵撥帳號：19863813　戶名：書虫股份有限公司
讀者服務信箱 email：service@readingclub.com.tw
城邦讀書花園網址：www.cite.com.tw
香港發行所／城邦（香港）出版集團有限公司
地址：香港九龍土瓜灣土瓜灣道86號順聯工業大廈6樓A室
email：hkcite@biznetvigator.com
電話：(852) 25086231　傳眞：(852) 25789337
馬新發行所／城邦（馬新）出版集團 Cité(M)Sdn. Bhd.
41, Jalan Radin Anum, Bandar Baru Sri Petaling,
57000 Kuala Lumpur, Malaysia.
電話：(603) 90563833　傳眞：(603) 90576622
email：services@cite.my

封面設計／CLEA
封面設計／Gincy
電腦排版／游淑萍
印　　刷／漾格科技股份有限公司
經 銷 商／聯合發行股份有限公司
電話：(02)2917-8022　傳眞：(02)2911-0053

■ 2025 年2月二版
Printed in Taiwan

定價／390元

ISBN 978-626-7455-77-7